LES EXPERTS

Ce livre a été publié pour la première fois sous le titre original

SNEAKERS

DEWEY GRAM

LES EXPERTS

d'après un scénario de
PHIL ALDEN ROBINSON
et Lawrence LASKER & Walter F. PARKES

Traduit de l'américain par Yves Sarda

JCLattès

Collection « Suspense et Cie »
dirigée par Sibylle Zavriew

Déjà parus :

Le Département de musique, Rosamond Smith
Qu'est-ce qui fait courir Jane ? Joy Fielding
Une femme encombrante, Dominick Dunne
La Porte des Tigres, Henry Meigs

A paraître :

Le Tableau du maître flamand, Arturo Pérez-Reverte

1

Madison, Wisconsin. Décembre 1969.

Jour de neige. Quelle aubaine pour les écoliers de Madison, Wisconsin !

A leur réveil, elle s'amoncelait jusqu'à hauteur des fenêtres du premier étage. Des rideaux de neige fouettaient les jardins. Ils avalèrent leur petit déjeuner, un œil sur les infos du matin, habillés pour l'école, pleins d'espoir. Finalement, la nouvelle fut lancée : jour de neige. Jour de congé. Jour de pur amusement.

Quelle aubaine pour les fonctionnaires du gouvernement, habitués à quelques jours de loisir et de liberté pour compenser les longs hivers du Wisconsin ! Quelle aubaine pour les flics, les libraires et les patrons de bar que ce ralentissement de la vie active, ce tournant vers une existence plus contemplative !

Quelle aubaine surtout pour Martin Bishop et son ami Cosmo, étudiants à l'Université du Wisconsin ; ainsi songèrent-ils en voyant la froidure à profusion de cette matinée-là. En fait, cette aubaine tournerait au pire vinaigre pour eux, et le cours de leurs vies allait connaître un changement radical. Mais ils avaient encore plusieurs heures de tranquillité en amont.

En milieu de matinée, Bishop et Cosmo, luttant contre

la bourrasque et les rafales de neige, se mirent en route vers le labo d'informatique du campus; ils avaient prévu que le lieu serait à leur disposition toute la journée. C'était une chance insigne de perfectionner une technique mise au point par eux et de mener à bien certains objectifs d'importance.

Le bâtiment des sciences en pierre grise était fermé à double tour. Bishop tenta de crocheter la serrure des antiques portes de bois. Sans succès. Cosmo trifouilla à son tour, avec le même résultat. Ils contournèrent le bâtiment jusqu'à l'entrée de service. Pas moyen. Ils s'attaquèrent aux lourdes croisées et ne furent pas plus avancés. Bishop, gagné par la frustration, s'apprêtait à donner un coup de pied dans une fenêtre quand un concierge, remontant lentement l'allée, entra vérifier la chaudière.

Bishop et Cosmo se glissèrent à l'intérieur sur ses talons et montèrent à pas de loup au labo d'informatique. Laissant la lumière éteinte, ils fermèrent la porte à clé, allumèrent l'ordinateur central et se mirent tranquillement au travail dans le rayonnement de son tube cathodique. Ils étaient au septième ciel, ayant obtenu ce qu'ils voulaient : une longue période de travail ininterrompue.

Grave erreur. Ce faisant, ils donnaient à l'autre partie exactement ce dont elle avait besoin : une longue période de travail ininterrompue.

Toute la journée, une faible lueur bleu-vert émana de la fenêtre du troisième étage du bâtiment de pierre grise sur le campus de Madison, halo étrange, presque surnaturel, perdu dans les tourbillons de neige. Bishop et Cosmo sortirent les sandwiches qu'ils avaient planqués. Ils travaillèrent, mangèrent sur le pouce, ne bougèrent pas pendant des heures. Ils crurent à plusieurs reprises avoir trouvé le truc; ils se rapprochaient du but.

A la tombée de la nuit, l'ordinateur central continuait à projeter faiblement sa lueur bleu-vert dans cette partie du campus, plongée maintenant dans l'obscurité. Ils s'activèrent. Pas question d'arrêter.

Cosmo – sec comme une trique, longs cheveux lissés en arrière, grands yeux noirs au regard intense derrière des verres sans monture – avait branché l'ordinateur central sur un téléphone à cadran manuel qu'il avait désassemblé. Ils avaient composé des numéros toute la journée, essayant diverses combinaisons : lignes interurbaines, feeders, back doors, side doors, nombres, lettres, symboles, anagrammes, inversions. Ils avaient pénétré en partie plus d'une fois dans le système, mais jamais complètement. Chou blanc.

Bishop, épuisé, se renversa en arrière et posa les pieds sur la console. Le jeune gauchiste romantique tout craché : jeans délavés, bottes de cow-boy, cheveux effrontément plus longs d'une dizaine de centimètres que ceux des autres mecs sur le campus. Traversant d'un pas nonchalant le quadrangle, avec son caban de la Navy et son écharpe en bataille, c'était l'Errol Flynn de Madison en 69. Un jeune homme dont on entendrait parler : intelligent, intrépide, avec un sentiment de sa valeur sans défaillance. Ses camarades étudiants s'attendaient un jour ou l'autre à évoquer le bon vieux temps en disant je l'ai bien connu.

Bishop, lui aussi, regardait plus loin. C'était formidable de se trouver à l'université à une telle époque. Les gens de sa génération étaient vraiment à part. Et une fois lancés dans le monde, ils étaient destinés à voler très haut.

Tard dans la soirée, Cosmo cessa de se pencher sur le clavier.

– Nous y voilà, annonça-t-il.

Bishop se pencha par-dessus son épaule pour lire l'écran. Il poussa un cri de joie.

– Cosmo, t'es génial !

Et il plaqua avec exubérance un baiser sur le sommet du crâne du peu démonstratif Cosmo.

Ce dernier s'autorisa un demi-sourire.

Bishop se saisit d'un énorme listage informatique, épais de dix bons centimètres, et le feuilleta jusqu'à ce qu'il trouve ce qu'il cherchait.

– O.K., lut-il à Cosmo, 46-99402, virement à 53-01138.

Cosmo entra les données. Et ajouta le chiffre, 24 999 $.

– Qu'est-ce qu'on vient de faire ? demanda-t-il.

– Le Parti Républicain vient d'effectuer une donation fort généreuse aux Black Panthers, dit Bishop gaiement.

Cosmo approuva du chef.

– Planant !

– Le super pied, dit Bishop.

– Suivant ? fit Cosmo.

– Eh bien, il y a un paquet de fournisseurs de l'armée là-dedans, dit Bishop, le listage à la main. Et tu ne l'ignores pas, aucun ne donne assez d'argent aux groupes gauchistes.

– C'est déshonorant, dit Cosmo.

– C'est dégoûtant, renchérit Bishop.

– C'est dégueulasse, fit Cosmo.

– C'est dé... dé... des connards, dit Bishop, arrachant un éclat de rire à Cosmo. Ce qui était rare.

– Et si Northrop, Hughes et Lockheed subventionnaient tous le SDS ?

Il tendit le listage à Cosmo pour qu'il lise mieux. Ce dernier tapa trois nouveaux ensembles de chiffres, qu'il fit suivre chaque fois de la somme de 24 999 $.

– Pourquoi pas 25 tout rond ? demanda Bishop, tournant les feuilles du listage.

– A partir de 25 000 dollars, ça déclenche un audit, expliqua Cosmo. Comme ça, ils ne sauront jamais.

Cela fit réfléchir Bishop. C'était une donnée intéressante.

– Ce qui signifie que si le gouvernement du Sud-Viêtnam verse, par exemple, disons, 50 000 dollars sur le compte personnel de Nixon...

– On peut faire ça.

Cosmo eut à nouveau ce demi-sourire.

Bishop lui communiqua les chiffres et Cosmo les entra.

– Putain, il va avoir du mal à expliquer ça, exulta Bishop.

– On va bousiller ce système pourri, fit Cosmo, penché sur le clavier.

Cosmo était tellement concentré et avait si peu l'air de plaisanter, qu'en l'entendant personne n'aurait douté qu'il emploierait toutes ses forces pour y parvenir.

Bishop feuilleta plus loin le listage, cherchant le pigeon suivant.

– Tant de cibles possibles et si peu de temps, soupira-t-il.

Cosmo s'appuya au dossier de sa chaise et, les yeux au plafond, passa en revue des idées diaboliques.

– Et si la Fondation pour la Légalisation de la Marijuana donnait des fonds au vice-président Agnew ? fit-il.

– Et si c'était plutôt Spiro Agnew qui subventionnait la légalisation de la marijuana ? rétorqua Bishop.

– C'est mieux, convint Cosmo, bondissant sur le clavier. Quel montant ?

– C'est un homme généreux, fit Bishop. Disons tout ce qu'il a en banque.

Il indiqua le chiffre à Cosmo.

– Vu.

Cosmo se livra à son petit jeu de passe-passe.

– Formid', fit Bishop en se levant pour étirer ses longues jambes. On est en plein dedans, mec. J'ai la dalle.

– Postulat – prémisse n° 1 : ils ont trop d'argent à la compagnie de téléphone, énonça Cosmo.

– Oh, en voilà une qui est bonne, fit Bishop. Prémisse n° 2 : tous pourris.

– Conclusion : le système s'auto-perpétue au détriment du peuple, dit Cosmo.

– Conséquence, fit Bishop, Maman Bell elle-même doit en lâcher un peu.

– On va changer le monde, Marty, déclara Cosmo.

– J'espère simplement qu'on nous accordera une U.V. pour ça, fit Bishop, l'œil fixé sur le mauvais temps qui faisait rage dehors.

– Hé, tu veux pas un morceau ?

Cosmo ramassa une pièce de monnaie sur la table, la glissa dans l'une de ses mains et tendit ses deux poings fermés.

– Celui qui perd va chercher la bouffe, dit-il.

– Je perds jamais, dit Bishop, en tapant sur la main gauche de Cosmo.

Cosmo ouvrit le poing : vide.

– Une pizza aux poivrons, s'il te plaît, fit Cosmo. Remuée, pas secouée.

Bishop se dirigea vers la porte en saluant poing fermé dressé.

– Le pouvoir au peuple, Cos'.

– Le pouvoir au peuple, Marty, répondit Cosmo, levant son poing droit toujours fermé.

Marty quitta la pièce. Cosmo ouvrit lentement la main droite. Vide, aussi. Il sourit intérieurement.

– A qui faire confiance ? Toujours la question superbanco.

Cosmo se remit au travail, sentant sa puissance.

A Washington, D.C., la nuit était ouatée. Une chute de neige inhabituelle ornait d'une dentelle blanche les monuments et les branches nues des cerisiers. De gros flocons se posaient sur le long bassin où se reflétait le monument de George Washington et fondaient, troublant si légèrement la surface qu'il fallait y regarder de très près pour percevoir les ondes ténues qui se propageaient.

Les rares voitures faisaient quasiment du surplace. Les Washingtoniens levaient les mains en signe d'impuissance après avoir avancé de quelques centimètres.

Et à cette heure tardive, les tenants du pouvoir étaient bien au chaud dans leur lit, dormant sur leurs deux oreilles, sachant que le gouvernement américain tenait fermement les rênes du monde libre ; que Richard Nixon et ses *happy*

few montaient la garde contre la menace rouge à l'extérieur et les collabos des cocos qui brandissaient le poing sur les campus à l'intérieur du pays.

Au bas de Constitution Avenue, le bâtiment de marbre blanc de la Federal Reserve aux colonnes majestueuses était plongé dans l'obscurité à l'instar des autres forteresses bureaucratiques, exception faite du dernier étage où brûlaient encore quelques lumières : le Bureau des Opérations de Nuit. Dans le tintamarre des sonneries d'alarme, des hommes en chemise blanche et aux cheveux ras couraient çà et là dans l'affolement, répondant au téléphone, le nez plongé sur des cartes, scrutant des écrans d'ordinateur.

– Le Wisconsin ? hurla dans le téléphone le chef des opérations de nuit, un homme au crâne dégarni, qui suait sang et eau. C'est tout ce que vous avez à me proposer ? Ça fait déjà une heure qu'on sait que ça vient du Wisconsin ! Mais d'*où* dans le Wisconsin ?

Il écouta un instant son interlocuteur, en s'arrachant les derniers cheveux qui lui restaient.

– Combien de lignes, combien de réseaux partent du Wisconsin ? J'attends ! C'est – un – complot – de – grande – envergure, mon vieux. Enfoncez-vous ça dans le crâne. Ils s'attaquent à une chiée d'organismes fédéraux ! Putain, comment ils peuvent bien opérer ? On doit faire face à quel type d'organisation ?

– Madison ! s'écria un jeune agent au visage sinistre, gesticulant au bout d'un autre téléphone. La compagnie téléphonique a une piste. Ils disent qu'il n'y a qu'une seule ligne.

– Conneries tout ça ! Une seule ligne ! hurla son chef. Quelle bande de nuls !

– C'est ce qu'ils disent, fit le jeune agent. Ils passent le tuyau au FBI en ce moment même.

– Il est foutrement temps qu'ils leur filent un truc ! cracha le responsable des Opérations de Nuit dans le combiné. Maintenant qu'une bonne moitié du cheptel du système fédéral bat la campagne !

Il raccrocha violemment et épongea de son mouchoir son front moite.

– Des communistes qui déjantent en plein Madison, Wisconsin ! J'aurais jamais imaginé qu'un jour je verrais ça.

Au ministère de la Justice, imposant building de granit sur Pennsylvania Avenue, au Q.G. du FBI, un étage éclairé bourdonnait d'activité. Ray Hutcherson, agent spécial en charge de l'Infrastructure, en manches de chemise et holster, parlait dans un téléphone rouge tout en arrachant une dépêche d'un téléscripteur.

– L'Université du Wisconsin, à Madison, monsieur..., une opération de petite envergure, mais bien préparée, extrêmement sophistiquée et professionnelle. Il est quasiment certain qu'il s'agit d'un noyau subversif très entraîné... oui, ce pourrait être là ce que nous attendions... bien, monsieur ! Excusez-moi de vous avoir réveillé, monsieur...

La réponse lui tira une grimace.

– Bien sûr que nous le ferons, monsieur... aucun risque de ce côté-là, monsieur.

Il raccrocha et aboya dans l'autre appareil qu'il tenait en main :

– Département Informatique de l'Université. Go !

Dans le labo d'informatique, à Madison, Cosmo penché sur la console se reportait de temps à autre au listage et tapait de nouveaux chiffres. Il chantait à tue-tête *Money* de Berry Gordy :

– *Ah le meilleur de la vie est gratuit*
Quand on le pique à la bourgeoisie...

Il entendit un bruit qui lui coupa le sifflet. Il leva les yeux.

– Marty ?

Bishop, ployant sous son chargement de pizzas, cheminait à grand-peine à travers les congères du campus. Plongé dans le noir, le lieu était d'une paix bucolique sous les gros

flocons qui tombaient dru. Il grimpa la côte en direction du labo, en fredonnant *Do You Want To Know A Secret?*, un succès déjà ancien des Beatles. Il allait s'engager dans l'allée d'accès quand il remarqua les feux rouges tournoyants qui éclaboussaient les deux côtés de l'édifice.

En haut, Cosmo entendit un nouveau bruit. Il abandonna l'écran et se dirigea vers la porte.

– Marty?

Dehors, devant la façade, une appréhension envahit Bishop. Il dépassa de quelques pas le chemin d'accès pour se rendre compte de la situation, jouant l'étudiant sans reproche qui vient de faire des courses de dernière minute. Dans le parking, il aperçut plusieurs voitures de police, dont certaines banalisées. Une dizaine d'hommes bien armés se déployaient rapidement pour cerner le bâtiment. Cinq nouveaux véhicules de police gravirent la colline en soulevant des geysers de neige. Elles s'engouffrèrent dans l'allée, sans actionner leurs sirènes, et manquèrent renverser Bishop. Leurs gyrophares lançaient des éclairs rouges.

Là-haut, Cosmo perçut à l'extérieur les crachotements d'un émetteur-récepteur. Légèrement inquiet, il gagna la fenêtre pour jeter un œil dehors. Il aperçut Bishop dans la neige, qui levait la tête vers lui. La lueur stroboscopique des gyrophares colorait de rouge le visage de Marty. Cosmo eut l'air perdu.

– Marty? fit-il.

Dans son dos, la porte s'ouvrit à toute volée et de robustes policiers casqués, l'arme au poing, chargèrent à travers la pièce et le saisirent.

Cosmo se sentit trahi.

– Marty! hurla-t-il, partagé entre la crainte et la colère.

Bishop, que l'ombre et les rafales de neige dissimulaient à demi, recula de quelques pas en hésitant, puis laissa tomber les pizzas dans la neige et, tournant les talons, s'enfuit à toutes jambes.

Dans le labo d'informatique, Cosmo eut beau se débattre, il fut rapidement maîtrisé. Les policiers de choc passèrent les menottes au jeune gauchiste qui ouvrait de grands yeux et l'entraînèrent hors de la pièce. Leur lieutenant aboya un ordre :

– Très bien, déployez-vous. Et trouvez-moi « Marty ».

Dehors, dans la neige immaculée, les traces d'une course désespérée étaient tout ce qui restait de Marty.

2

San Francisco – 1992.

– Marty... Hé, Marty..., fit une voix d'homme, tâchant d'éveiller Bishop qui piquait un roupillon.

Bishop s'ébroua. Vingt années peuvent se lire davantage dans le regard d'un homme que sur son visage. Bishop avait conservé sa beauté de flibustier, ses traits à peine altérés et durcis par le temps. Mais à présent, une certaine gravité dubitative le disputait à la lueur de révolte au fond de ses yeux. Nul doute que les vingt ans écoulés avaient été marqués par plus d'un regret. Peut-être aussi son parcours avait-il été ponctué de bien moindres triomphes et réalisations que ne l'avait prévu celui qui brûlait de changer le monde dans les années soixante ?

Le Martin Bishop d'aujourd'hui, qui s'extirpait du sommeil à l'arrière d'une fourgonnette, n'était pas devenu un capitaine d'industrie, un avocat de premier plan, un éminent chercheur en cancérologie, ni un millionnaire jonglant avec les fusions et acquisitions. Il n'avait pas suivi non plus la route de certains gauchistes des campus : celle d'un Ralph Nader, défendant le consommateur et le citoyen, ou d'un politicien de la nouvelle race parasitant le système de l'intérieur.

Non. Ce Martin Bishop-là – col roulé noir, veste de

velours côtelé râpée, jeans – était tiré de sa sieste à l'arrière d'une fourgonnette d'un rouge indéfinissable bourrée d'outils et d'équipement électronique. On aurait juré un prof de sciences nat' au chômage ou encore un golfeur professionnel raté.

L'homme noir à l'air sérieux et guindé, qui l'avait réveillé en le hélant depuis le siège du conducteur, était beaucoup mieux habillé que Bishop. Il portait un costume d'homme d'affaires de bonne coupe, s'appelait Donald Crease et allait sur ses cinquante ans.

– Bon... combien tu veux ? dit-il. Faisons un dépôt.

Pendant que Bishop tâchait de défroisser sa veste en velours et passait sa main dans ses cheveux en bataille pour se rendre présentable, Crease regardait de l'autre côté de la rue un vigile armé déverrouiller les lourdes portes de verre de la banque.

La Centurian Savings and Loan s'ouvrait à une nouvelle journée d'affaires. Une dizaine de clients y entrèrent l'un après l'autre, tous portant l'uniforme de respectables businessmen... Crease et Bishop les suivirent quelques minutes plus tard.

Crease se joignit un instant à la queue devant la caisse, regardant autour de lui l'air de rien, pour saisir la disposition et l'ambiance des lieux. On semblait davantage priser le sérieux que l'amabilité chez le personnel.

Crease remarqua au plafond les caméras de surveillance qui filmaient les clients, fortunés pour la plupart semblait-il et plutôt âgés. Après un dernier coup d'œil, il vérifia l'heure à sa montre, fit un signe de tête à Bishop et sortit précipitamment.

L'accoutrement relax et négligé de Bishop avait immédiatement attiré l'attention du gardien baraqué. Ce dernier le vit remettre en place d'un mouvement d'épaule sa veste froissée et se diriger vers le guichet du service clientèle.

Bishop afficha son sourire. En dépit de la fuite des ans, il était encore « irrésistible » comme disent les femmes qui

ne rechignent pas à mettre un peu de piment dans leur vie. Et il le savait...

– Bonjour, dit-il à une banquière d'âge moyen. Je viens pour ouvrir un coffre.

– Adressez-vous à la caisse, dit-elle, sans même le regarder. Et elle le planta là.

– Ah ! fit Bishop.

Il s'avança vers une jeune employée qui classait des reçus.

– Excusez-moi, fit-il, j'aimerais...

La jeune femme lui désigna l'écriteau GUICHET FERMÉ posé devant elle, puis la file des clients qui avait pris de l'ampleur devant la caisse voisine. Elle s'absorba dans sa tâche.

Bishop jeta un regard circulaire et avisa une blonde de vingt-cinq ans parfaitement lisse, assise à son bureau, où elle ne fichait strictement rien. Il marcha jusque-là – MLLE EMERSON lisait-on sur la plaque l'identifiant.

– Bonjour, fit Bishop lui décochant son demi-sourire le plus ravageur. Vous êtes occupée ?

– Pas le moins du monde, répliqua Mlle Emerson avec un sourire éblouissant. Je peux vous aider ?

C'était un canon, dont la coiffure et l'ensemble griffé d'executive woman avaient dû lui coûter la moitié de son mois de salaire. Il était clair qu'elle était en pleine ascension et clair aussi qu'elle aimait que les hommes lui prêtent attention... du moins c'est ce que Bishop crut déceler.

– Oui, merci beaucoup, fit Bishop, soulagé. Je m'appelle Martin Bishop et je veux ouvrir un coffre-fort, mais tout le monde semble être...

– Je regrette, monsieur Bishop, le coupa Mlle Emerson, mais ce n'est pas mon rayon.

Et sur ce, elle lui sourit et reprit l'occupation dont il l'avait tirée : à savoir, se tourner les pouces.

Bishop n'en croyait ni ses yeux ni ses oreilles.

– Vous faites quoi ? demanda-t-il.

– Je suis l'une des fondés de pouvoir, l'informa Mlle Emerson.

– Ah, voilà qui explique pourquoi vous êtes débordée, dit Bishop.

– Voyez le service clientèle, fit Mlle Emerson d'un ton glacial, lui présentant son profil soigneusement maquillé.

– Le service clientèle ! explosa Bishop. Ben, elle vient de...

Il mit la pédale douce, se pencha légèrement sur le bureau et regarda dans les yeux une Mlle Emerson soudain alarmée.

– Mademoiselle Emerson, fit-il, c'est agréable d'être important, mais c'est aussi important d'être agréable, vous ne croyez pas ?

Elle se contenta de rester les yeux levés vers lui.

– Vous avez des yeux verts magnifiques, mademoiselle Em', dit Bishop.

Elle ne répondit pas. Puis éclata de rire.

– Vous vous prenez vraiment pour quelqu'un, je me trompe ? fit-elle.

– Vous avez du temps pour les « petits » clients, je me trompe ? fit-il.

– Pour certains d'entre eux. Joy Emerson, monsieur Bishop, se présenta-t-elle.

Elle se leva et lui tendit la main.

– Suivez-moi, dit-elle.

Elle lui lança un coup d'œil scrutateur et traversa la banque, en le précédant.

Ils s'approchèrent de la chambre forte.

– C'est la première fois que je vous vois par ici, monsieur Bishop, dit Ms Emerson. Vous êtes nouvellement installé ?

– Mon travail m'éloigne souvent, répondit Bishop.

– Et vous faites quoi dans la vie, monsieur Bishop ? lui demanda-t-elle, comme ils entraient dans la salle des coffres.

– Je dévalise les banques, dit-il.

Cette fois, elle se contenta de hocher la tête.

– Vous êtes un petit garçon qui a encore besoin de grandir, fit-elle.

Elle déverrouilla l'un des petits coffres-forts, l'extirpa de sa niche et le plaça à sa disposition sur le comptoir. Puis elle lui tourna le dos par souci de discrétion.

Bishop ouvrit sa serviette et en retira un dispositif de la taille d'une grenade à main. Il comportait un mécanisme d'horlogerie, qu'il régla sur une heure du matin. Puis, l'air de rien, il déposa l'appareil au fond du coffre qu'il referma. Enfin, il boucla sa serviette. Mlle Emerson, sans se retourner, se fiant aux bruits qu'elle entendait, lui demanda :

– C'est fait ?

– Oui, c'est fait, dit-il.

Il observa avec son sourire gamin Mlle Emerson remettre le coffre-fort en place et le verrouiller. Elle tendit la clé à Bishop et ils sortirent ensemble de la chambre forte.

– Merci, mademoiselle Emerson, fit Bishop, comme ils retournaient à son bureau. Je crois que je vais essayer de devenir un grand garçon.

– Joy, le corrigea-t-elle. La prochaine fois, passez vers midi, et peut-être que je vous laisserai m'inviter à déjeuner. Je vous apprendrai comment on se tient à table.

Bishop éclata de rire, la salua d'un sourire amical et traversa le hall d'un pas nonchalant sous l'œil lourd de soupçons du gardien.

– Super les Giants, hein ! lui lança-t-il, avec un clin d'œil.

Puis il sortit sans se presser, humant l'air matinal.

3

Bishop fit cinq cents mètres, s'arrêtant à la première cabine téléphonique venue. Il composa un numéro.

– Allô ? Maman ?

A l'autre bout de la ville ou presque, dans un studio d'enregistrement en deuxième sous-sol, un groupe hip-hop terminait une séance en pleine cacophonie, de l'autre côté de la vitre. Au fond d'un auditorium chaotique qui ne payait pas de mine, mais avec néanmoins le dernier cri de la technique, Maman avait l'oreille collée à l'écouteur. Maman, c'était un ex-hippie à queue de cheval, stressé et suralimenté. Il avait des cordons de patch autour du cou et dirigeait l'endroit avec Whistler, engrangeant des bénéfices par-ci par-là.

– Ouais, fit Maman, hochant la tête avec gravité. D'accord.

Il raccrocha et s'adressa au type brun efflanqué, en lunettes noires, qui réglait les pan pots sur la console :

– Hé, Whistler, on est bons pour ce soir.

– Je sais, dit Whistler sans tourner la tête. J'ai entendu.

Whistler était aveugle, mais avait l'ouïe aussi fine qu'un satellite-espion. Il était de ces rares individus qui pouvaient capter une conversation téléphonique à travers une pièce. Il appuya sur l'interphone pour entrer en communication avec le groupe.

– C'tte basse rend un son d' chiotte, les mecs.

– 'erci, man, fit le bassiste anorexique. Moi qu'ai bossé un max pour trouver c'son.

– Dans ce cas, dit Whistler avec un haussement d'épaules, tout est cool.

Maman composait un numéro.

Dans l'une des immenses salles de bal du Grand Hyatt Hotel, près d'Union Square, à San Francisco, la Foire Internationale annuelle des Systèmes de Sécurité battait son plein. L'endroit regorgeait de stands et grouillait de clients potentiels, allant des cadres d'entreprise très BCBG aux mercenaires sortis de *Soldier of Fortune* en tenue de parachutiste.

Un espace central très en vue mettait en avant les offres du PROTEK SPECIAL SYSTEMS LABORATORY, selon la grande enseigne de bon goût qui le chapeautait.

Guidant des hommes d'affaires sud-américains dans ce supermarché des gadgets sécuritaires – alarmes, œils électroniques, combinaisons pare-balles en Kevlar, armes dissimulées, caméras de surveillance miniatures, etc., etc. – Donald Crease, l'associé de Bishop, s'y trouvait.

Il éloigna les hommes d'affaires de la limousine blindée, cernée de pancartes vantant ses vitres à l'épreuve des roquettes, ses hublots-meurtrières et ses pneus pleins increvables. Crease fit halte devant un vigile au gabarit imposant et à l'air bovin, qui se tenait au garde-à-vous, fusil à pompe barrant sa poitrine, guettant l'ennemi.

– Nous sommes contraints de consacrer des millions chaque année au développement de nouvelles technologies de sécurité, dit Crease aux Sud-Américains. Et pourquoi ? A cause de ce type d'homme.

Il désigna de la main le vigile en chemise bleue.

– Sous-éduqué, sous-payé, asocial parfois, continua Crease. Toujours affligé de travers insignes. Jamais, on peut le dire à coup sûr, fiable à cent pour cent. Bref, ne valant pas l'uniforme qu'il porte sur le dos.

Les hommes d'affaires échangèrent des regards gênés. Crease, sans se démonter, se dirigea vers le vigile et le frappa violemment au visage. Le poing de Crease traversa comme par magie la tête du vigile. Les Sud-Américains, surpris, éclatèrent de rire.

– C'est un hologramme, expliqua Crease. Il vous épargne main-d'œuvre, formation et factures de pressing. Il ne requiert ni assurances ni autres prestations. Il ne vous poursuivra jamais pour licenciement abusif. Il travaille les jours fériés et fout une trouille bleue au premier intrus venu.

Une voix retentit dans la sono de Protek :

– Monsieur Crease, poste deux, s'il vous plaît.

– Veuillez m'excuser, dit Crease aux Sud-Américains, qui se mirent à leur tout à porter des coups au vigile.

Il décrocha le récepteur d'un bureau voisin.

– Crease, fit-il. Et puis : Bon.

Il raccrocha et composa un nouveau numéro.

Oakland. Dans un lycée, un atelier de mécanique, bruyant et crado. Un élève factotum, genre chouchou du prof tête à claques, descendant directement du bureau du directeur, entra en courant dans la classe et jeta un regard autour de lui, comme au zoo. Et c'était bien d'un zoo qu'il s'agissait – un cours de formation permanente pour un groupe hétéroclite de marginaux qui essayaient sans grand enthousiasme de gratter un diplôme. Quelques élèves avaient la quarantaine, dont une grand-mère, mais la plupart des inscrits étaient des ados maussades qui auraient préféré se trouver autre part et le faisaient sentir.

Le factotum tendit un mot au prof, aux bras poilus, et déguerpit. Ce dernier se fraya un passage dans l'atelier, au milieu d'apprentis travaillant de manière décousue, qui à construire des étagères métalliques, qui à souder des tuyaux, qui à divers projets de branchements électriques – toutes choses utiles dans le monde réel. Il arriva derrière un gamin

maigrichon à cheveux mi-longs, rivé à sa tâche avec une telle concentration, qu'il sursauta nerveusement en entendant le prof lui dire :

– Carl, bon sang, c'est quoi ça ?

Ça, c'était un appareil à moteur miniature, tout en longueur, qui faisait penser à l'intérieur d'une brosse à dents électrique, et pourtant bien trop compliqué pour l'être.

– Oh, fit Carl, ça, c'est un... c'est un vibro-gencive, vous savez bien.

Il le mit en route. Le prof eut l'air sceptique. Carl, pas très doué pour raconter des craques, tâcha de rendre la chose plus vraisemblable.

– C'est pour mon chien.

Le prof lui lança un regard sardonique.

– Pourquoi tu travailles pas sur un truc qui pourrait te rapporter un de ces jours ? lui conseilla-t-il.

Il lui tendit le message et s'éloigna.

« Ton père a appelé. L'expertise est pour ce soir », lut Carl. Il leva les yeux et aperçut à l'établi voisin la fille musclée, coiffée comme un porc-épic, qui le regardait. Il lui fit un sourire de conspirateur, froissa le bout de papier en boule et l'avala, style agent secret.

Il rangea l'appareil et ses outils dans son sac de sport en deux temps trois mouvements, et attendit que le prof, occupé à l'autre bout de la classe, ait le dos tourné pour se faufiler par la porte du fond. Sa voisine porc-épic hocha la tête et se remit à son ouvrage : à première vue, des ciseaux de coiffeur avec un petit miroir monté sur une tige pour égaliser soi-même les cheveux de la nuque.

4

Pleine lune. Un vent sec éparpillait feuilles et journaux sur le trottoir désert, devant la Centurian Savings and Loan et les deux boutiques aux grilles de fer qui la flanquaient. Un filet de circulation continu s'écoulait malgré l'heure tardive. Une voiture de patrouille ralentit à hauteur de la banque. Les policiers y jetèrent un œil en passant. N'avisant rien qui clochait, ils poursuivirent leur ronde.

La fourgonnette d'un rouge indéfini, de retour sur les lieux, était garée à un angle du carrefour adjacent ; et l'entrée de la banque se trouvait dans sa ligne de mire, à l'opposé, en diagonale. Les portières de la fourgonnette s'ornaient à présent du logo « Département des Travaux Publics ». C'était sa paroi latérale aux vitres de verre opaque qui faisait face à la banque. Les Experts travaillaient dur.

A l'intérieur, Crease, vêtu d'un sweat de jogging noir, avait dans le champ de ses jumelles le jeune vigile assis au pupitre de sécurité dans le hall de la banque. Le poste de garde était situé entre l'entrée et la paroi de verre masquée d'un rideau qui le séparait de la banque proprement dite. Le vigile, pieds posés sur le comptoir, regardait des clips-vidéo sur un minuscule téléviseur portable.

– Nous y sommes, murmura Crease, poussant du coude Bishop, vautré une fois de plus les yeux fermés au fond de la camionnette.

Bishop se réveilla rapidement, se mit sur son séant et

écouta Whistler, à l'avant, qui parlait tout doucement à quelqu'un au moyen d'un casque-radio, au serre-tête mince comme un crayon.

– O.K., Maman. Essaie les fils qui partent du boîtier bleu.

Une tonalité basse provint du casque.

– Non..., dit Whistler.

Autre tonalité, légèrement plus haute.

– Non..., répéta Whistler.

– Essaie le boîtier blanc, Maman. Ceux-là, ils ont pas la bonne tonalité.

Dans la rue, au sud de la Centurian Savings and Loan, se trouvait un regard de visite, ouvert. Et juste au-dessus, un panneau prévenait : DANGER : HAUTE TENSION.

En bas, sous la voûte, où fourmillaient tuyaux, fils et câbles électriques, s'activait Maman, suant, soufflant et jurant. Il était coiffé du même casque-radio que Whistler et d'un casque de mineur avec sa lampe, où était écrit MAMAN au pochoir. Il accrocha une paire de pinces crocodiles aux fils qui partaient du boîtier blanc sur le tableau. On entendit une tonalité, et à nouveau la voix de Whistler dans le casque.

– Non...

– Ils ont même pris en photo le type en train de quitter l'ambassade, dit Maman dans le casque. Hé, Crease, tu m'écoutes ?

– Mais oui, fit Crease, gardant un œil sur la banque, pendant que Whistler faisait le tri des tonalités au gré des branchements de Maman.

– T'étais encore de la CIA en 72 ? demanda Maman, approchant ses pinces d'un autre fil.

– Ouais, pourquoi ? fit Crease.

Nouvelle tonalité.

– Non..., fit Whistler.

Maman choisit un autre fil et l'agrafa.

– Tu savais, fit-il, que le directeur-adjoint du planning

se trouvait à Managua, au Nicaragua, la veille du tremblement de terre.

Whistler écoutait attentivement cette dernière tonalité.

– Qu'est-ce que tu cherches à me dire ? fit Crease. Que la CIA a provoqué un séisme au Nicaragua ?

– Eh bien, j'peux pas le prouver, dit Maman. Pas plus que j'peux prouver qu'on a truqué la marche de l'homme sur la lune et qu'on l'a tournée en studio. Tout ça sortira un jour.

Crease renifla avec dégoût. Bishop posa sa main sur son bras pour calmer le jeu, sans quitter la banque des yeux.

Maman essaya d'autres fils, produisant encore une autre tonalité.

– Attends une seconde, fit la voix de Whistler dans le casque. Reviens en arrière d'un.

Maman se rebrancha sur le fil précédent.

Whistler hocha la tête avec certitude.

– C'est bien celui-là.

Whistler était aveugle depuis l'âge de neuf ans, mais depuis lors avait développé un doigté de poète pour le Braille et une ouïe, digne d'une bourse d'études Cecil Rhodes, qui captait toutes les longueurs d'onde, y compris, ses coéquipiers en étaient persuadés, les fréquences des chauves-souris.

Là-bas, dans son trou, Maman agrafa une seconde pince crocodile au même fil, puis sectionna avec un coupe-fil la partie comprise entre les deux pinces.

Vingt-cinq blocs plus loin, dans les bureaux de Westguard Security, au poste central, trois vigiles jouaient au poker. Au-dessus de leurs têtes, il y avait une carte de la Bay Area où figurait l'emplacement des clients de Westguard ; la Centurian S & L était du nombre.

Des compteurs sur le pupitre de contrôle, affichant tous des voyants verts, pointaient le passage du courant dans les systèmes d'alarme des différents clients. L'un des agents de sécurité leva les yeux : aucun problème nulle part. Au

moment où il rebaissait le nez sur ses cartes, le courant crépita et se coupa au compteur de la Centurian S & L, le voyant vert vira au rouge un instant. Le vigile releva les yeux, mais le voyant était redevenu vert et le flux du courant, normal. Il regarda encore quelques secondes : plus rien. La partie reprit sans interruption.

Bishop et Crease sortirent de la camionnette. Ils attendirent que le feu passe au rouge et traversèrent. En prenant garde à rester hors de vue du vigile du hall, ils longèrent la banque au petit trot.

Dans la ruelle ténébreuse qui jouxtait la S & L, l'hyperactif Carl, vêtu de noir de pied en cap, attendait en appliquant et réappliquant sans cesse deux énormes ventouses reliées par une poignée sur la porte vitrée de la sortie de secours de la banque.

Bishop et Crease approchèrent. Quand Carl se retourna, ils ne purent réprimer un geste : il en avait fait un peu trop cette fois-ci. Il s'était noirci le visage. Crease se contenta de le regarder en hochant la tête, mais Bishop sourit.

Crease scruta l'intérieur par la porte vitrée.

– Où c'est ?

– Un coffre mural, dans la chambre forte, dit Bishop, vérifiant l'heure à sa montre.

– Le plus dur, ça a été de convaincre ces snobinards que je pouvais posséder des biens de valeur à placer dans une banque.

– Faudra qu'on t'achète un costume, Martin, dit Crease. T'es pas fringué pour réussir.

Les secondes grignotèrent le temps jusqu'à une heure du matin.

Dans la chambre forte, résonnait un tic-tac paisible. Puis dans le coffre mural où était blotti le trésor de Bishop, retentit un plop étouffé. Une épaisse fumée blanche commença à se répandre, gagnant peu à peu le détecteur de fumée du plafond. Une sirène d'incendie déclencha ses gémissements. Une lumière rouge baignait la pièce.

Le verrouillage électronique de la porte vitrée de la sortie de secours cessa automatiquement.

– C'est l'heure d'ouverture, dit Carl, en la poussant. Bishop et Crease se faufilèrent à l'intérieur de la banque, plongée dans la pénombre. Carl les suivit.

Le gardien de nuit, dans le hall d'entrée, ne fit qu'un bond en entendant l'alarme ; au passage, il envoya dinguer d'un coup de pied sa télé portable. Il se précipita en courant vers la salle principale masquée d'un rideau, puis s'arrêta, revint au poste de garde et sortit un manuel.

De l'autre côté de la paroi vitrée au rideau, Bishop, Carl et Crease traversèrent la banque en courant. Carl sauta pardessus le comptoir des caisses. Bishop, en l'imitant, se prit le pied dans une cloison de séparation et s'écrasa au sol, en deçà. Crease l'aida à se redresser.

– On commence à se faire vieux pour ce genre de sport, commenta Bishop.

De l'autre côté des caisses, Carl fit jouer avec un déclic un loquet et ouvrit une porte à ses deux aînés. Bishop et Crease la franchirent, jetant un regard noir à Carl, qui resta absolument impassible.

Dans le hall, le jeune vigile affolé parcourait le manuel : « En cas d'urgence, ne pas quitter son poste. Appeler Westguard pour avoir des instructions. » Il découvrit le numéro dans le manuel et le composa laborieusement, un chiffre après l'autre, pour ne pas se tromper. Il y avait urgence.

– Westguard Security, répondit-on.

– Il y a un incendie à la Centurian Savings, expliqua le gardien de nuit.

– Ouais, on a eu l'alerte, dit la voix de l'agent de la Westguard. Vous avez des indications secondaires ?

– Ça veut dire quoi ?

– De la fumée ? aboya le vigile de la Westguard. Des flammes ? Vous sentez quelque chose ?

– Euh, noôn, fit le jeune gardien, nez au vent.

– Fausse alarme, probablement, dit-on du côté Westguard. On en a eu dans votre coin toute la nuit. Des surtensions. Voyez si ça se rétablit.

– Oh mec, j'en sais rien, dit le garde avec nervosité.

L'alarme continuait de retentir sans relâche.

– Elle doit s'arrêter au bout de deux minutes, dit Westguard. Panique pas, mec.

A l'intérieur de la banque, Bishop et Crease firent halte devant un terminal d'ordinateur et l'allumèrent. Carl continua sa course dans un couloir, ouvrant une série de portes. Pièce de photocopie. Salle de bains. Débarras. C'était ce qu'il cherchait.

Il se glissa à l'intérieur et se dirigea droit vers une rangée de boîtes de dérivation. Fermées. Il sortit son « vibrogencive pour chien-chien » chromé – en fait, sa version personnelle d'un pic Cobra. Il l'introduisit dans la serrure et pressa le déclencheur ; une vibration de quelques secondes et la serrure céda. Carl ouvrit et se mit à fouiller dans l'enchevêtrement des fils et des coupe-circuit. Il trouva son bonheur – un fil vert – et s'apprêtait à le sectionner quand Bishop, venu vérifier ce qui le retenait, surgit.

– Wouah wouah wouah ! fit Bishop. Tu sais lequel il faut couper ?

– Ouais, l'alarme, c'est toujours le fil vert, dit Carl.

Il trancha le fil en confiance et plongea la banque dans le noir le plus complet. Et l'alarme continuait de plus belle.

– Oh non, Carl, fit Bishop.

– Sauf que parfois c'est le jaune, ajouta Carl.

L'obscurité soudaine et l'alarme lancinante mirent le jeune gardien de nuit au comble de la panique.

– Hé, mec, bêla-t-il au téléphone, je vais appeler les pomp...

A ce moment-là, l'alarme mourut. Un silence bienfaisant lui succéda. Le vigile regarda autour de lui.

– Oh ! Ça s'est... euh... ça s'est arrêté. Faites excuse.

– Pas de problème, reprit Westguard. Et... fiston ?

– M'sieur ? dit le jeune gardien.

Dehors, la rue. Whistler, dans la camionnette rougeâtre, parlant d'un ton autoritaire dans son casque-radio, acheva sa phrase.

– Tu as fait du bon boulot, dit-il.

– Merci, m'sieur, répondit avec soulagement le jeune vigile.

Whistler déconnecta la ligne en souriant; puis se rebrancha sur un jack différent.

– Je suis tout ouïe, Bish', fit-il.

A l'intérieur, Bishop fit un signe de tête à Crease, penché sur le terminal. Crease appuya sur certaines touches et attendit. L'écran s'éclaira : ACCÈS PRIVILÉGIÉ.

– Bon, dit Crease. Tu veux combien ?

Bishop réfléchit un instant, puis annonça un chiffre rondelet.

5

A midi, le lendemain, les affaires battaient leur plein à la Centurian S & L. Bishop, en costume cravate, tenue qu'il avait empruntée suite aux remarques de Crease, attendait patiemment qu'un directeur de banque très poli ait fini de ranger des liasses de billets sous cellophane dans sa mallette.

– Quatre-vingt-dix-huit... quatre-vingt-dix-neuf... cent mille, compta le directeur.

Puis il tendit la mallette à Bishop, qui jeta un œil à l'intérieur.

– J'ai eu comme un terrible pressentiment que mon argent n'était pas en sécurité ici.

Le directeur soupira, l'air peiné, mais garda ses réflexions pour lui.

– C'est pas de votre faute, Mac, ajouta Bishop, en lui serrant la main.

Il ferma la mallette d'un coup sec et s'éloigna, traversant la banque moquettée avec la satisfaction personnelle que seule une affaire rondement menée pouvait procurer.

Mais, au lieu de franchir l'entrée, Bishop bifurqua dans un corridor et se dirigea vers une porte où on lisait SALLE DE CONFÉRENCE.

Il ouvrit la porte. A l'intérieur de la luxueuse salle de conférences, les huit principaux directeurs de la banque se retournèrent comme un seul homme. L'austère et mastoc président-directeur général présidait, entouré de six

hommes et de la séduisante Mlle Emerson, qui regarda Bishop d'un air penaud. Etait également présent le chef de la sécurité de la banque au cou de taureau, Hugh Aynsworth.

– Nous vous écoutons, Bishop, dit le P.-D.G de la Centurian.

– Vos lignes de communication sont vulnérables, commença Bishop, gagnant l'autre bout de la table où il renversa le contenu de sa mallette. Dix mille dollars s'éparpillèrent.

– Vos issues de secours devraient être sous surveillance, vos ordinateurs sont d'une utilisation bien trop facile, les membres de la société de gardiennage dont vous louez les services ont un Q.I. de...

Il se souvint à temps de la présence d'Aynsworth.

– ...sont un peu sous-entraînés.

Joy Emerson poussa un petit sifflement. Très impressionnée.

Fausse manœuvre. Le reste du personnel directorial la fusilla du regard. Elle se recomposa une expression compassée, sans cesser d'étudier Bishop, ce diable d'homme l'intriguait.

– Une fois la banque coupée de la force d'intervention, dit Bishop, y pénétrer était un jeu d'enfant.

Le P.-D.G lança un coup d'œil à Aynsworth, dont le visage s'empourpra.

– Est-ce que notre département sécurité aimerait répondre à cela ? demanda le président.

– Et comment, lâcha Aynsworth. J'ai cru qu'on avait engagé une firme-conseil et qu'une bande de scribouillards allait se pencher sur l'organisation de la sécurité dans cet établissement, puis nous faire part de leurs recommandations.

Il agrippait le bord de la table si violemment que ses jointures craquèrent.

– Personne ne m'a prévenu qu'un cow-boy à la manque allait faire sauter des bombes et jouer aux gendarmes et aux voleurs comme un débile dans la place !

– Monsieur Aynsworth, répliqua Bishop avec le plus grand calme, que vous travailliez pour une banque, un grand magasin ou un salon de thé, il y a un axiome dans ma partie qui est le suivant : le meilleur moyen de tester la sécurité d'un client, c'est l'effraction.

– Le meilleur et sans compter, le plus mémorable, fit le P.-D.G, transperçant du regard Aynsworth.

– Et le plus amusant, fit Bishop en souriant à Mlle Emerson.

– Eh bien, ça ne m'impressionne pas, reprit Aynsworth, passant à l'offensive. J'aimerais souligner, messieurs, que M. Bishop n'a pas pu entrer dans la chambre forte, ni même faire main basse sur ces sacrés tiroirs-caisses.

– Excusez-moi, mon vieux, fit Bishop. Je crois que vous ne saisissez pas bien ce qui s'est passé. Qui se soucie de vos tiroirs-caisses ? C'est de la menue monnaie pour les gogos. Du moment que j'ai accès à votre ordinateur, cette banque m'appartient.

Il ramassa une dernière liasse de coupures de cent dollars dans sa mallette et la lança sur la table.

Mlle Emerson émit un gloussement sonore. A nouveau, le staff directorial se tourna vers elle pour l'admonester du regard. Elle s'éclaircit la voix et tâcha de se ressaisir.

– Je me fous de ce que dit ce clown, s'obstina Aynsworth. Si nous n'étions pas protégés contre toute menace, raisonnable s'entend, je ne garderais pas mon compte ici, non ?

Bishop traversa la pièce et força Aynsworth à se lever en le tirant par la cravate.

– Primo, vous amusez plus à me traiter de clown, lui dit Bishop, les yeux dans les yeux. Et secundo, vous n'avez plus de compte ici. Je l'ai clos la nuit dernière. Toutes vos économies sont là, sur cette table.

Il laissa le balèze retomber lourdement sur sa chaise et regagna le bout de la table.

– Vous recevrez l'analyse complète et nos recomman-

dations dans quelques jours, dit Bishop, refermant sa mallette d'un coup sec. Il sourit à la cantonade.

– Bon..., qui a mon chèque ?

– Euh... moi, dit Mlle Emerson, se levant vivement.

Le P.-D.G à la grise mine se mit debout péniblement. Son expression annonçait l'orage. Au moment où Bishop et Mlle Emerson refermaient la porte derrière eux, le premier coup de tonnerre éclata.

A son bureau de fondé de pouvoir, Mlle Emerson tapait avec deux doigts le chèque de Bishop sur sa machine à écrire, tandis que, mine de rien, il n'en perdait pas une du fonctionnement de la banque, engrangeant des informations qui pourraient lui servir par la suite.

– C'est incroyable, fit Mlle Emerson, avec un hochement de tête. Les gens vous engagent pour que vous entriez par effraction chez eux, rien que pour être sûrs que personne ne peut entrer chez eux par effraction ?

– C'est mon gagne-pain, fit Bishop.

Elle ôta le chèque de Bishop de la machine, le signa théâtralement et jeta un œil sur le montant avant de le lui tendre, comme en s'excusant.

– Pas beaucoup de zéros, fit-elle en se levant.

– Les temps sont durs, répondit-il.

Elle le raccompagna.

– Dites-moi toute la vérité, fit-elle. Une fois que vous êtes entré quelque part, vous ne songez jamais... à vous servir ?

– Non. J'ai une étrange aversion pour la prison, vous savez, répliqua Bishop. Par-dessus le marché, il y a plein de gens qui sont prêts à me payer pour faire ce que je fais. Comme le rigolo à qui appartient votre banque.

Mlle Emerson éclata de rire.

– Parlons un peu de vous, dit Bishop. Vous n'êtes pas tentée de puiser dans la caisse ?

– C'est une tentation permanente, avoua-t-elle. Et je fais tout mon possible pour ne pas y succomber. D'ailleurs, si ça m'arrivait, mon oncle me tuerait.

– Pourquoi ? Il est flic ?

– Non, c'est le rigolo à qui appartient la banque, dit-elle, en s'arrêtant près de la sortie. Au fait, je vous avais parlé d'un déjeuner ? Eh bien, je vous trouve intéressant, monsieur Bishop. Mais pas assez, pour compenser le montant de votre chèque. Bonne chance.

Elle lui serra la main, pivota sur ses talons et repartit à grands pas vers son bureau.

Bishop la suivit des yeux, ne sachant trop s'il devait se sentir piqué ou amusé. Il opta pour piqué ; c'était saumâtre. Il éclata de rire, il y avait un mieux. Sur ce, il quitta les lieux.

De l'extérieur, à travers l'immense devanture de la banque, on avait une vue imprenable sur l'endroit où s'étaient tenus assis Bishop et Mlle Emerson. Deux hommes, classiquement vêtus, dans une Plymouth bleue d'un modèle récent, avaient épié la conversation à la jumelle. Quand Bishop sortit et prit le trottoir, l'un des deux hommes jeta un œil sur une photo posée sur ses genoux, puis compara avec Bishop.

– Viens voir par ici, mon bébé, fit-il.

– On va lui faire un gros câlin, renchérit l'autre.

6

Un quartier mi-commerçant mi-industriel d'Oakland. Les larges avenues alignaient de façon déprimante boutiques de fringues démarquées, magasins de meubles, officines de prêt, laveries automatiques déglinguées, salons de manucure, supermarchés de produits congelés, une poignée d'épiceries ethniques et nombre de devantures vides. Même les ateliers de réparations automobiles et les commerces de motos, qui sont souvent les moins touchés, périclitaient ou étaient fermés.

Les bâtiments trapus en parpaing, couverts de graffiti, des rues adjacentes abritaient d'anonymes entrepôts, des entreprises de Dieu sait quoi appelées Syntech Imports, Allied Manufacturing, Amercop Products et beaucoup de locaux vides, abandonnés par de petites industries. C'était un univers glauque de lutte économique erratique et de ruine.

L'Oakland, un cinéma Art Déco fermé à présent, se trouvait dans l'un des blocs où régnait encore une certaine activité commerciale; sa marquise imposante, au néon depuis longtemps éteint, se dressait toujours sur la façade de l'immeuble de trois étages. Une tentative pour convertir cet espace en boutiques et en bureaux avait échoué; l'Oakland abritait à l'occasion des squatters.

Mais au dernier étage, SÉCURITÉ CONSEIL, M. BISHOP ET ASSOC. était une affaire qui marchait. Ses fenêtres donnaient sur San Francisco, de l'autre côté de la Baie, sur

un univers plus séduisant et plus fortuné qu'Oakland l'industrielle serait bien en peine de générer.

La Plymouth bleue dernier modèle, déjà vue devant la banque, était garée en face du Oakland Theater, mais quelques immeubles plus bas. Les mêmes deux types en complet gris étaient assis à l'intérieur.

Celui qui était au volant raccrocha son téléphone portable et fit un signe de tête à son compagnon. Ils sortirent, traversèrent la rue et remontèrent vers le défunt cinéma.

Ils trouvèrent M. BISHOP ET ASSOC. sur le panneau déglingué de l'entrée : la vitre était brisée, des lettres manquaient. Ils montèrent dans l'ascenseur et appuyèrent sur 3. Il s'éleva en gémissant.

Dans la partie réception, chez les Experts, Carl, coiffé à la diable, tournait comme un lion en cage tandis qu'un technicien des télécoms déconnectait leur téléphone.

– Mais on vient juste de payer, mec, plaidait-il auprès du type. Le chèque est parti au courrier. J'le jure!

– Eh bien, quand il arrivera, je rapporterai tout ça, fit le technicien des télécoms. J'le jure!

Le temps que les portes de l'ascenseur s'ouvrent et que les deux mecs en costard de la Plymouth en sortent, l'employé du téléphone avait arraché le fil du mur, embarqué le poste et se dirigeait vers l'ascenseur.

Carl évalua les deux types d'un coup d'œil et cogita rapidement. Pas le moment rêvé pour se faire enlever leur téléphone.

– Et le ramenez pas tant qu'il marchera pas! cria-t-il au technicien des télécoms.

Ce dernier lui lança un regard « à quoi tu te défonces, p'tit », avant de disparaître dans l'ascenseur.

– Ah, camelote de merde! fit Carl, qui se tourna vers les deux hommes. J'peux vous aider les mecs? les apostropha-t-il.

– Gordon et Wallace, fit le plus jeune, habillé très classe prépa'. Il arborait une moustache roussâtre sympa.

– M. Bishop est-il là ?

Carl, en agent de sécurité stagiaire consciencieux, scruta avec méfiance les deux types, qui faisaient tous leurs efforts pour paraître le plus inoffensifs et plaisants possible.

– Il y a un boulot dont on aimerait l'entretenir, fit Wallace, le plus âgé et le plus corpulent des deux, qui ressemblait vaguement à Broderick Crawford.

Carl apprécia ce discours.

– Sans blague ? laissa-t-il échapper. C'est-à-dire... ouais, il est là. Enfin, j'vais voir. Suffit que j'demande.

Il tendit la main vers le téléphone, qui n'était plus sur le bureau.

– Hé, vous savez quoi ? Suffit qu'j'aille voir moi-même, ça ira plus vite.

Au dernier moment, il se souvint : il jeta un coup d'œil à leurs chaussures, puis encore un sur eux.

– Bougez pas, leur intima-t-il, avant de disparaître par la porte du fond.

Le repaire des Experts se trouvait derrière la réception. Le reste du dernier étage était un loft vitré sur trois côtés. Bishop occupait l'un des coins, appartement modeste réduit à un lit, un bureau, des poids et haltères, une guitare électrique et un ampli, plus une affiche de « Don't look back » de Bob Dylan sur la porte de la salle de bains.

Une partie cuisine commune comprenait une cuisinière, un évier, un réfrigérateur, une table et des chaises. Tout près de là, une paire de sièges capitonnés et une lampe pour lire. Le strict minimum vital.

Le reste du loft, d'un bout à l'autre, c'était le royaume des joujoux : gadgets high-tech, outils, dernier cri des machines audio et vidéo, établis croulant sous des systèmes électroniques à divers stades de réalisation ou de contrôle,

piles de CD, livres, magazines, chaussures de sports en vrac, un sac plein de ballons de basket, et une moto en réparation.

Le loft était divisé en zones de territoire, délimitées chacune par une variété bien particulière de bric-à-brac techno, comme autant de soleils entourés de débris d'astéroïdes.

Whistler, au centre, avait une grande table en fer à cheval où s'entassaient magnétophones à cassette numérique, micros canon, amplis, claviers en Braille connectés à des PC, un téléphone en pièces détachées mais qui fonctionnait, une collection de vieux trente-trois tours stéréo, des haut-parleurs de toutes les formes et de toutes les tailles, deux platines qui tournaient en permanence, une console de mixage TEAC et un synthétiseur.

Dans le domaine de Maman, à l'un des coins, s'empilaient de puissants radars et sonars, des oscillateurs, des transformateurs électriques portables, des survolteurs, des appareils photo longue focale camouflés en sac de voyage et des caméras miniatures. C'était un foutoir, avec à peine la place de s'asseoir. Au beau milieu, un vélo d'entraînement et un tapis pour des exercices de callisthénie.

Le long du mur-est, régnait chez Crease une propreté maniaque : chaise à dossier droit, bibliothèques vitrées et bureau bien rangé aux tiroirs fermés à clé. Il y avait même bornant ce périmètre un petit tapis oriental, un canapé et des chaises.

Carl, niché sur le mur d'en face, était inondé – il en avait la charge – par tous les annuaires régionaux et nationaux sur lesquels il pouvait mettre la main. Son modeste établi déployait les divers appareils d'effraction sur lesquels il travaillait avec son pic Cobra. La clef de voûte de son domaine était sa radiocassette portable et son importante collection de cassettes et d'écouteurs.

Enfin, à l'extrémité ouest, près de la cuisine, c'était l'enclave de Bishop : trois ordinateurs différents, plus des ouvrages de politique, de programmation informatique et de

verrouillage, de cryptographie; quelques livres de comptes et autres paperasseries; trois téléphones, chacun muni d'un jack de magnétophone à cassette; et plusieurs fichiers de taille.

Ces types avaient toute l'apparence de sérieux fouineurs, bien équipés en technologies de pointe pour jouer le jeu comme des pros.

Bishop se renversa sur le siège de son bureau, pour mieux observer le vigile en chemise bleue, armé d'un fusil à pompe, qui se dressait près de Crease.

– Il serait parfait pour cette compagnie d'export, dit Crease. Qu'est-ce que tu en penses?

Maman s'arrêta pour ricaner au nez du vigile holographique.

– De lui? C'est de la camelote, fit-il.

– Regarde-moi qui parle, dit Crease. Huit mille dollars, c'est pas de la camelote.

– Si nos clients pouvaient se payer ça, ils ne feraient pas appel à nous, fit Bishop, sceptique.

– Le fabricant nous fait un rabais de quarante pour cent, dit Crease. Si on en vend cinq à Sheeser Imports en montant le prix de vingt pour cent, on se fait huit mille dollars de bénéfice. Sheeser baisse le nombre de ses effractions, et économise sur le plan salaires, prestations et pressing.

– Faut que j'y réfléchisse, fit Bishop. Qui a le rapport sur notre infiltration de la banque?

Le reste de l'équipe était vautré alentour, jouant les légumes, comme les membres d'une fraternité d'étudiants. Les Experts tenaient ce qui passait pour une réunion de travail.

– Je vais le taper plus tard, dit Maman.

– Toi? s'étonna Bishop.

– On a pas payé la dactylo depuis janvier, dit Maman. Alors, c'est moi ou Whistler.

Ce dernier renversa son Coca light, comme s'il voulait rappeler à tous qu'il était aveugle.

– Mieux vaudrait Whistler, fit Crease.

Maman lui lança un regard peiné.

Cherchant à tâtons sa boîte de Coca par terre, Whistler exhiba un grand sac plastique d'où il tira deux battes de base-ball rouges et jaunes en caoutchouc mousse d'un mètre vingt de long, très rembourrées.

– Laissez-moi deviner, fit-il en les palpant. Des cotons-tiges pour éléphants ?

– C'est à moi, fit Crease avec mauvaise humeur. Repose-les.

– Outil adéquat pour job adéquat, dit Maman, saisissant l'une des battes et portant des swings violents au vigile holographique. La batte le frappa à la tête, qu'elle traversa sans dommage. Crease lui reprit la batte.

– Et elles te servent à quoi ? fit Carl, rejoignant le groupe au petit trot.

– T'occupe, fit Crease, refourrant les battes dans le sac et le poussant derrière son bureau.

– Thérapie de l'agressivité, Whistler lança-t-il en l'air. C'est des trucs pour résoudre les conflits. Avec ta femme tu...

– Sans blague ? fit Bishop. Caroline et toi, vous vous tabassez avec ces machins ?

– En hurlant, et ils se déchargent comme ça de leurs pulsions primitives, fit Whistler, venant à la rescousse. Faut pas croire, c'est vachement sain.

Fou rire des autres Experts.

– On le fera peut-être ou peut-être pas, dit Crease furieux. C'est pas de moi, l'idée.

– C'est complètement rétro comme truc, genre années soixante-dix, commenta Maman. J'pourrais te les emprunter quand vous aurez fini ? J'pense à cette nana que j'connais...

Les autres Experts le huèrent.

Carl se souvint de ce qui l'amenait.

– Hé, Bish', y a des clients pour toi là-bas, fit-il. Des vrais.

Il capta l'attention générale. Des clients qui faisaient le déplacement étaient presque aussi rares qu'une éclipse solaire.

– Chaussures ? fit Bishop.

– Chères, répondit Carl, consciencieux.

Bishop s'empara vite fait d'une veste et d'une cravate, puis traversa le loft à grandes enjambées.

– Ayez l'air de vous activer, les mecs, cria-t-il, par-dessus son épaule. Maman, t'as travaillé tes pompes et tes abdos ?

Ce dernier poussa un gémissement et se dirigea en traînant les pieds vers son tapis de callisthénie, boudant comme un enfant de huit ans.

Crease emboîta le pas à Bishop. Carl avait du mal à suivre le rythme.

– Où en est-on avec le groupement d'avocats de Powell ? demanda Bishop à Crease.

– Ils ont accepté notre offre, répliqua Crease.

– J'vais faire le ménage côté micros et installer des brouilleurs, dit Carl.

– Ça va pas nous coûter plus cher que ce qu'ils nous paient ? s'enquit Bishop.

– Pas de beaucoup, fit Crease, haussant les épaules.

– Bon, conclut Bishop, comme ils prenaient le couloir qui menait à l'avant.

Crease obliqua à gauche, Bishop continua vers la partie réception, Carl sur ses talons.

– Arrange un peu tes cheveux, dit Bishop à Carl, qui passa rapidement ses doigts dedans pour les peigner.

Les deux en costard se levèrent quand Bishop et Carl entrèrent.

– Monsieur Bishop – Dick Gordon, annonça le sympa de classe prépa' à la moustache rousse, serrant la main de Bishop.

– Bud Wallace, fit-il en présentant son compagnon plus âgé à l'air maussade. On a entendu des tas d'histoires fabuleuses sur vous, continua Gordon.

– Tout est vrai, répliqua Bishop.

Les deux visiteurs sourirent poliment. Carl partit d'un rire un petit peu trop fort.

– Merci, Carl, dit Bishop avec un froncement de sourcil. Messieurs, voulez-vous me suivre dans la salle de réunion où vous pourrez me dire en quoi nous pouvons vous être utiles ?

Bishop tint la porte ouverte aux deux hommes, qui la franchirent. Carl fit mine de les suivre. Bishop secoua négativement la tête.

– Je t'en prie, Bish', quand tu vas me laisser assister aux réunions ? dit Carl.

– Le jour où t'auras de la barbe au menton.

7

Wallace et Gordon étaient assis face à Bishop, plusieurs dossiers étalés devant eux. Par les panneaux vitrés de la salle de réunion, les deux hommes pouvaient apercevoir les Experts, tous occupés de façon convaincante.

– Avant de commencer, il y a quelque chose que nous aimerions tirer au clair, dit Gordon. La plupart des sociétés dans votre genre, qu'on les appelle Tiger Teams ou Black Hatters, recrutent parmi les ex-représentants de la loi. Mais votre équipe, c'est...

– Un peu différent, compléta Bishop.

– C'est ça, oui, fit Gordon.

Wallace ouvrit l'une des chemises, en tira des photos et des fiches.

– Irwin Emery, dit « Whistler », fit Wallace, jetant un regard circulaire et le repérant, maigre comme un clou, dans le loft.

Whistler s'exerçait, grâce à un sonar de la Navy trafiqué, à identifier des objets dans la pièce d'après leurs échos.

– Neuf chefs d'accusation pour accès frauduleux au réseau téléphonique, poursuivit Wallace.

– Il avait onze ans à l'époque, fit Bishop, il est vraiment génial dans ce domaine.

– Et son inculpation comme pickpocket à dix-sept ans ? demanda Wallace.

– Il s'entraînait et il a rendu ce qu'il avait pris, répondit

Bishop. Son père lui a appris à cultiver une certaine dextérité manuelle quand il est devenu aveugle... prestidigitation, piano jazz.

– Il a travaillé un moment pour JPL, puis devenu programmeur et concepteur chez IBM, il s'est fait virer, continua Wallace.

– Il arrêtait pas de les asticoter pour qu'ils se joignent à Apple, dit Bishop. Il affirmait que ça leur ferait économiser des milliards quelques années plus tard. Chez IBM, c'était subversif. Ils étaient sûrs qu'il travaillait en fait pour Apple.

Gordon ouvrit un second dossier.

– Darryl Roskow, dit « Maman », lut-il.

On pouvait entendre les grognements dudit, se soumettant au régime journalier (cent pompes, cent abdos) prescrit par Bishop comme condition expresse pour continuer à faire partie de l'équipe.

– Condamnation criminelle : dix-huit mois à Dannemora pour entrée par effraction dans une installation fédérale, dit Gordon.

– Il a été piégé, objecta Bishop. Mais il a des mains d'or pour ce boulot : aucune serrure, aucun coffre ne lui résiste, électronique ou à l'ancienne.

– Euh-hum, fit Wallace.

– Par la suite, l'autre mec a reconnu qu'il l'avait piégé. Vous avez ça là-dedans ? dit Bishop. Et qu'il est diplômé de l'Université, vous avez ça aussi ?

Gordon jeta un regard incrédule à cet ours mal léché de Maman.

– Qui ? Ce mec-là ? fit-il.

– Ça lui a pris quelques années, dit Bishop. Dans l'intervalle, il s'est lancé dans des recherches personnelles sur la drogue. Toutes sortes de drogues, ça lui a laissé des traces. Mais tout ça, c'est du passé.

– Carl Arbogast, dit Wallace. Dix-neuf ans, a fait six mois au Pritchess Honor Ranch pour avoir tapé dans le fichier central du gouvernement.

On pouvait voir Carl, dans le loft, tenter de réassembler et remettre en état de marche un poste de télévision haute-définition de huit mille dollars qu'il avait, aux cris d'orfraie des autres, démonté par pure curiosité.

– Oh, voyons, dit Bishop, il avait quatorze ans quand c'est arrivé.

– Ce n'est pas tout, il... commença Wallace.

– Ouais, ouais, ouais, il a piraté l'ordinateur de son lycée et a changé ses notes, termina Bishop.

– Il s'est accordé une bourse, renchérit Gordon.

– Et à tous les autres copains fauchés de sa classe, qui voulaient aller à la fac. O.K., dit Bishop, changeant de tactique. Vous cherchez un représentant de la loi ? Donald Crease, douze ans de CIA.

– Donald Crease, vingt-deux ans de CIA, rectifia Wallace, arrêtant son regard sur ce dernier.

Crease était assis devant son bureau bien rangé, au milieu du loft, et se tournait les pouces en fixant les visiteurs dans la cage de verre, comme s'il voulait lire leurs pensées.

– ...a quitté en 1986, ajouta Wallace. Pourquoi ça ?

Bishop n'appréciait plus le tour que prenait la conversation. Sa voix se teinta de nervosité.

– Je crois qu'il y a eu incompatibilité d'humeur. Vous êtes qui, les mecs ?

– Du calme, Marty, fit Gordon. On est obligés de faire des recoupements, et il semble que chaque membre de votre équipe a eu des problèmes par le passé.

– Et pour finir, Martin Bishop, dit Wallace.

Il le regarda, l'air de ne pas lui faire un sort, en ouvrant le dernier dossier qui portait le nom de Bishop. Il était vide.

– Lui, il n'a pas l'air d'avoir de passé, lâcha Wallace.

L'atmosphère autour de la table se rafraîchit sérieusement. Bishop jeta un coup d'œil au dossier vide sur le bureau, puis zieuta d'un air glacial les deux types. Il comprit de quoi il retournait et se leva.

– Je regrette de vous avoir fait perdre votre temps, messieurs, dit-il. Mais je ne travaille pas pour le gouvernement.

– Nous le savons, fit Gordon, avec évidence.

Wallace tendit l'étui en cuir de son badge, et celui de Gordon.

– National Security Agency, annonça-t-il, rendant à Bishop son regard glacial.

– Ah, c'est vous les mecs que j'entends souffler dans mon téléphone, fit Bishop.

– Non, ça c'est le FBI, le corrigea Gordon. Nous ne sommes pas habilités à la surveillance domestique.

– Ah bah, fit Bishop, vous vous contentez de renverser les gouvernements et de mettre en place des dictateurs sympathisants.

– Non, rectifia encore Gordon en souriant, ça c'est la CIA. La NSA protège les communications électroniques de notre gouvernement et essaie de déchiffrer les codes des autres, en face. On fait pas partie des « méchants », Marty.

Bishop resta debout.

– Wouah, j'te raconte pas comme tu me soulages..., Dick, fit-il. Mais, trêve de parlotes, je me souviens trop bien de mes lectures concernant les capacités – et les penchants – de la NSA, pour me sentir à l'aise. Je regrette.

Il leur ouvrit la porte de la salle de réunion.

– Si vous le désirez, ajouta-t-il, je peux vous donner la liste fort longue de mes concurrents, qui ne soulèveront aucune objection.

Il attendit qu'ils daignent se lever.

Wallace échangea un regard avec Gordon, ramassa ses dossiers et repoussa sa chaise.

– Très bien, on y va, fit-il.

Il jeta un dernier coup d'œil perçant sur les Experts tout à leurs occupations dans leur repaire, et quitta la pièce.

Gordon soupira, sortit une enveloppe de sa poche et gribouilla quelque chose dessus. Il franchit la porte à son tour et Bishop le raccompagna jusqu'à l'ascenseur.

Carl, de son bureau de réceptionniste, regarda avec curiosité Wallace appuyant sur le bouton d'appel d'un air morose. Gordon tendit à Bishop l'enveloppe griffonnée.

– Si jamais vous changez d'avis, fit-il, vous pouvez nous joindre à ce numéro, monsieur Brice.

Les portes de l'ascenseur s'ouvrirent.

Bishop pâlit en entendant prononcer ce nom. Il resta immobile, la main crispée sur l'enveloppe, attendant la suite. Mais Gordon et Wallace, sans jeter un regard en arrière, entrèrent dans l'ascenseur, dont les portes se fermèrent.

Bishop baissa les yeux sur l'enveloppe. Il l'ouvrit, en retira une fiche de recherche du FBI, datant de 1969, avec sa photo. Seulement, elle portait le nom de Martin Brice.

– Pourquoi il t'a appelé Brice ? demanda Carl.

Bishop ne répondit pas, cloué sur place.

8

Bishop quitta le Repaire, seul. Il tourna le coin de la rue et continua tout droit. Il arriva aux abords d'un quartier chinois et poussa la porte du premier bar venu : Le Dragon de Red.

Il se retrouva dans un troquet enfumé, attendit que ses yeux s'habituent à la pénombre et se hissa sur un tabouret de bar. Il examina le décor, marqué par l'éclectisme : calligraphie chinoise, éventails en papier de riz, filets de pêche et conques marines, peinture murale représentant une île des mers du Sud, palmiers et vahinés compris, statue de l'île de Pâques qui touchait le plafond, et fontaine d'intérieur à trois étages ornée de fougères, derrière le bar. Il y en avait pour tous les goûts.

– Ami, toi veux quoi ? dit le barman – Red, sans doute – avec un petit sourire fripé, qui s'évanouit aussi vite qu'il était né. C'était un Chinois au visage rond, au crâne dégarni et à l'air las.

– Une vie digne de ce nom, lui répondit Bishop, qui leva les yeux au ciel, le premier surpris de sa jérémiade. Pas vraiment son style. Lui qui ne laissait jamais transparaître ses émotions, s'efforçant de conserver une égalité d'humeur à toute épreuve. Et il faisait en sorte d'être toujours trop occupé pour se donner le temps de réfléchir. Il s'autorisait rarement à passer en revue la vie qu'il avait menée depuis la fac et les Jours de Colère.

– Excusez-moi, dit-il au barman. Donnez-moi un...

Il jeta un œil à la liste des cocktails-maison sur un tableau noir, au-dessus du bar.

– ...Un lance-pierres de Singapour, dit-il.

D'un signe de tête, le barman enregistra la commande et s'éloigna. Bishop n'avait pas une idée exacte de la nature d'un lance-pierres de Singapour, mais il était sûr d'une chose : c'était meurtrier et ça se laissait boire. Tout à fait ce que recommandait la faculté dans son cas : un anesthésique.

Il jeta un regard circulaire dans le bar. La dizaine de clients – buveurs de l'après-midi, inscrits probablement sur les listes des inemployés et des inemployables, songea Bishop – entouraient les tables de jeu, au fond, pour une partie de cartes et de dés dont la règle lui échappait. Tous d'origine chinoise, ils jacassaient et plaisantaient, enfermés dans leur monde.

– Tenez, vous mieux après, dit le barman, avec son sourire éclair, en posant un verre devant Bishop.

Ce dernier jaugea le breuvage indéfinissable d'un œil dégoûté, et le but d'un trait.

Le barman le dévisagea un moment, ayant remarqué son air chagrin. Il passa devant le bar et s'assit sur le tabouret voisin de celui de Bishop. Il tourna la tête vers les joueurs au fond de la salle, sans dire un mot.

Bishop le fixa de son expression morose, puis choisit un autre cocktail sur le tableau noir.

– Une corne de brume, fit-il.

Il n'avait pas le moindre soupçon de ce que c'était.

Le barman le prépara, le lui apporta, s'affaira quelques instants et se rassit à côté de Bishop, en l'ignorant.

Ce dernier descendit la corne de brume un peu moins vite que le lance-pierres.

La porte du bar s'ouvrit tout grand et un ado d'une quinzaine d'années entra en coup de vent. Il était d'origine chinoise, portait un jean déchiré au genou et les cheveux mi-longs, comme Carl. Il vint s'appuyer au bar, à côté de Bishop.

– Pa', tu m'passes dix dollars ? dit-il à Red. On va au ciné.

– Lequel ? demanda le barman.

– Lequel ? répéta le garçon. Au West Bank.

– C'est quatre dollars cinquante pour matinée, fit son père, qui se leva et se dirigea vers la caisse enregistreuse. Il tendit un billet à son fils.

– Voilà cinq dollars.

– Merci, Pa', fit le môme avec un grand sourire. Il fila comme l'éclair.

Le barman vint se rasseoir, en direction du couchant.

Bishop se replongea dans ses pensées tristounettes. Toute sa vie avait été façonnée par une seule « erreur » de jeunesse, qui lui avait ôté son libre arbitre. Il avait vécu sur le mode négatif, n'osant pas faire ci, forcé de faire ça, fuyant comme un voleur dans le noir. Mais vue sous un certain éclairage, son existence n'était pas si mauvaise que ça. Il pouvait tirer parti de sa vivacité d'esprit, exercer ses talents, assurer la matérielle et jouissait du soutien de bons amis et associés. Un homme libre, apparemment.

Mais derrière ce masque de vie facile, Bishop se sentait enchaîné dans un goulag quotidien qui le coupait de toutes les possibilités, excepté les plus modestes. Une prison qui privait également de perspectives les autres Experts. Les boulots, les occasions de faire carrière qu'il avait repoussés pour protéger son anonymat – il ne pouvait même pas leur en parler. Il ne pouvait chercher l'absolution ni auprès d'eux ni auprès de quiconque.

Périodiquement, il essayait ça – la cuite – mais ça ne marchait presque jamais. Par le passé, il était déjà rentré après s'en être jeté quatre ou cinq derrière la cravate, malade comme un chien, plus mal en point qu'avant.

– Un volcan, commanda-t-il au barman, assis là comme un bouddha de profil.

Ce dernier se leva et confectionna un cocktail à base de cognac, liqueurs, citron vert, le tout flambé. Il posa un cru-

chon qui crachait du feu sous le nez de Bishop, souffla pour l'éteindre et alla se rasseoir.

– L'homme et sa conscience..., commença le barman, tourné vers le couchant.

Bishop le regarda avec incrédulité.

– Vous connaissez histoire de Lao Tseu et Tigre ? demanda le barman.

Bishop se contenta de le regarder.

– Le tigre, il tuait moutons, chèvres et même enfants, fit le barman. Gros problème. Lao Tseu, aide-nous! ils disent les villageois. Histoires courtes sont meilleures : Lao Tseu dit vous comprenez pas vieux compère. Alors, il emporte agneau dans tanière du tigre et couche agneau dans lit du tigre. Tigre revient...

La porte donnant sur la rue s'ouvrit à nouveau à toute volée et deux adolescentes entrèrent. L'une était chinoise, l'autre de race blanche. La Chinoise, qui était la plus grande et la plus jolie des deux, vint s'appuyer contre le bar.

– Salut, Pa', fit-elle. Tu m'payes des patins à glace ?

Le Chinois la regarda, ahuri.

– Toi tombée sur la tête ? lui dit-il.

– Pa-aa', fit-elle. J'peux en avoir pour moins de cent dollars chez Target.

– Non, répondit son père.

– Mais c'est pour le *skate-in* du Sida, insista-t-elle. Bon Dieu, pap's, le Sida, tu sais bien, faut qu'on fasse quelque chose pour ça nous aussi.

Son père lui lança un regard « laisse-moi le temps de respirer » et se tourna vers sa caisse enregistreuse. Il en sortit deux billets de vingt, un de dix et les tendit à sa fille.

– Fonds de complément, dit-il. Tu n'as qu'à prendre moitié ta paie de chez Arby.

– Oh, Pa', se plaignit-elle.

– Et tu apportes dîner ce soir, ajouta son père. Je veux pommes allumettes.

– J'suis obligée ? pleurnicha-t-elle. Mon chèque est déjà si petit !

– Ici, dur pour tout le monde, la coupa le barman.

– Merci, Pa', dit sa fille, un peu découragée.

Elle se pencha pour l'embrasser. Bishop la mata quand elle se dirigea vers la porte – et surprit le regard de triomphe qu'elle jeta en cachette à son amie qui l'attendait.

– Wouah, il est dur ! dit l'autre fille, comme elles prenaient le large.

– Donc, reprit le barman, tigre revient chez lui avec daim tout juste tué dans la gueule et trouve agneau dans son lit. Et tigre lèche agneau comme si c'était son petit. Ils jouent, ils se couchent, ils dorment ensemble. Tant que tigre et agneau vivent ensemble, dit Lao Tseu, tout va bien dans village. Fin histoire.

Il se fendit de son sourire éclair.

– Et maintenant, il veut quoi ? demanda-t-il, saisissant le cruchon que Bishop avait vidé.

Ce dernier passa en revue la liste au-dessus du bar.

– Un side-car, annonça-t-il. Vous avez oublié la partie où le tigre devient homme à moitié et sauve le bébé du serpent.

Le barman le regarda avec surprise.

– Vous déjà venu ici ? fit-il.

– Non, m'sieur, dit Bishop avec un léger sourire ironique. J'ai lu Lao Tseu à la fac. Vous avez encore beaucoup d'enfants comme ça ?

9

L'ancien Immeuble Fédéral de San Francisco était vraiment vieux : une ruine néo-classique qui semblait habitable, uniquement par comparaison avec le reste du voisinage. Bishop passa devant un kiosque à journaux à l'abandon, enjamba des échafaudages et des matériaux de construction qui bloquaient l'entrée du bâtiment. Un clodo loqueteux était assis sur les marches du perron.

– T'as pas un quarter ? demanda-t-il. Le gouvernement me prend mon chez-moi. A vot' bon cœur !

Bishop lui tendit une poignée de pièces, prit une profonde inspiration et pénétra dans le building.

Gordon attendait Bishop dans le hall, planté sous le portrait officiel de George Bush accroché au mur crasseux. Des ouvriers, poussant des diables où s'entassait du vieux matériel de bureau, passaient devant eux pour sortir. Gordon, en manches de chemise – blanche la chemise, étroite la cravate –, tendit la main.

– Comment ça va ? dit-il à Bishop, le guidant vers les ascenseurs. Excusez le désordre, ça fait trois ans que l'endroit doit être rénové.

Il appuya sur le bouton d'appel.

– Finalement, ils ont trouvé le temps de venir réparer les dégâts du tremblement de terre, continua-t-il. Un peu avant le prochain, probablement, hein ? Quoi qu'il en soit, merci d'être venu.

Bishop avait la gueule de bois et pouvait difficilement se foutre davantage de l'aspect ou de l'odeur de ces lieux.

– Ce n'est pas exactement ce qui s'appelle une visite volontaire, dit-il, comme ils pénétraient dans l'ascenseur.

Gordon appuya sur un bouton d'étage et l'ascenseur se mit en route. Puis il s'adossa à la paroi et regarda avec sympathie Bishop, visiblement pas dans son assiette.

– Marty, faut que je vous rassure sur un point, fit-il. Nous ne cherchons pas à vous arrêter ; nous voulons louer vos services.

Bishop jeta un coup d'œil inexpressif à Gordon, qui lui fit un sourire affable.

– Nous procédons toujours à des vérifications de routine des antécédents de nos éventuels contractants. Que les vôtres se soient révélés un peu plus « colorés » que nous ne nous y attendions n'est pas une affaire.

L'ascenseur s'arrêta, ils sortirent.

– En fait, ça facilite presque, dit Gordon, faisant halte devant l'ascenseur. Ecoutez, avant de rejoindre mon coéquipier, je tiens à vous dire que j'admire ce que vous avez fait à l'époque.

– Ah ? fit Bishop.

– Ecoute, pendant que toi et ton pote Cosmo vous piratiez les ordinateurs et procuriez des sursis à tout un tas de conscrits, dit Gordon, je faisais partie du ROTC [1]. Moi, je léchais les bottes à des recruteurs de métier tandis que vous les mecs, vous arnaquiez Dow Chemical en leur faisant subventionner les Black Panthers.

– C'est pour parler de ta culpabilité ou de la mienne, qu'on est ici ? dit Bishop.

Gordon eut un petit rire auto-dépréciateur. Ils se dirigèrent vers un bureau.

– Eh, fit-il, c'est juste une façon indirecte de te dire que ton attitude envers le gouvernement... eh bien, disons, n'est

---

1. Reserve Officiers' Training Corps : corps d'entraînement des officiers de réserve. *(N.d.T.)*

plus de mise. Il y a quinze ans, ouais bon. Mais les choses ont bougé.

Il s'arrêta et se tourna vers Bishop.

– Le gouvernement, c'est nous maintenant.

Il traversa le couloir et ouvrit une porte où était marqué RÉPARTITION DES RESSOURCES SERVICES ADMINISTRATIFS.

Wallace, assis à son bureau en manches de chemise, passait en revue les éléments du passé criminel de Bishop étalés devant lui : l'affiche de recherche, des copies des mandats d'arrêt et des actes d'accusation, des articles de journaux avec des titres style DESCENTE DANS UN REPAIRE DE GAUCHISTES, L'UN D'EUX TOUJOURS EN FUITE ou encore LOURDE PEINE DE PRISON POUR L'ANTI-GUERRE.

Wallace se leva, avec un sourire suffisant.

– Tiens, tiens, Robin des Bois en personne, fit-il en prenant le dossier. Voyons voir : utilisation frauduleuse de réseau téléphonique, vol aggravé, entente délictueuse. De combien tu écoperais à ton avis ? Cinq ans ? Sept ans ?

Il fit glisser une photo sur le dessus du bureau. Un agrandissement de Bishop et Cosmo à la fac, désossant un téléphone avec un large sourire.

Bishop s'en empara et le regarda : un cliché historique, les amitiés de jeunesse, les anciens idéaux.

– Ajoutons à ça le refus de se soumettre à la justice par délit de fuite, continua Wallace. Cinq ans de plus au bas mot.

Bishop lui rendit son sourire, mais ce sourire-là n'avait rien d'inoffensif. D'entrée, il n'avait pas encaissé ce type.

– Tu sais, j'ai eu envie de rejoindre la NSA, mais ils ont découvert que mes parents étaient mariés, fit-il.

Le sourire de Wallace s'effaça sous l'insulte. Gordon s'interposa sur-le-champ en disant « pouce ».

– Bon, bon. On se calme, amis maintenant. Tu veux une bière, du café ? demanda-t-il à Bishop.

Ce dernier fit non de la tête.

– Finissons-en, dit-il.

– O.K., fit Gordon, passant derrière son bureau. Il sortit une chemise d'un tiroir, en tira la photo d'un homme qu'il plaça devant Bishop.

– Il s'agit d'un jeune mathématicien, Gunther Janek. Le Dr Gunther Janek, précisa-t-il, comme Bishop prenait la photo pour l'examiner de plus près. Professeur titulaire à UC. Il travaille aussi dans un réservoir de matière grise du nom d'Institut Coolidge. Il est spécialiste de la théorie des grands nombres, et de la décomposition en facteurs premiers.

– Ouais, de cryptographie autrement dit, marmonna Bishop.

– Bravo, fit Wallace.

– Il anime quelques séminaires avancés, fait de la recherche, publie un article de temps en temps, dit Gordon. Il a eu des débuts foudroyants autour de la vingtaine, il a fait des étincelles dans son domaine. Récemment, rien de transcendant. En fait, sa carrière paraissait être au point mort. Jusqu'au mois dernier. Tout à coup ce bon Dr Janek reçoit une subvention de 380 000 dollars. Un type comme ça n'a pas le bon profil, avons-nous pensé. Et pour une fondation dont personne n'a entendu parler. C'est notre job d'être curieux, alors on est remonté à la source de l'argent. Devine d'où il vient ?

– Pas la moindre idée. Je sais seulement que tu ne vas pas m'annoncer la Russie, dit Bishop.

Gordon et Wallace firent si de la tête.

Bishop éclata de rire.

– Oh, faut pas pousser, fit-il.

– D'un compte numéroté à Zurich, dit Gordon.

– Les gens qui planquent leur argent à Zurich sont nombreux, rétorqua Bishop.

Il n'était ni impressionné ni intrigué, ni même convaincu qu'ils lui racontaient la vérité. Sa gueule de bois lui donnait la migraine, il se sentait naze.

– C'est un compte du KGB en devises fortes depuis

longtemps, dit Wallace. On en contrôle un certain nombre en Suisse.

– J'ai une nouvelle sensationnelle à vous apprendre, les mecs, dit Bishop. Ils ont laissé tomber. On a gagné. Les journaux en ont parlé. Eltsine a dissous le KGB l'année dernière. Vous n'en avez pas entendu parler ?

– Et on continue à les espionner, et ils continuent à nous espionner, dit Gordon. Ne sois pas dupe des gros titres, Marty. Ils sont là pour rassurer le bon peuple. Tu penses sérieusement qu'un corps de métier de dizaines de milliers d'agents parfaitement entraînés va s'évanouir dans la nature, du jour au lendemain ? Rentrez chez vous, faites-vous embaucher à l'usine du coin et basta. Les espions, ça espionne. Ils peuvent changer de nom et d'objectifs, ils ne deviennent ni coiffeurs ni cordonniers.

Wallace sortit un autre document du dossier, qu'il mit sous les yeux de Bishop. C'était une mauvaise reproduction du tracé schématique d'un dispositif électronique rectangulaire, qui ne ressemblait à rien de ce que connaissait Bishop en la matière, à demeure ou à l'étranger ; et ses connaissances n'étaient pas minces.

– Nous avons intercepté un fax, la semaine dernière, dit Gordon. Janek semble être en train de fabriquer une sorte de « boîte ». Une petite boîte noire.

Il désigna une légende sur le côté : SETEC ASTRONOMY.

– C'est le nom de code du projet, fit-il. Nous ne savons pas de quoi SETEC est l'abréviation. Et nous n'avons aucun indice concernant la partie ASTRONOMY.

– SEcurité et TEChnologie, fit Bishop, l'air pensif.

Il était intrigué malgré lui. Il retourna le dessin dans tous les sens.

– Est-ce une technique de détection quelconque ou autre ? fit Gordon. Ou bien ça cache quelque chose ou bien ça ne cache rien. Mais, d'après nous, qu'on ait réservé pour lui un billet d'avion pour Bruxelles la semaine prochaine pourrait être significatif. Nous pensons que c'est l'heure et

le lieu de livraison de la boîte. Et même si nous avons tort et qu'il entende la rapporter, cette boîte est trop exposée à être fauchée par ceux de l'autre bord, une fois sortie du pays.

– Il nous faut mettre la main dessus avant qu'elle quitte les États-Unis, fit Wallace.

– Ton job, c'est de découvrir ce qu'il y a derrière Setec Astronomy, continua Gordon. Ce que c'est, qui en fait partie, quel est le but de cette boîte noire ? Il faut que nous examinions cette boîte et nous fassions une idée avant qu'un popof la ramène à Boris.

– On suppose qu'il la garde dans un coffre, fit Wallace, soit chez lui soit à l'Institut. Un endroit où il peut y avoir accès pour travailler dessus.

– Ça ne sera pas facile, il doit y faire sacrément attention, c'est probable, dit Gordon. Mais tu peux me croire sur parole, c'est d'une importance capitale, d'une extrême urgence pour la sécurité nationale.

– Tu as trois jours, dit Wallace.

Bishop regarda tour à tour les deux agents du gouvernement.

– Pas ques', fit-il. C'est vous les mecs qui faites ce genre de corvée domestique. Vous savez bien que c'est pas le genre de truc que je pratique.

– Désolé, Marty, dit Gordon en douceur, mais nous n'avons pas beaucoup le choix. Ni de temps.

– Faites ça vous-même, si c'est un si gros truc de sécurité nationale, reprit Bishop. Vous êtes de grands garçons. Faites votre sale boulot tout seuls.

– La NSA n'est ni équipée pour ce genre d'opération ni autorisée à les mener, dit Wallace. Nous n'avons pas de « plombiers ».

Bishop ne pigeait pas. Ils ne lui racontaient pas toute l'histoire.

– Alors faites appel au FBI, dit-il.

– Ouais, c'est ça, ricana Wallace. Et ils seront encore penchés sur les formulaires dans trois semaines d'ici.

– Tu voudras pas me croire si je te disais par où il nous faut passer pour obtenir le feu vert dans le cas d'une entrée clandestine, déclara Gordon. Suis-moi attentivement : primo, on doit en référer au Groupe G... ce sont eux qui sont responsables de la Russie. Le chef du Groupe G. doit faire une réunion avec celui du Groupe W., qui est chargé des opérations d'interception. Puis la proposition doit remonter tous les niveaux de la hiérarchie, du directeur-adjoint des Opérations jusqu'au directeur-adjoint de la NSA, et de là au Conseil général de la NSA.

Bishop secoua la tête avec ennui. Il ne voulait pas savoir.

– Ah, et ce n'est que le début, fit Gordon. Le Conseil Général de la NSA transmet la demande au Directeur de la NSA, au ministre de la Défense et au bureau de l'Intelligence Policy and Review du ministère de la Justice... je devrais même pas te dire tout ça. Puis, au cas où l'Attorney General US appose son cachet sur les documents, le Foreign Intelligence Surveillance Court – tribunal secret dont tu n'es pas supposé connaître l'existence – est appelé à siéger pour entendre exposer le bien-fondé de l'affaire. S'il nous donne son accord, alors nous pouvons faire appel au FBI. Incroyable, non ?

La tête de Bishop lui faisait un mal de chien. Il avait perdu le fil du côté du Groupe W. et s'en foutait éperdument.

– Mais alors ! fit Wallace, reprenant le flambeau. Le FBI ne peut pas travailler pour nous sans l'aval officiel de sa commission de surveillance dépendant du Congrès. Eh bien, il se trouve que le président de cette putain de commission est parti pêcher à la mouche en Nouvelle-Zélande ! Et que le sous-président a les couilles d'un concombre de mer ! On lui fera pas se magner le cul à moins de lui prouver qu'on remorque une bombe à hydrogène depuis La Havane.

Bishop s'aperçut que tout ça affligeait Gordon pour de bon, probable que rien ne l'avait ému autant depuis qu'on

lui avait remis sa première médaille du mérite chez les scouts.

– Si ce truc de Janek se révèle avoir de la valeur, fit Gordon, tu peux parier ton dernier dollar que notre peau ne vaudra pas un kopeck. Nous sommes dans le pétrin, point à la ligne.

– Ça ne répond toujours pas à ma question : pourquoi moi ? ft Bishop.

– Parlons carrément, parce que c'est illégal, fit Gordon. Il existe une flopée d'équipes de privés plus classes, je regrette d'avoir à le dire. Seulement toi, tu t'es arrangé pour rester dans la clandestinité depuis vingt ans. Tu parles d'un tour de force, étant donné le prix auquel les fédés ont mis ta tête. Ça nous apprend que tu sais nager en eau trouble et, encore plus important, que tu sais comment ne pas te faire piquer.

– Et que tu peux la boucler, dit Wallace, charmant comme toujours.

– Tout ce qu'on te demande c'est de faire ce que tu as toujours fait pour gagner ta vie, fit Gordon. Ce n'est pas la pire façon de payer ta dette à la société.

Bishop scruta le visage de chacun des deux hommes, tâchant d'y lire ce qu'ils lui cachaient. Jusque-là, il n'avait rien entendu qui lui donne envie de les interrompre – rien d'autre qu'un sale boulot pour les mauvaises raisons habituelles.

– Marty, je dois te prévenir, fit Gordon. Si jamais tu étais pris, on ne te connaît pas et on ne peut rien pour toi.

La goutte d'eau. Au diable, ce machintruc, songea Bishop.

– Faudrait que je sois tombé sur la tête, dit-il.

– Le job est payé 175 000 dollars, précisa Gordon. Payables à la livraison.

– Tu pourras les distribuer aux pauvres, si tu veux, ironisa Wallace.

Bishop les regarda encore une fois, se leva, secoua la tête.

– Je passe, fit-il.

Gordon contourna son bureau.

– On file aussi un coup d'éponge à ton casier, dit-il, et on annule le mandat d'arrêt qui court toujours.

Bishop lui jeta un coup d'œil, il commençait à y voir plus clair. Il attendit la suite.

– Ton pote Cosmo s'est pris douze ans, sans délit de fuite et refus de se soumettre à la justice, lui balança Wallace.

– Et nous savons tous ce qui lui est arrivé là-bas dedans, fit Gordon.

Bishop se sentit faiblir.

– Et si je dis non ?

Il connaissait déjà la réponse.

– Ne nous dis pas non, fit Wallace.

– A qui tu ferais du bien en allant en prison ? dit Gordon, tâchant d'adoucir les choses.

10

Un brouillard froid déboulait de la baie de San Francisco sur Oakland. Au flanc des collines boueuses de Berkeley, où le grand incendie avait détruit le quartier résidentiel le plus branché de la ville, quelques personnes travaillaient tard à sa reconstruction. Vers le sud, la circulation était fluide et une brise glacée chassait des feuilles de journaux contre les façades des immeubles de la partie industrielle du front de la Baie. De la lumière brûlait au dernier étage du défunt Cinéma Oakland.

– J'arrive pas à y croire. Alors toutes ces années tu nous as menti ? dit Crease.

Lui seul était debout, les autres Experts étaient assis sur des chaises ou les canapés usés jusqu'à la trame de la partie living et regardaient Bishop faire les cent pas. Ils n'étaient pas joyeux ; ils étaient sous le coup de la déception, un peu sonnés.

– Tu nous as même caché ton nom ? dit Crease, qui personnellement, et étrangement, détestait le mensonge jusqu'à la fureur.

– Bon Dieu, Marty, fit Maman. Pourquoi tu nous as jamais rien dit ?

– Je m'excuse, les mecs, O.K. ? dit Bishop doucement. Quand on est recherché par les fédés, on va pas le raconter à tout le monde.

– Nous, c'est pas « tout le monde », Marty. Nous sommes tes associés. Tu devais nous le dire, à nous !

– Très bien, fit Bishop, se plantant face à Crease. Tu pourrais nous expliquer pourquoi exactement tu as dû lâcher la CIA ?

Crease se tut et lui lança un regard sans aménité.

– J'ai une obligation de réserve, tu sais ça, fit-il.

Bishop haussa les épaules.

– Nous avons tous nos petits secrets, non ? fit-il.

Il les regarda tour à tour avec tristesse. Il avait toujours su que ce moment viendrait, mais ça le rendait malade quand même.

– Comment ça se fait qu'on t'ait pas poissé à l'époque ? dit Maman.

– Quand ils ont fait une descente au labo d'informatique, j'étais sorti acheter des pizzas, expliqua Bishop. Puis j'ai gagné le Canada.

– Tu t'es brûlé le bout des doigts pour changer tes empreintes ? On t'a refait le visage ? lui demanda Carl, fasciné.

– Carl, les grandes personnes parlent, dit Whistler.

Carl se renfonça dans son siège.

Une ampoule s'alluma dans le cerveau de Maman.

– On a joué en deuxième division tout ce temps-là à cause de ça ? fit-il. Parce que t'étais en cavale ?

La tête de Maman, déjà volumineuse, donnait l'impression qu'elle allait exploser.

– Je regrette, dit Bishop.

– Pas moi ! s'exclama Maman. C'est un peu comme si quelqu'un te disait « ton vrai père, c'est le roi ». Je me sens renaître.

Exact. Il y avait aussi ce revers plus brillant de la médaille. Un moment de silence suivit; peine perdue, le sentiment d'avoir été dupés – et par Marty Bishop, qui plus est – persistait.

– Ecoutez, les mecs, il faut vous décider maintenant, dit Bishop.

Il gagna l'extrême bord du cercle et fit face à la zone de travail, désertée.

– Cette fois c'est pour de bon. Il faut payer de sa personne, mais la cible ne se doute de rien. Si on se fait prendre, ça pourrait faire très mal.

– Infiltrer un service de renseignement étranger qui pourrait bien nous tuer pour nous tenir à l'écart, c'est pas notre spécialité, dit Crease.

– Le niveau de risque n'est pas négligeable, déclara Bishop. Et ceux d'entre vous qui ne veulent pas le courir, juste pour m'éviter la prison, je les comprendrai...

L'équipe garda un silence grave. Bishop attendait. Il y avait presque dix ans que le noyau originel s'était formé. Ça paraissait une éternité à Bishop, toute une façon de vivre. Des excentriques disparates s'étaient peu à peu amalgamés en bande, pas toujours pour d'excellentes raisons, et avaient découvert la camaraderie, un défi sportif, une maison dans les arbres pour enfants devenus grands avec des jouets dernier cri. C'était trop beau pour durer.

– J'peux pas parler pour les autres, Bish', dit Whistler, mais, bof, qu'est-ce que j'en ai à foutre qu't'ailles en taule ?

Il tenait contre son oreille un servomécanisme de phare de Maserati escamotable qui tournait, mémorisant son bourdonnement. Il tourna la tête en direction de Bishop, qui faisait face à son destin.

– J'en suis, pour le fric.

– Moi aussi, claironna Carl, je marche.

Bishop réprima un sourire.

– Euh, Bish', fit Maman. Tu pourrais nous relire le chapitre, « Ils pourraient nous tuer » ?

– Maman, dit Bishop. Si je pensais que ça peut arriver, je ne vous mettrais pas dans le coup. Mais le risque existe.

– Putain, tu parles d'un risque, fit Crease. Y a-t-il un seul de vous ici qui connaisse quoi que ce soit à cette NSA de merde, nom de Dieu ?

– Espionnage électronique, dit Maman. Télécommunications, satellites espions et compagnie. Ils sont censés protéger les nôtres et infiltrer ceux d'en face.

– Ça, c'est leur mission officielle, dit Crease. Mais ils ont une charte secrète. C'est une foutue pieuvre. Contrairement à la CIA et au FBI, ils n'ont rien qui les bride. Aucune loi en vigueur, aucun droit de regard du Congrès, aucune espèce de garde-fou. Ils ont pratiquement l'autorisation de faire tout ce qu'ils veulent.

– Quoi, par exemple ? demanda Carl.

– Eh bien, surveiller téléphone, télex, fax, relais hertzien, réseaux d'ordinateurs, fichiers centraux informatiques. Ou encore obliger les employés des postes à espionner pour eux. Manipuler secrètement ce qui est du ressort de la Commission Fédérale des Communications : activités du réseau téléphonique, utilisation des fréquences radio, satellites de communication civils. Y a l'embarras du choix. Ils tiennent nos communications de masse.

– Big Brother est à l'écoute, fit Maman. Ça, j'aurais pu te le dire.

– Vie privée, connais pas, c'est la devise de la NSA, continua Crease. La leur exceptée. Ils sont d'une discrétion qui frise la démence : « Nous Sommes Anonymes », on les surnommait à la CIA. Se finançant sur les milliards, totalement secrets, enfouis dans le budget du Pentagone. Capacité technique de surveillance, illimitée – une sorte d' aspirateur électronique planétaire. Qui sait ce qu'ils savent de toi et de moi ?

– Ou ce qu'ils en font, ajouta Maman.

– Ben, on code les trucs, dit Carl. Pourquoi on s'excite comme ça ?

– Carl, fit Crease en secouant la tête, ces mecs ont inventé le jeu. Ils possèdent à Fort Meade, sur des hectares, le plus gros complexe informatique du monde. Y a pas de code qui leur résiste, pas de fichier qui ne soit en leur possession, pas d'installation où ils ne pénètrent pas.

– Alors pourquoi ils se soucient autant du petit joujou électronique de Janek ? dit Maman.

– N'importe quel petit joujou électronique, c'est leur

bizness, fit Crease. Ils ont fait passer des lois qui rendent illégal de produire ou de vendre tout appareil électronique en rapport avec les communications, sans leur accord préalable. Si ce que tu fais ne leur plaît pas, ils te tombent dessus avec une injonction au secret – suffit que tu dises un mot sur ton machin, tu te retrouves direct en taule.

– Tu charries, dit Carl.

– Les seuls appareils qu'ils veulent voir entre les mains des consommateurs, poursuivit Crease, ce sont ceux dont ils ont les « clés », qu'ils peuvent « lire » à volonté, pour des raisons évidentes. Le potentiel de la NSA pour violer la vie privée du moindre citoyen américain ferait dresser les cheveux sur la tête.

– Et toi qui m'accuses d'être un dingue parano qui voit des complots partout, mec ! dit Maman. Tu me fous une trouille bleue, Crease.

– Bon, fit Crease. Il vaut mieux avoir la trouille d'un truc qui existe que d'un fantasme de merde qui ballotte dans ta grosse tête, Maman. Alors, qu'est-ce que vous en dites ? les apostropha-t-il, les regardant les yeux dans les yeux. Vous avez toujours envie de faire ami ami avec ces gars-là ?

Long silence.

– Ça rapporte 175 000 dollars, dit Whistler.

Maman jeta un regard angoissé à la ronde.

– Mieux vaut être avec eux que contre eux, peut-être, hein ? dit-il. Rien que cette fois peut-être.

Tous les yeux se tournèrent vers Crease. Il avait l'air amer et regardait ses pieds.

– Vous êtes incorrigibles, les mecs, fit-il tranquillement. Sans moi, on va dessiner vos silhouettes à la craie. Bon, on fait quoi ?

Bishop laissa échapper un soupir de soulagement et sourit, mais point trop. Pas au nez et à la barbe de ces barjots.

– On commence par une surveillance très légère, dit-il. Niveau trois. Au premier signe de baby sitters, machine arrière toute. Il fait une conférence à UC, demain après-midi. Je vais me rencarder sur lui. Des questions ?

Les Experts s'entre-regardèrent. La routine. Ils savaient tous quoi faire, ils l'avaient fait des centaines de fois, même si l'enjeu cette fois était un petit peu différent. Pas de questions.

Si, une. De Crease.

– Pour la conférence, fit-il. Tu prends Whistler, ou dois-je y aller avec toi ?

– Oh, ça ira, dit Bishop. Je pensais... tu sais... je vais probablement demander à... Liz.

Tous se figèrent sur place et on entendit instantanément une mouche voler dans le Repaire. Un peu comme s'il avait dit :

– Mon agent de change, c'est Mike Milken [1].

1. Il s'agit de l'ex-roi des « junk bonds » dans les années 80. (*N.d.T.*).

11

Bishop pénétra sur le campus feuillu et manucuré du collège privé Saint-Regis et parcourut sur toute sa longueur l'avenue d'entrée bordée de chênes, croisant au passage les élèves en uniforme qui sortaient. Les filles portaient des jupes écossaises et des blouses immaculées, les garçons des pantalons bleus et des chemises blanches, tous traînant sacs de livres et sacs de sport. Les gosses riaient, couraient en tous sens, comme tous les écoliers du monde, mais sans se départir d'une certaine bienséance. Ni armes ni graffiti ni langage ordurier sur ce campus. Ni agressions pour voler les baskets *pump-up* à cent dollars de ses petits camarades. C'était avant tout une pépinière de « gentils » petits garçons et petites filles, où les droits d'inscription extravagants procuraient des agréments comme leçons de maintien le matin, à la chapelle, leçons de danse classique, le soir après les cours, enseignement du madrigal une fois par semaine. C'était là que les nantis d'Amérique investissaient dans l'avenir de la culture, telle qu'ils préféraient qu'elle fût. Le vent du changement ne soufflait pas sur l'endroit. A Saint-Regis, on exigeait encore qu'il y eût des classes de latin.

Bishop arrêta une femme souriante, l'air assuré et efficace, en chemisier et gros nœud blancs. Elle déclina son identité : Mme Izzy, la directrice. Elle indiqua à Bishop un bâtiment gothique en brique rouge, à mi-chemin du quadrangle.

Bishop gravit l'escalier de pierre, entra dans le bâtiment et enfila un couloir. Du fond, provenait un morceau classique joué au piano – une pièce difficile de Schubert, exécutée avec virtuosité. Tout à fait remarquable, songea Bishop, qui était amateur de musique et possédait une bonne oreille.

Il fit halte, reprit son souffle et jeta un œil par la porte vitrée de la salle de musique. Le soleil, tombant en oblique par les hautes croisées, éclairait Liz, une charmante jeune femme d'une trentaine d'années; elle faisait face à Bishop, assise devant un piano à queue, où se dressait une imposante partition. Les yeux fermés, concentrée, sa tête suivait doucement le mouvement de la musique. La lumière rasante de cette fin d'après-midi allumait des reflets d'or rouge dans ses cheveux auburn coupés court, dont la frange dégageait le front avec chic. La scène était baignée d'un halo romantique. Emu par la musique et le charme anachronique du tableau, Bishop hésitait à le rompre en ouvrant la porte.

Liz ouvrit les yeux et aperçut Bishop qui la regardait. Elle ne masqua pas son étonnement, puis grimaça un sourire, qui signifiait « Tiens, tiens, pour une surprise ».

Bishop lui rendit son sourire et entra dans le salon de musique. En approchant du piano, il découvrit que ce n'était pas Liz qui jouait, mais assise à ses côtés, dissimulée par l'imposante partition, un jeune prodige de six ans, une petite fille fluette, dont la longue chevelure blonde était ramenée en une haute queue de cheval. La fillette aperçut Bishop et, contrariée, cessa de jouer.

– Qui est cette personne ? fit-elle, fronçant le sourcil.

– Un vieil ami, ou tout comme, répondit Liz. Margaret, je te présente Martin Bishop.

Elle referma la partition.

– Il faut travailler le passage en *ré* mineur. Tu l'as joué beaucoup trop rubato.

– J'aime le rubato, dit la fillette.

– C'est la victoire du charme sur le contenu, Margaret, objecta Liz, souriant à sa protégée.

Sourire qui se fit plus sarcastique quand il s'adressa à Bishop. Ce dernier arbora son air le plus innocent.

– Je suis contre, fit-il.

Liz soutint son regard. Il était clair qu'il y avait eu autrefois quelque chose entre ces deux-là, mais beaucoup moins clair qu'il n'y eût pas encore quelque chose.

La fillette comprit qu'elle avait été supplantée et leva les yeux vers Liz, avec une légère aigreur.

Cette dernière lissa une barbe imaginaire.

– Du travail, encore du travail, toujours du travail, dit-elle avec solennité.

Margaret pouffa, s'empara de la partition et sortit de la pièce d'un bond, comme n'importe quelle petite fille.

– Tu as l'air en pleine forme, dit Bishop.

– Merci. Toi aussi, répondit Liz. Mais ce n'est pas une raison pour se remettre ensemble.

Elle resta assise devant le clavier.

– Je sais, dit Bishop. Je suis ici pour affaires.

– Oh, écoute, Bishop, fit Liz. Tu ne diriges pas un cabinet d'affaires, mais un club de garçonnets. Vous avez probablement un signe de reconnaissance secret quand vous vous retrouvez au local.

Elle prononça ces mots sans condescendance, avec mélancolie.

– J'ai besoin que tu m'aides, Liz, fit Bishop.

– Nouvelle tactique, dit-elle. Tu es plein de ressources, Bishop.

– Je ne plaisante pas, il faut que tu m'aides, fit-il.

– Moi non plus, je ne plaisante pas. Il n'est pas question que tu me ramènes dans ton monde d'adolescent coupé de la réalité, dit-elle. Je m'occupe maintenant d'un nouveau groupe d'enfants prodiges, et ce que j'apprécie, c'est qu'ils aient tous moins de trente ans et

qu'ils aient une chance de devenir des adultes tout aussi doués.

– Tu connais un mathématicien du nom de Gunther Janek ? demanda Bishop.

– Je l'ai lu. Et maintenant, va-t'en, dit-elle gentiment mais fermement.

– Il donne une conférence à cinq heures et demie, fit Bishop. Je t'invite à dîner après.

– Je ne sortirai pas avec toi ! s'écria Liz, qui se leva et s'éloigna du piano.

– Je ne te drague pas, bécasse, dit Bishop. J'ai besoin que quelqu'un m'explique.

– Y a des livres pour ça ! fit Liz, gagnant les fenêtres les plus éloignées.

– Ils m'ont retrouvé, Liz, dit Bishop calmement.

– Oh mon Dieu, fit-elle.

Elle se retourna vers lui. Le hasard voulut que le soleil vespéral incendiât momentanément Bishop, ceignant son front d'une couronne d'or ; aux yeux de Liz, l'homme qu'il était devenu disparut et elle goûta à nouveau ce qui l'avait troublé chez ce type dès le début – son immaturité, et la soif qu'elle engendrait.

– Ils m'ont proposé un marché, dit-il. Si je fais ce job, ils effacent mon casier. Je peux reprendre mon nom et arrêter de m'enfuir.

Son aveu la toucha et elle se sentit vaciller, malgré le raidissement logique de tout son être. Elle se détourna et contempla, dehors, le campus d'une beauté si sereine.

– Bishop, fit-elle, s'armant de courage. Je t'aiderai, si tu as vraiment besoin de moi.

Elle lui fit de nouveau face.

– Tu me diras « merci », je te répondrai « pas de quoi », nous nous enverrons des cartes à Noël, mais toi et moi, on ne remettra pas ça.

– Et si jamais je te prenais au mot ? répliqua Bishop, puisant dans son meilleur répertoire « Froid, moi ? Jamais », dont ils ne furent dupes ni l'un ni l'autre.

– Viens me chercher à cinq heures, dit-elle, ne bougeant pas d'un pouce.

Bishop acquiesça avec gratitude et gagna la porte. Tandis qu'il longeait le couloir vers le soleil, faisant craquer le parquet sous ses grandes enjambées, il s'accorda un « oui » imperceptible.

12

Bishop avait grandi à New York entre des parents très ancienne gauche, celle d'avant la Seconde Guerre mondiale. Ils s'étaient joints à la foule bruyante du West Side qui avait cru au New Deal de Roosevelt et à l'urgence des réformes sociales, qui avait dénoncé les méfaits de la chasse aux sorcières du sénateur McCarthy et l'injustice de l'exécution des Rosenberg. C'étaient des gens qui avaient des principes, prêts à se battre pour défendre leurs convictions.

Pour le lycéen Marty Bishop et les membres de sa famille, l'assassinat de John Kennedy représenta un coup sérieux, sur le plan émotionnel. Enfin un Président qui paraissait ouvrir une ère de démocratie éclairée pour l'Amérique – élégant, intelligent, de gauche, il n'oubliait pas ses racines d'opprimé irlandais et faisait passer le tout avec sa tournure d'esprit ironique. Du point de vue d'un ado avide de héros, c'était enfin une figure nationale dotée d'une décontraction qui la rendait acceptable, poussant du coude en douceur les zombies aux bajoues grisâtres de l'establishment.

Sans vraiment le comprendre, Bishop aimait Kennedy, et l'aimait parce qu'il donnait à des garçons comme lui un modèle à suivre. Il pleura devant le poste de télévision. Il ressentit la chose comme une insulte personnelle, qui aggrava son cynisme et aiguisa sa résolution.

A la fac, il était toujours le premier à brandir des pan-

cartes et à organiser des marches contre la machine de guerre, alors incontrôlée. Il avait hérité d'un vrai sens de l'engagement; idéaliste il cherchait à marquer une différence, non pas à se faire un nom. Il ne faisait pas de discours et travaillait en coulisse, comme si sa vie en dépendait. Où était votre authenticité si on se contentait de dire les choses sans bouger les meubles de place ?

Ses tentatives avec Cosmo pour jeter des pavés dans la mare du Moloch militaro-industriel lui vinrent aussi naturellement que d'aller manger des bagels et des knishes chez Zabar. Il n'y réfléchit pas au préalable. Quels que soient vos dons, pensait-il et Cosmo avec lui, si en période de crise, vous ne les mettiez pas du côté du bien, autant pactiser avec le mal tout de suite.

Ils continuèrent leurs maraudages, l'esprit léger, heureux du bien-fondé de leur cause, naïvement insoucieux des conséquences, inconscients du fait qu'à déchirer les fils de la toile arachnéenne de la société – n'importe laquelle –, celle-ci comme toute araignée rendue furieuse se précipitera sur l'intrus pour le tuer et réparer les dégâts. Bishop fut choqué par l'explosion provoquée par leur action. Ses parents avaient beau peut-être approuver sa conduite contestataire et sa fuite au Canada, ou le vénérer comme un martyr et un héros, il ne put ne serait-ce que leur téléphoner pendant les cinq premières années. Il ne pouvait aller chez lui à Noël. Il était seul, perdu. Il ne les revit qu'une seule fois avant leur mort, et très brièvement encore.

Il n'y avait rien de glorieux dans la fuite, il le savait, rien à raconter là-dedans à ses enfants, à condition qu'en avoir pût se justifier. Il mourait d'envie d'avoir un prétexte pour s'arrêter et faire face.

– Mais c'est un gosse, fit Bishop, éberlué.
– Eh oui, il est jeune, dit Liz.

Ils s'étaient arrêtés devant le panneau d'affichage à

l'extérieur du bâtiment des Mathématiques, sur le campus de l'université. Bishop avait les yeux fixés sur la photo, surmontée de l'annonce : UC FORUM : 17H30. LA THÉORIE DES GRANDS NOMBRES PAR LE DR GUNTER JANEK.

– Aucun mathématicien plus âgé ne serait capable de titiller par ses travaux ni d'attirer une telle affluence, déclara Liz. C'est un jeu pour les enfants. Le cerveau change, perd sa vivacité et ses facultés intuitives. Triste, mais vrai.

Bishop regarda autour de lui la foule en tweed et velours côtelé se presser à l'entrée de l'imposant bâtiment géorgien. Ceux qui la composaient semblaient appartenir à l'extrémité extrême du spectre – les universitaires des universitaires : intellectuelles à talons plats, asexuées; jeunes hommes maigrichons à lunettes armés d'ordinateurs de poche et de bloc-notes, tirant sur une pipe censée leur donner du poids.

– Tu penses que ce mec va nous en mettre plein la vue ? demanda Bishop, au moment où ils passaient entre les hautes colonnes blanches.

– La théorie des nombres est l'une des plus anciennes branches des mathématiques, dit Liz tandis qu'ils se frayaient un chemin vers l'amphi. Elle remonte à l'Antiquité grecque et à la Chine ancienne. Plutôt barbante pour les néophytes, toutefois, Bishop. Tu sais bien... les nombres premiers, les tests de primarité et tout ça. Comme je suis persuadée que tu te souviens que j'ai fait ma thèse de doctorat sur le petit théorème de Fermat et comment surmonter sa nature probabiliste en utilisant des champs de nombres algébriques au lieu de nombres ordinaires.

– Ah ouais, je me souviens fit Bishop.

Dieu merci, ils entraient dans l'amphi juste à ce moment-là et durent s'occuper à trouver des places.

L'impressionnant Dr Gunther Janek arpentait l'estrade de long en large, se livrant à une gesticulation théâtrale avec sa courte baguette. Cheveux longs flottant sur les épaules,

visage enfantin, costume crème magistralement coupé, drapé sur un corps d'athlète, il évoquait davantage une excentrique rock-star européenne qu'un mathématicien de renom. Derrière lui, couvrant tout le mur, un écran de projection était rempli de nombres géants et d'équations impossibles à résoudre, semblait-il. Janek passait successivement de l'ombre à la lumière, parlant d'abondance dans son micro-cravate.

– Avec trois équations linéaires à trois inconnues, dit-il, nous procédons par analogie en multipliant la première par a21/le tout pour la soustraire de la seconde. Puis nous multiplions par a31/le tout et nous soustrayons de la troisième. Ce qui réduit l'algorithme à un système de deux équations à deux inconnues.

Il touchait au point culminant, l'assistance suspendue à chacun de ses mots. Au fond de l'amphi, Liz se pencha vers Bishop.

– Au fait, il n'a pas traité la théorie des grands nombres, chuchota-t-elle. Il parle de cryptographie.

Bishop haussa le sourcil, comme si c'était nouveau pour lui.

– Ah bon ? fit-il. Tu veux dire, de codes par exemple ?

– De codes inviolables, plutôt, dit-elle.

Ça, c'était du nouveau pour Bishop.

Sur l'estrade, Janek continuait son brillant exposé. Il écrivit un dix puissance cent.

– Vous voyez ça ? fit-il. C'est un chiffre qui dépasse celui des atomes de ce foutu univers. Supposons que je trouve un raccourci dissimulé dans les chiffres, découvrir des nombres premiers serait la moindre des choses que je puisse faire avec. Ce raccourci hypothétique me permettrait des manipulations à vous donner les larmes aux yeux. Je parle aussi bien d'un Picasso, des feuilles changeant de couleur dans le Vermont que d'une jolie fille sur une plage de Rio qui ne peut plus mettre la main sur le haut de son bikini.

Il éclata de son rire extravagant.

– Mais ce sera pour une prochaine fois, dit-il. Merci d'être venus.

Janek lâcha sa baguette et quitta l'estrade. La foule était debout, l'applaudissant à tout rompre, bourdonnant déjà avec fièvre des supputations provoquées par sa si affriolante péroraison.

La réception qui suivit – dans une salle de cours basse de plafond à l'éclairage fluorescent faiblard – fut aux yeux de Bishop encore plus mortelle que la conférence. Autour d'un buffet chargé de carottes crues, de navets et autres bols de tofu liquide, se pressaient, myopes, le cheveu rare, du ventre – les femmes. Les hommes étaient presque tous dans la lignée d'Uriah Heep ou d'Ichabod Crane. Et au beau milieu, l'intrigant Dr Janek discourait devant un petit cercle d'admirateurs.

– ...Non! s'écriait-il. Les nombres sont si incroyablement grands qu'ils défient la puissance des ordinateurs, y compris de ceux à architecture parallèle. Tous les ordinateurs du monde réunis ne pourraient les décomposer. Mais, comme je l'ai dit, il existe peut-être – je dis bien, peut-être! – un raccourci.

Bishop s'assura que lui et Liz étaient assez près du groupe, pour ne pas perdre une miette, valant ce que ça valait.

– Je te parie tout ce que tu voudras qu'il l'a trouvé, murmura Liz à Bishop. Et si c'est le cas, je ne crois pas vraiment que tu veuilles te retrouver mêlé à ça. Je vais chercher mon manteau.

Bishop l'arrêta.

– Qu'est-ce que tu veux dire?

– Aucun mathématicien ne peut se livrer à des recherches cryptographiques sans avoir le gouvernement sur le dos, chuchota Liz. Dès que tu fais le moindre truc intéres-

sant, les fédés rappliquent et veulent le classer top secret. Ils ne plaisantent pas. Ce sont des dingues dangereux.

Liz s'éloigna vers le vestiaire. Bishop resta en arrière et écouta.

– ...quelque chose d'inimaginé jusqu'ici – appelez ça une opération, une constante universelle – cachée dans les nombres, disait Janek, qui pourrait révéler tous les merveilleux mystères de ces nombres. Caché juste sous nos yeux.

– Dr Janek, dit une étudiante captivée, au fin visage à la Modigliani, longs cheveux de jais et lunettes cerclées de fer, vous nous dites qu'il s'agit pour l'instant d'une pure spéculation, mais pourquoi ne pas nous donner une indication sur les directions prises par vos spéculations ? Dans le cas contraire, à quoi bon soulever ce lièvre ?

Le Dr Janek, séduit par le culot de la fille, lui décochait son sourire de rock-star, la caressant des yeux, quand une voix d'homme, aux intonations cultivées, fit sursauter Bishop.

– Martin ! Quel plaisir de te rencontrer ici.

Bishop fit volte-face et aperçut un bel homme élancé en costume croisé qui fondait sur lui, bras ouverts.

– Salut, Greg, dit Bishop, surpris et légèrement contrarié.

– N'est-ce pas fabuleux ? dit Greg, qui avait l'accent russe.

Il passa son bras sous celui de Bishop et l'entraîna à quelques pas du groupe de Janek, sous couvert d'atteindre un plateau de rafraîchissements qui passait. Bishop, évidemment, ne tenait pas à s'éloigner de Janek, mais il avait affaire à un professionnel. Greg ne lui laissa habilement pas le choix.

– Aujourd'hui, je peux venir apprendre publiquement vos nouveaux secrets scientifiques, dit Greg. Hélas, je n'ai compris goutte à ce dont ce Janek a parlé. Mais du moins, je n'ai plus besoin pour ça de jouer les passe-muraille. Oh, mon

Dieu! s'exclama-t-il, un brin théâtral. N'est-ce pas Elizabeth que j'aperçois?

Liz les rejoignit. Levant les yeux au ciel, elle permit à Greg de l'embrasser sur les deux joues, à la slave.

– Salut, Greg, dit-elle.

– Elizabeth et Martin, dit Greg, mon cœur fait des bonds de cabri à vous voir revenus ensemble.

– Eh bien dis-lui que cabri, c'est fini, plaisanta Liz. Nous ne ressortons pas ensemble.

– Quel dommage, fit Greg. Si jamais il y eut amants mieux... eh, attendez! J'ai une idée sensationnelle.

Il sortit deux billets – et sa carte – de sa poche.

– J'ai deux billets en sus pour le spectacle du Bolchoï, samedi soir. Une des rares institutions russes qui demeure inébranlable, cette semaine du moins.

Il eut un petit rire d'une courtoisie exquise.

– Vous serez mes invités. Profitez-en. La semaine prochaine, qui sait, il sera scindé peut-être en une dizaine de compagnies de ballet indépendantes.

Nouveau rire charmant d'autodérision.

Bishop surveillait du coin de l'œil le petit cercle autour de Janek.

– Vraiment, Greg, je ne sais pas comment je pourrais te remercier, dit-il par automatisme.

Il s'intéressait davantage à la femme d'âge mûr qui venait de surgir dans le dos de Janek. Plantureuse de poitrine, les cheveux tirés en un chignon sévère, elle chuchotait discrètement à l'oreille de ce dernier.

– Peut-être plus tôt que tu ne penses, répondit Greg, maintenant que nos deux pays sont si bons amis, peut-être que tu seras finalement en mesure de me faire une fleur à l'occasion.

Il plia les billets qu'il fourra avec sa carte dans la main de Bishop.

– Je m'occupe d'un business tout à fait différent, à présent, dit-il, respirant la franchise.

– Gregor, tu ne manques pas d'air, le gourmanda Liz.

– A samedi soir, je compte sur vous, fit-il, avec une légère inclination de tête, débonnaire.

Bishop lui lança un coup d'œil sceptique, puis lut l'intitulé de sa carte d'affaires.

– Attaché culturel, fit-il. Greg, tu as toujours eu ce titre.

– Ah, mais aujourd'hui, c'est mon vrai job! En partie, gloussa-t-il.

– Incroyable, fit Bishop.

– Les deux années qui viennent de s'écouler ont été très perturbantes pour les gens de ma branche, dit Greg.

Sur ce, il leur fit un clin d'œil et s'éloigna. Liz le suivit du regard.

– Peu importe ce qu'on raconte sur la glasnost et la nouvelle Russie, fit-elle. Je ne ferais pas confiance à ce type.

Bishop surveillait à nouveau Janek.

– Oh, Greg est O.K., répondit-il distraitement. Il est inoffensif.

– Ecoute-moi, Bishop, dit Liz, le prenant par le bras. Si je ne me trompe pas quant à ce dans quoi trempe Janek, Greg n'est pas ici par hasard et ça te dépasse complètement.

– Ouais, dit Bishop, qui n'écoutait pas. Il observait la femme au chignon et à l'œil noir, qui murmurait encore autre chose à l'oreille de Janek; ce dernier paraissait mal à l'aise et prit congé brusquement de ses admirateurs.

– Euh, je dois achever un travail important ce soir-même, Bishop l'entendit-il avancer. Et il faut que je le remette dans quelques heures. Je vous prie de m'excuser.

Janek se dégagea et cingla vers la porte du fond, plantant là la femme au chignon.

Bishop se dressa sur la pointe des pieds et balaya la pièce du regard. Il croisa celui d'un homme noir, qui se tenait près de l'entrée et avait tout de l'universitaire avec sa veste de tweed munie de protège-coudes, ses lunettes sport et sa pipe. C'était Crease. Bishop avait supposé qu'il viendrait

faire un tour. Bishop lui désigna d'un coup de tête rapide le mathématicien qui s'éclipsait.

– Crease est là, dit Liz, « j'aurais dû le savoir » lisait-on sur son visage. Vous allez suivre Janek, c'est ça ?

Bishop se tourna vers elle. Elle le connaissait trop bien pour qu'il le nie.

– Je regrette. Je...

– O.K., le coupa Liz. Je vais prendre un taxi.

Elle enfila son manteau et se dirigea vers la porte.

– Je peux t'appeler ? fit Bishop.

– Fais attention, c'est tout, dit-elle, avant de sortir.

Bishop, songeur, la regarda partir. Puis se pressa de rejoindre Crease, qui l'attendait dans le couloir.

– Janek doit terminer un travail important ce soir, lui dit Bishop à voix basse.

– La fourgonnette est derrière, fit Crease.

Ils longèrent le couloir prestement.

– Je parie que ce type va essayer de décomposer les minimaux de Maxwell en entiers négatifs, dit Crease, faussement sérieux, tirant sur sa pipe. Ou peut-être s'attaquer à une factorisation inverse des binômes.

Bishop le regarda avec ahurissement. Crease qui plaisantait, c'était rare. Quelque chose dans cette affaire devait lui plaire énormément, songea Bishop.

Whistler et Carl l'attendaient dans la fourgonnette.

– Appelle Maman, dit Bishop. Qu'il se mette en place. Sixième étage.

13

La fourgonnette d'un rouge indéfinissable suivait prudemment à distance la Jaguar de collection de Janek. Sa façon de conduire était aussi rapide et imprévisible que le fonctionnement de son cerveau ; le mathématicien virait à l'improviste, empruntant des raccourcis à travers ruelles et centres commerciaux. Comme ils l'avaient espéré, il roulait en direction de l'Institut Coolidge. Il couvrit les cinq kilomètres qui l'en séparaient en un temps record, mettant sérieusement à l'épreuve les dons de Crease pour la filature. La fourgonnette des Experts s'arrêta en face de la tour de verre juste au moment où la Jaguar noire s'engouffrait dans le parking souterrain.

– Maman, il vient de pénétrer dans l'immeuble, dit Bishop dans l'interphone. Tu es en position ?

– Si je suis en position ? grogna Maman dans le casque-radio. Et ça, c'est qui ? Spiderman ?

En jetant un œil à l'extérieur, ils aperçurent la plate-forme d'un laveur de vitres qui descendait lentement sur la façade de la tour en direction du sixième étage.

Crease engagea la fourgonnette dans l'immeuble de parking, de l'autre côté de la rue, et grimpa à toute allure jusqu'au cinquième et dernier étage. Il se gara de manière à donner, en légère contre-plongée, sur les fenêtres du bureau de Janek, obscures pour l'instant.

– Et ça rend quoi côté audio ? demanda Bishop.

– C'est bon, dit Whistler. Maman est tout près.

Dans ses jumelles, Bishop vit Maman, penché au péril de sa vie par-dessus le bord de la plate-forme, pointant un micro canon juste au-dessus de la fenêtre de Janek.

– Cette fois, il n'a bouclé que quatre ceintures de sécurité, dit Bishop.

– Quoi ? Pas de parachute ? fit Whistler.

Crease et Carl déchargeaient activement le matériel électronique. Ils le soulevèrent, piquèrent un sprint jusqu'à l'escalier et grimpèrent sur le toit.

Une fois là, Crease passa le nez par la porte coupe-feu, jeta un regard alentour et s'avança tranquillement sur le toit. Carl suivait, chargé de la caméra vidéo et du trépied. Ils s'approchèrent du parapet et vérifièrent l'angle de prise de vue. Ils n'étaient pas encore assez haut pour voir ce qu'il y avait à voir dans le bureau de Janek.

Crease examina le panneau publicitaire géant qui couronnait le garage-parking. Il y avait une échelle le long d'un des étais. Il fit signe à Carl d'y monter.

La perspective ne souriait pas à ce dernier, le vent soufflant en rafales. Mais, sans un mot, il l'escalada pour atteindre la passerelle qui courait sous l'enseigne. Crease lui passa le matériel d'en bas. Carl installa en vitesse la caméra sur la petite plate-forme et s'étendit derrière, tâchant de se rendre invisible. Il fit le point à travers le viseur. C'était le bon angle. Par chance, le bureau de Janek, de l'autre côté de la rue, était vitré sur toute sa longueur.

Jusqu'ici, tout baigne, songea Crease. Aucun obstacle, de gros nuages masquaient la lune, personne sur les toits environnants. Ça avait tout l'air d'une opération standard. Il se détendit un peu, tandis que Carl mettait en route son matériel et envoyait un signal aux mecs dans la fourgonnette, à l'étage au-dessous.

Mais même les opérations standard présentent des problèmes. A ce moment précis, sur le toit de l'immeuble voisin, la porte d'accès s'entrebâilla. Un jeune type au crâne

rasé, vêtu d'une combinaison grise, jeta un œil, puis se faufila, se retournant pour tirer quelqu'un après lui. Une jolie fille aux cheveux noirs surgit, habillée de la même combinaison que lui, celle que portent les équipes de nettoyage de nuit.

Carl, fredonnant entre ses dents, trifouillait le point de sa longue focale; il resserrait sur des objets comme le bureau de Janek, dans la pièce éclairée faiblement par la lumière réfléchie.

– Vous y voyez quelque chose? dit-il doucement dans son casque-radio.

Ni lui ni Crease ne s'étaient aperçus qu'ils avaient des voisins.

A l'étage au-dessous, dans la fourgonnette, Bishop réglait l'image sur l'écran vidéo, tandis que Whistler contrôlait la partie audio. Bishop pouvait distinguer des fichiers, un tableau blanc effaçable, une table à dessin, un établi et des étagères pleines de livres.

A ce moment-là, la porte du bureau s'ouvrit à toute volée, et une silhouette se dessina dans le flot de lumière jailli du couloir.

– O.K., fit Bishop dans son micro. Entrée! Lumières! Nous sommes pile à l'heure.

– Sors de là! dit une voix de fille, qui parut s'élever tout à côté de Crease et de Carl. Ils se retournèrent comme un seul homme, le cœur battant.

Le jeune skinhead d'à côté avait glissé la main dans la fente latérale de la combinaison de la fille, tandis qu'il la pelotait contre le mur de la cage d'escalier.

– Comment qu'tu veux qu'j't'fasse crier, moi, si tu fermes la porte? fit le type, descendant la fermeture Eclair de sa combinaison et lui pétrissant les seins.

– Tu vas rien faire crier du tout, fit-elle, en lui fourrant sa langue au fond de la gorge.

Les amoureux n'avaient repéré ni Carl ni Crease, c'était patent. Crease leva les yeux vers Carl et la caméra

bien en vue. Les mômes allaient finir par les remarquer, c'était couru.

Carl, oubliant son rôle de guetteur, regardait bouche bée le spectacle.

– Il vient d'allumer la lampe de son bureau, fit Bishop dans le casque-radio.

– Décris-moi l'endroit, dit Whistler.

– Ça ressemble davantage à un atelier qu'à un bureau, dit Bishop. Qu'est-ce que t'en dis, Crease ?

– Faut retarder ! chuchota Crease d'une voix rauque.

Bishop hésita un instant, alarmé.

– Tu veux que je monte ? fit-il.

– Négatif ! murmura Crease.

Bishop marqua une nouvelle pause.

– Qu'est-ce qu'il se passe ? demanda-t-il, ayant retrouvé son calme. Crease ?

Pas de réponse. Bishop pesait le pour et le contre pour savoir s'il devait se précipiter dans l'escalier. La caméra vidéo continuait à transmettre une image sans interruption. Sur l'écran, on voyait Janek entrer dans son bureau, retirer sa veste, parcourir une pile de messages téléphoniques, vérifier son fax et autres corvées domestiques.

Sur le toit, Crease, aux abois, regardait autour de lui, cherchant désespérément une porte de sortie. La fille avait quitté sa combinaison à présent et, nue dans l'air frais de la nuit, s'était renversée en arrière sur une corniche. Le garçon se débattait avec la sienne, essayant de l'enlever... quand son talkie-walkie se mit à vomir de la friture, ce qui le fit tressaillir.

– Proctor, Labelle... où vous êtes passés, les deux, merde ? fit une voix bourrue. Si j'vous prends encore en train d'tringler pendant les heures de boulot, vous êtes morts.

Pendant ce temps, Bishop énumérait tranquillement à Whistler :

– Un établi avec un pistolet à souder, deux bobines de fil métallique, une lampe grossissante...

– Il fait autre chose que des maths là-dedans, dit Whistler.

Le jeune mec du toit d'à côté ramassa son talkie-walkie.

– J'suis ici, chef, répondit-il, tout en cliquant sans cesse le bouton on-off pour créer des interférences. Chais pas où est Lanie.

– Où vous êtes, putain ? gueula la voix bourrue dans le talkie.

Le môme se contenta de cliquer le bouton, causant un surcroît de friture.

Crease reprit espoir. Ils allaient sûrement se rhabiller et retourner à leurs corvées de nettoiement.

Au lieu de ça, le garçon laissa tomber le talkie, acheva de se déshabiller et se plaça entre les cuisses de la fille. Elle l'enveloppa de ses jambes, le serrant fort, et ils se mirent à faire l'amour bruyamment.

Carl, qui n'en perdait pas une miette, avait les yeux qui lui sortaient de la tête et ne s'occupait plus du tout de ce qui se passait dans le bureau de Janek.

– ...puis, sur le bureau, un téléphone, un fax, continuait Bishop d'un ton monocorde, une lampe, un répondeur, des crayons dans un pot. Rien de mystérieux, pas la moindre petite boîte noire.

Soudain la fille arrêta de s'agiter.

– Eh, fit-elle. Vous regardez quoi là ?

Elle fixait Crease, mais n'avait pas aperçu Carl, perché juste au-dessus sur la passerelle.

Le skin se retourna.

– Ah, merde ! lâcha-t-il.

Sa virilité dégonflée, il attrapa sa combinaison.

Crease se dirigea droit sur eux, arborant pour l'occasion son expression la plus impénétrable et la plus menaçante. Il s'arrêta au bord du toit, croisa les bras, ses yeux lançant des éclairs – et se creusant la cervelle pour leur monter un bateau vraisemblable. La fille le contemplait, l'air renfrogné, ne faisant pas mine de vouloir se rhabiller ni même de dissimuler sa nudité.

Crease sortit son portefeuille de sa veste et l'ouvrit pour leur montrer sa licence.

– Détective privé, annonça-t-il, de plus en plus menaçant.

– Alonzo t'a engagé pour nous espionner? dit le garçon. Il est malade, mec. Qu'est-ce que ça peut lui foutre qu'on tire un coup à ce taré?

– Une nuit sur deux aux frais de la compagnie? demanda Crease, sur le même ton.

– Qui c'est qui raconte ça? C'est pas vrai, fit le jeune mec.

La fille ricana de dégoût, sans quitter Crease des yeux.

– Aucune importance, fit Crease. Ecoutez, vous retournez au boulot tout de suite, et il n'en saura rien.

Le môme enfila rapido sa combinaison en râlant. La fille restait étendue là, à poil, zieutant Crease d'un œil mauvais. Le garçon saisit la fille par la main et la tira vers l'escalier.

– Voyeur! cracha la fille à Crease.

– Ferme-la, Lanie! dit le mec, en l'entraînant à l'intérieur.

– On a perdu complètement l'image, dit Bishop dans le casque de Crease. Qu'est-ce qui se passe, là-haut?

Crease essuya la sueur qui baignait son visage et regagna son poste.

– Tout est en ordre ici, fit-il dans son micro-revers.

Il observa Carl, qui ne pouvait détacher ses yeux du lieu des ébats des jeunes amoureux. Il avait la bouche ouverte et respirait avec difficulté.

– Carl! aboya Crease. Au boulot!

– C'était super! Pourquoi il a fallu qu'ils s'arrêtent? fit-il, le cœur brisé. Je déteste tant quand ça arrive.

Il retourna avec répugnance à sa tâche et rebraqua la caméra sur les bonnes fenêtres.

De l'autre côté de la rue, Janek s'assit devant son bureau et bascula un interrupteur.

– Il va se servir de son ordinateur, dit Bishop au bénéfice de Whistler.

Janek appuya sur certaines touches. L'écran de son ordinateur le salua en lui réclamant son mot de passe.

– Oh, ça c'est bon, dit Bishop, c'est même parfait. Montre-moi ton mot de passe et j'aurai tous tes fichiers informatiques avant demain matin.

Le Dr Janek s'apprêtait à le taper, quand le micro canon de Maman capta qu'on frappait à la porte. Janek se leva, traversa la pièce et ouvrit. C'était la quarantenaire à la généreuse poitrine et au chignon de la réception.

– Oh bonsoir, Dr Ryzhkov, dit Janek.

Le micro étouffait un peu sa voix, mais elle restait compréhensible.

– Excusez-moi, fit le Dr Ryzhkov avec un fort accent slave. Vous avez un moment ?

– Oui, bien sûr, répondit poliment Janek. Entrez, je vous en prie.

Le Dr Ryzhkov ne se le fit pas dire deux fois, Janek referma la porte derrière elle.

– Il faut m'identifier cette Ryzhkov, fit Bishop dans son casque. Elle était à la conférence aujourd'hui. Elle lui a dit quelque chose et il est devenu tout...

La plantureuse Dr Ryzhkov tournait autour du Dr Janek. Elle porta la main à ses cheveux, dénoua son chignon et secoua sa chevelure. Une épaisse crinière lui tomba au creux des reins. Elle retira ses lunettes. Soudain, elle parut énormément plus désirable, avec son corps potelé à croquer.

Janek leva les mains en signe de protestation.

– Eléna, Eléna, j'ai ce travail à faire.

Il recula comme elle s'avançait peu à peu vers lui.

– Eléna, suffit ! dit Janek, presque avec effroi. Sérieux, je suis obligé de...

Elle lui sauta dessus, l'embrassant passionnément. Il lui rendit son baiser. Ils se livrèrent à quelques contorsions, puis Janek se dégagea, le souffle coupé.

– Désolé, lâcha-t-il enfin.

Il se détourna et se rassit devant son ordinateur.

– Oh, Gunther, fit Ryzhkov, pantelante.

Bishop, Whistler et Crease se déchaînèrent :

– Oh, Gunther !

– Oh oui !

– Vas-y !

– T'arrête pas !

Carl, se grattant le menton, n'en croyait pas ses yeux. Maman, jouant les lézards des rochers sur la plate-forme, au-dessus de la fenêtre, ne pouvait rien voir de ce qui se passait, mais entendait tout.

– Je réclame un petit peu de professionnalisme, les mecs, chuchota-t-il dans son micro.

– Et si on faisait ce qu'on faisait à Mexico, ronronnait Ryzhkov, se collant contre le dos de Janek et l'embrassant dans le cou.

– Atterrissez, les barjes, fit Maman.

– Carl devrait avoir un mot de sa mère pour regarder ça, fit Bishop.

– Et tu ne sais pas le tiers du quart, glousse Crease.

– On enregistre tout ça, non ? fit Carl, d'une voix haut perchée.

– Carl ! s'exclama Bishop.

– Grandis d'abord, dit Crease, éclatant de rire.

– Eléna, je t'en prie, fit Janek, haletant. Mon travail... j'ai un délai impér...

– Le génie a toujours un délai, *n'est-ce pas* ? fit Eléna, tout excitée.

Elle accomplit un mouvement tournant autour de lui, de manière à frotter sa forte poitrine contre sa joue.

– Pense à ta santé. Un homme travaille mieux quand il s'est... détendu.

Elle l'embrassa dans le cou, sur la bouche. Janek tenta de rester ferme, de ne pas l'encourager. Il sourit.

– Eléna, l'implora-t-il, en la repoussant gentiment et essayant de se reconcentrer sur son ordinateur.

Ryzhkov remit de l'ordre dans son chemisier.

– Il va réussir à se débarrasser d'elle, fit Crease.

– Il fait la seule chose à faire, renchérit Bishop, tendu en avant. Très bien, étalon de mon cœur, montre-moi ton mot de passe.

Janek s'apprêtait à le taper, quand Eléna passa devant lui, s'assit sur le bureau et se mit à déboutonner son chemisier. Janek poussa un gémissement *sotto voce.*

– Tire-toi de là, harem ambulant ! hurla Bishop.

– Sexe, sexe, sexe, marmonna Maman dans son casque. Ça existe encore les gens qui bossent ?

Comme s'il avait entendu, Janek se ressaisit et tâcha d'ignorer ce qu'Eléna exposait à sa vue.

– Bon, voilà notre mot de passe qui se pointe, dit Bishop.

Dans le bureau de Janek, le téléphone sonna. Il se pencha pour décrocher, dévoilant en partie l'écran. Ryzhkov fut plus rapide que lui et l'empêcha de répondre.

– On a un secrétariat pour ça ici. Tu ne devrais jamais prendre d'appels, Gunther, fit-elle d'une voix rauque.

Elle le fit pivoter sur sa chaise vers elle. Elle retroussa sa jupe, lui écarta les jambes et se posa délicatement sur ses genoux.

– Tu as des choses beaucoup plus importantes à prendre, fit-elle.

Elle acheva de déboutonner son chemisier, révélant une superbe paire de seins. Elle ne portait pas de soutien-gorge.

– Moi, je t'ai laissé des messages au secrétariat, mais tu ne m'as pas rappelée.

Elle cambra lentement le dos, dégageant le chemiser de sa jupe, lui exhibant ses volumineux appas sous le nez.

– Désolé, simplement il faut que je travaille..., protesta Janek sans conviction.

– Je vais t'en donner, moi, du travail, chéri, fit Ryzhkov, lui fourrant la tête entre ses seins.

– Incroyable, fit Bishop, s'éloignant de l'écran.

Les Experts poussèrent des cris de joie. Même Maman, sur sa plate-forme, y alla de son ricanement.

Mais soudain, leurs rires furent coupés net : Janek avait perdu la bataille.

– D'accord, fit-il. Mais juste un petit moment.

Ryzhkov quitta les genoux de Janek, et alla tirer les stores de la fenêtre.

– Non, fais pas ça! Non! s'écrièrent-ils.

Ils échangèrent des regards frustrés.

– Je déteste quand ça arrive, fit Carl.

Crease tendit la main et tapota le pied de Carl en guise de consolation, un peu comme s'il lui disait « allons, allons, là ».

Janek, qui avait rejoint Eléna près de la fenêtre, l'entreprit. Ils s'abattirent contre les stores et s'activèrent en rythme; leur étreinte était retransmise en vibrations lumineuses et sonores, que filtraient les lames des stores.

– J'peux pas supporter de voir ça, fit Carl, enfouissant sa tête entre ses bras.

14

La scène qui avait eu lieu dans le bureau de Janek défilait dans toute sa splendeur sur un énorme moniteur vidéo à haute définition, dans le Repaire des Experts. Janek commençait à taper son mot de passe, le téléphone sonnait, il tendait la main vers le récepteur, Eléna l'empêchait de répondre. « On a un secrétariat pour ça ici. « Tu ne devrais jamais prendre d'appels, Gunther », répétait-elle. Tu as des choses beaucoup plus importantes à prendre. Moi, je t'ai laissé des messages au secrétariat, mais tu ne m'as pas rappelée. »

Bishop rembobina la bande et la repassa à partir du moment où le téléphone sonnait et où Janek se penchait en avant. Maman et Carl étudièrent aussi les images, tandis que Whistler écoutait. Bishop repassa la bande encore une fois et gela l'image au moment où Janek se penchait. Il la fit avancer trame par trame jusqu'au moment où les formes généreuses commençaient à éclipser la console.

– Il doit bien y avoir une trame ou deux où elle ne bloque pas le champ, dit Maman, tripotant des cordons de patch. J'vais agrandir.

– Messieurs, fit Crease, franchissant le seuil et se dirigeant vers eux.

– Salut. Alors qui est Ryzhkov ? dit Bishop.

– Un professeur invité tchécoslovaque, répondit Crease. Elle a une bourse de recherches en... astrophysique.

– Bingo, fit Bishop.

– Setec Astronomy, dit Crease. Quoi que ça cache.

– Y a un truc que j'pige pas, intervint Carl. Pourquoi la NSA s'excite comme ça sur l'astronomie ?

Les autres Experts lui firent les gros yeux.

– Perds pas le fric de vue, Carl. Janek a touché 380 000 dollars en provenance d'un compte bancaire de Zurich.

– On file pas clandestinement une somme pareille à quelqu'un pour avoir une vue imprenable de l'homme sur la lune, dit Crease.

– Ah ouais ? dit Carl, qui s'embrouillait de plus en plus.

– Setec Astronomy, c'est un nom de code, dit Bishop.

– Alors, c'est qui Ryzhkov ? demanda Maman à Crease. C'est elle qui sert d'intermédiaire, à votre avis ? Elle trouve un acheteur d'Europe de l'Est pour la mystérieuse petite boîte noire, et elle se sucre au passage pendant que Janek se la farcit.

Bishop et Crease eurent un murmure de désapprobation.

Crease récita le contenu de ses notes :

– Brillante théoricienne en Astronomie. Carrière bloquée pour n'avoir pas voulu adhérer au Parti communiste. Ne devient chargée de recherches qu'après l'arrivée d'Havel au pouvoir. Née et élevée à Prague, de parents aisés et cultivés, s'étant débrouillés pour rester à l'écart de la politique et de la police secrète. Tous les deux décédés. Ni frères ni sœurs. Etudes à la Sorbonne, Doctorat à Cambridge. S'est mariée sur le tard, puis a divorcé, suppose-t-on, en découvrant que son mari était secrètement membre du Parti.

– Rien de bien criant là-dedans, pour une intermédiaire ou un agent du KGB, fit Bishop, déconcerté.

– Tout à fait d'accord, dit Crease. En fait, son dossier mentionne qu'elle est apolitique, qu'à son avis la politique salit tout ce qu'elle touche et ne concerne pas les honnêtes gens.

– Peut-être qu'elle n'a rien à voir avec la petite boîte noire, dit Carl. Peut-être qu'elle n'en a qu'après son corps.

Les autres Experts lui jetèrent leur regard, « Carl, tais-toi quand les hommes parlent ».

– Impossible de dire comment les Tchèques fonctionnent, fit Crease. Ils ne savent pas suivre la règle commune, il n'y a qu'à voir qui ils ont élu président.

– Elle fait ça pour le fric, dit Maman. Tout le monde ferait n'importe quoi pour du fric.

A son tour, il devint le point de mire de tous les regards.

– Ben quoi ? fit-il.

Il se retourna vers le magnétoscope, repassa la bande et agrandit l'image au moment où Janek commençait à taper sur le clavier de son ordinateur.

– Là ! fit Bishop.

Maman gela l'image agrandie du terminal de Janek. Ils pouvaient à peine déchiffrer quelques lettres floues.

– B... I..., lut Bishop.

– J'crois qu'après c'est un N, dit Carl.

– Voyons voir la position de ses doigts sur le clavier, dit Bishop.

Il rembobina la bande et la fit redéfiler, pendant que Maman agrandissait l'image des doigts de Janek sur le clavier.

– On a un secrétariat pour ça ici..., répéta la voix de Ryzhkov.

Bishop stoppa la bande.

– B, I, c'est catégorique, puis... H, peut-être ? dit Maman, plissant les yeux, penchant la tête pour modifier l'angle de réflexion de la lumière.

Bishop rembobina une fois encore, fit défiler la bande, arrêta le magnétoscope.

« Moi, je t'ai laissé des messages au secrétariat, mais tu ne m'as pas rappelée », entonna à nouveau Eléna.

Crease, Bishop et Maman hochèrent la tête, dépités. Ils venaient de comprendre qu'ils ne pourraient jamais découvrir sur quelles touches appuyait Janek.

– Elle est dans le champ, dit Bishop d'un ton irrévocable.

– Alors, Plan B, dit Maman. On l'aura là où il crèche.

15

Le Dr Janek vivait tout au nord des collines de Berkeley, dans une minuscule maison rustique de séquoia et de verre, perchée à flanc de coteau. Elle donnait au-delà de la baie de San Francisco sur les quais de pêche et le Golden Gate.

La fourgonnette rouge aux vitres latérales opaques était garée discrètement sur le bas-côté d'un tournant de la route, au-dessus de la maison. Bishop, assis à l'arrière, braquait ses jumelles sur la fenêtre du cabinet de travail de Janek, se focalisant sur l'ordinateur domestique du mathématicien. Janek n'était visible nulle part.

– Allez, Prof', fit Bishop. Viens te mettre au travail.

Carl, derrière sa caméra vidéo, n'en pouvait plus d'attendre. Crease s'était étendu et avait fermé les yeux.

– Hé, Bish', fit la voix de Maman dans le casque.

– Ouais ? répondit Bishop.

– J'pense pas qu'il va pianoter ce soir, fit Maman, tâchant de ne pas geindre.

Il était accroupi, de l'eau glacée à mi-mollet, au fond d'un abri téléphonique souterrain, près des caisses de distribution, dans la rue en contrebas de chez Janek. Il se gelait.

– Qu'es'qu'tu dirais si on rentrait, hum ?

– On lui donne encore un peu de temps, O.K. ? fit Bishop, compatissant.

– Voilà du mouvement, fit Carl, l'œil collé au viseur de la caméra vidéo.

Bishop saisit ses jumelles juste à temps pour voir s'ouvrir une porte dans le couloir sur lequel donnait le cabinet de travail. Une silhouette apparut, on alluma et une fille se montra en pleine lumière : mince, longs cheveux noirs, longues jambes de pouliche, vingt ans à tout casser, elle rajustait son chemisier dans sa jupe. Elle sortit une paire de lunettes cerclées de fer de sa poche et les chaussa. Alors, Bishop la reconnut.

Janek apparut derrière elle, affublé, très classe, d'un kimono avec un dragon rouge feu brodé sur le dos.

– Ben dis donc, Gunther, fit Bishop, j'aurais jamais cru que les maths sup', c'était autant le pied, canaille!

– Eléna est de retour? dit Crease, arrachant la caméra des mains de Carl, qui le regarda avec consternation.

– Oh non, fit Maman au fond de son trou. Qu'est-ce qu'ils fabriquent?

– Une nouvelle candidate, dit Bishop. Elle était à la conférence. C'est une étudiante qui lui a posé une question dérangeante.

– Ils ont fini, elle s'en va, fit Crease. Ah non, peut-être pas.

L'étudiante venait d'enfoncer ses mains dans les poches du kimono de Janek, qui enfouit son visage dans ses longues tresses brunes. Ils s'embrassèrent – plus un prélude qu'un baiser d'adieu.

– Putain, Gunther! T'as des devoirs à faire, s'écria Bishop. Il te faut combien de nanas?

Bishop tendit les jumelles à Carl qui les prit d'un air ravi. Il les braqua sur la fille, qu'il détailla avec un petit rire appréciateur.

– Moi je te dis que ça, la racine carrée du pouvoir, c'est le pouvoir, dit Crease.

– Tu veux dire quoi? demanda Carl, les yeux boulonnés aux jumelles. Oh, il l'accompagne à la porte. T'en va pas!

La porte d'entrée s'ouvrit, la fille gratifia Janek d'un

dernier baiser mouillé et s'éloigna d'un pas nonchalant, en enfilant un blouson de cuir clouté. Elle sauta dans une Jeep décapotée et démarra à fond la caisse.

Janek regagna son cabinet de travail. Il frappa sur un punching-ball imaginaire, comme si sa dernière conquête était particulièrement enthousiasmante. Il se dirigea vers son ordinateur et s'appuya des deux mains au dossier de sa chaise, se demandant manifestement s'il lui restait assez d'énergie pour se mettre au travail.

– Vas-y, Prof', dit Bishop. La Belgique, c'est jeudi.

Janek eut l'air de lui obéir. Il tira sa chaise, s'assit et alluma son terminal. Il prit le téléphone et le plaça dans le modem.

– O.K., fit Bishop. A toi, Whistler. Maman, on y va.

– Paré, dit Maman. A titre indicatif, j'ai des fourmis dans le pied depuis un bon quart d'heure.

Whistler écouta attentivement les variations de l'intensité des bips tandis que le modem de Janek composait automatiquement le numéro. Il entendit deux sonneries de téléphone. Une tonalité aiguë et continue y répondit. Whistler sourit.

– 208-7648, annonça-t-il.

Carl écrivit à la va-vite le numéro sur son petit calepin noir et ajouta en regard : « Ordinateur de l'Institut Coolidge ». Ce numéro alla grossir la centaine d'autres numéros de téléphone précieux qui s'y trouvaient : ceux d'organismes gouvernementaux et des secteurs industriels et scientifiques.

– J'adore ce boulot, dit-il. C'est tellement instructif.

– Fonce, Crease, dit Bishop.

Crease, à l'arrière de la fourgonnette, devant deux ordinateurs couplés, composa le même numéro sur son propre modem. Il regarda son écran tandis que l'ordinateur de l'Institut Coolidge « répondait » à son appel. Il obtint la même tonalité de connexion. Au bas de son écran s'inscrivit : MOT DE PASSE.

Crease copia la réponse de l'Institut Coolidge – le bip et la demande du mot de passe – sur le second ordinateur.

Sur un signe de Crease, Bishop cria dans le micro de son casque radio :

– O.K., Maman, arrache-le !

Sous-terre, Maman tira sur un branchement.

Dans son cabinet de travail, Janek sursauta quand son écran devint blanc. Il sortit le téléphone du modem, et écouta, surpris. Il appuya plusieurs fois de suite sur l'interrupteur, raccrocha, redécrocha, écouta de nouveau. Il replaça le téléphone dans le modem et appuya d'un coup sec sur la touche « mémoire ».

Bishop, voyant tout cela à travers ses jumelles, dit à Maman :

– 'tention... maintenant.

Illico, Maman reconnecta la ligne téléphonique de Janek – non au réseau interurbain, mais à un câble qui sortait de l'abri, passait dans la rue, puis grimpait, en traversant une cour, jusqu'à la fourgonnette.

– Fait, dit Maman.

– Et maintenant, c'est nous qu'il va appeler, dit Bishop.

Le téléphone du modem de Crease sonna deux fois, son ordinateur « Coolidgisé » répondit comme prévu et l'écran s'alluma. Tonalité continue... puis le MOT DE PASSE fut réclamé.

– Bienvenue, Dr Janek, murmura Bishop. Quel est votre Sésame ?

Fort obligeamment, Janek tapa quelques lettres qui s'alignèrent, une à une, au bas de l'écran.

– B-I-B-E-R-O-N D'-A-M-O-U-R.

Quatre des cinq Experts firent chorus :

– Biberon d'amour ?

– Sans déconner ? fit Whistler.

– Ecœurant, dit Bishop. O.K., on le lâche.

Dans l'abri, Maman défit le branchement.

– Bye-bye, dit-il.

Janek, confronté une nouvelle fois à un écran blanc, s'affala, découragé, et Bishop lut sur ses lèvres : « Putain de merde ! »

– Merci, Prof', fit Bishop. Tu peux ravoir ta ligne.

– On peut rentrer maintenant ? demanda Maman d'une voix épuisée. Je suis gelé au troisième degré.

Bishop, observant Janek qui recomposait le numéro – et obtenait cette fois le véritable Institut Coolidge –, lâcha :

– Mais on n'attend plus que toi, Maman.

16

Maman pratiquait avec application une variante lourdingue de taï-chi au centre du Repaire. Carl, en temps que spectateur, ne voyait dans cet étrange spectacle qu'une sorte de karaté au ralenti, et qui craignait.

– Ça sert à rien c'que tu fais, lui dit-il. Les mecs, ils te voient, ils t'évitent, et basta. Tu y vas trop doucement.

– Carl, fit Maman, s'exhortant à la patience, c'est un exercice de méditation. De contrôle de soi. De discipline physique. D'équilibre. Je développe une sensation de bien-être harmonieux, en accord avec le reste de l'univers.

Bishop, assis avec Crease devant un terminal d'ordinateur, lança sans lever les yeux :

– Et ta sensation de bien-être graisseux, Maman, elle se porte comment ? T'as déjà fait ta centaine ?

Maman poussa un gémissement, se positionna au sol et entama à grand bruit une série de pompes laborieuses.

Devant l'ordinateur, Crease composa un numéro, entra en connexion avec l'Institut Coolidge et tapa BIBERON D'AMOUR. Au bout de quelques secondes, un menu du Dr Janek apparut – la liste complète des fichiers sur lesquels il travaillait.

– Mesdames, messieurs, dit Bishop à la cantonade, les fichiers secrets du Dr Janek.

– Setec Astronomy, fit Crease, parcourant la liste. « D. » Crease sélectionna D. – intitulé complet : PROJET

SETEC ASTRONOMY. L'ordinateur rechercha le fichier et l'afficha. Il était brouillé, indéchiffrable.

– Merde, fit Crease. Il est codé.

Il essaya plusieurs autres FICHIERS PROJETS. Tous codés. Crease et Bishop demeuraient face à l'écran, en état de frustration.

Carl, passant près d'eux, jeta un coup d'œil sur l'écran, par-dessus l'épaule de Crease.

– Essaie voir les dépenses, fit-il.

– Tout va être codé, c'est tout vu, grommela Crease, qui essaya néanmoins d'avoir accès au fichier DÉPENSES.

Il n'était pas codé. Crease se retourna avec aigreur vers Carl, comme pour lui lancer un « Monsieur J'sais Tout a encore frappé »; mais Carl, inconscient du fait, était déjà de retour à son établi.

Bishop tapota l'épaule de Crease en manière de consolation.

– Aux innocents, les mains pleines, dit-il. Qu'est-ce que ça nous donne ?

Sous l'intitulé, SETEC ASTRONOMY/ DÉPENSES, Crease lut :

– Déjeuner avec le Dr Healy... Deux billets d'avion pour le symposium de Mexico, pour lui et le Dr Ryzhkov. Ouais, symposium mon œil. Achat d'un modem super rapide, d'un nouveau répondeur, de microprocesseurs 4-bits et de puces de contrôle... plus du matériel de bureau divers.

– Qu'est-ce qu'il fabrique avec des micro de 4-bits ? fit Maman.

– Il programme une puce, dit Whistler, qui avait tout entendu de son périmètre central.

– Ça nous mène nulle part, fit Crease. On est bloqués.

– Oubliez l'ordinateur, c'est pas là que vous trouverez quelque chose, dit Whistler.

Tous les regards se tournèrent vers lui.

– Quelle est la date portée en face des micro de 4-bits ? demanda Whistler.

– Euh, la semaine dernière, fit Bishop, lisant. Pourquoi ?

– Ce mec est en train de fabriquer un truc en ce moment même, continua Whistler. On sait qu'il bosse jour et nuit, enfin chaque fois que les nanas lui en laissent le temps. Et que c'est un impulsif... pas du genre à confier son projet à un système de verrouillage central et à devoir montrer patte blanche chaque fois qu'il veut travailler dessus. Alors...

– Alors quoi ? fit Crease.

– Alors je crois que Whistler essaie de nous dire que la petite boîte noire se trouve dans le bureau de Janek, fit Bishop.

– Il a un coffre là-bas ? demanda Whistler.

– Pas visible, en tout cas, dit Bishop. Mais ça ne signifie rien. Il y a deux façons de protéger un truc. Soit l'enfermer dans un coffre, construire des murs autour et faire garder le tout par un vigile armé. C'est dur d'arriver jusqu'au truc, mais tout le monde sait où il se trouve. Soit... le poser dans un coin et ne pas attirer l'attention dessus.

– Faites-moi voir en gros plan la pièce, je sais que je vais le trouver, dit Whistler.

– Whistler, fit Maman, excuse-moi de te le rappeler, mais tu es... aveugle.

– On a pas été assez malins pour le voir, fit Whistler.

Bishop se leva.

– O.K., dit-il. Vous connaissez le vieux dicton...

Ils l'écoutaient bouche bée.

– Si tu peux pas l'obtenir avec ta tête, dit-il en souriant,...

– ...fonce comme ces putains de Marines, acheva Maman.

– Presque ça, fit Bishop.

17

Un coursier en jeans et veste d'uniforme de satin vert foncé tentait de fléchir le gardien, dans le hall de l'Institut Coolidge. Le garçon n'avait pas la paperasserie obligatoire pour effectuer sa livraison – plusieurs gros cartons destinés au service de maintenance.

– Sans facture, on passe pas, disait le gardien.

– Attendez un moment, répondit le jeune coursier, exaspéré. J'ai c'tte putain d'facture ici quelqu' part.

Il posa brutalement son carnet à souches sur la pile de cartons et fouilla dans ses poches. Il enleva son calot, légèrement trop grand pour lui, et l'inspecta. Ses cheveux tombèrent sur ses épaules – c'était Carl. Il était parfait dans le rôle du garçon de course dépassé par les événements.

On était en fin de journée. Plusieurs employés en sortant s'arrêtaient devant le gardien, ouvraient serviettes et attaché-cases pour inspection, avant de quitter l'immeuble. Deux d'entre eux, des chercheurs du laboratoire d'idées des Jeunes Républicains, arborant des badges d'identité plastifiés, progressaient lentement vers la sortie, tout en devisant. Ils ne prirent pas garde à un homme qui arpentait l'entrée, vérifiant l'heure à sa montre.

– Je pige pas, dit le moins grand des deux. Qu'est-ce que tu gagnes en endiguant l'Amazone ?

– Primo, je crée un max d'énergie pour le développement, rétorqua l'autre, qui risquait le contraste d'une minus-

cule queue de cheval sur son veston strict. Secundo, je crée des centaines de kilomètres de propriété foncière de valeur au bord de son cours. Et tertio, je règle une fois pour toutes le problème des minorités indiennes.

– Nom de Dieu, Rob, t'y vas pas de main morte, reprit le premier chercheur. Et leurs tumulus, les terrains de chasse de leurs ancêtres et toute cette merde ?

– J'suis couvert de ce côté-là, mec, dit l'autre. J'en ai discuté avec un type : au Viêt-nam, il y a eu le programme des Hameaux Stratégiques – on déplaçait des villages entiers dans de meilleurs endroits. Les autochtones ont adoré ça. Un peu comme si on déplaçait Cleveland en Arizona. Cent pour cent gagnant.

Le premier chercheur hocha la tête avec compréhension au moment où ils passèrent devant l'homme, qui faisait les cent pas près de l'entrée. Ils sortirent.

L'homme – Bishop – se retourna avec incrédulité sur les deux yuppies post-guerre du Viêt-nam pour les suivre des yeux. Bishop avait un look très Ivy League : chemise oxford bleue au col boutonné, cravate club, veste à chevrons. Ses cheveux étaient lissés en arrière et il portait des lunettes cerclées de fer. Il revérifia l'heure à sa montre et revint à grands pas vers le gardien, laissant de côté Carl qui fouillait toujours ses poches à la recherche de la facture.

Bishop, en s'approchant du gardien, lut son nom sur son badge.

– Anna Spencer a-t-elle appelé par hasard, Dave ? Ma femme ? demanda Bishop. Elle était censée vous déposer un gâteau.

– Quel gâteau ? fit le gardien. On m'a pas laissé de gâteau ici, monsieur.

Pendant que cet échange avait lieu, d'autres employés firent halte devant le comptoir du gardien, se soumirent à la vérification et rentrèrent chez eux.

– Bon Dieu. Et on a cette surprise-partie en l'honneur de Betsy, au quatrième étage, dit Bishop. Vous la connais-

sez ? C'est une nouvelle, mi-Doris Day mi-Madonna ? Chouette.

On entendit klaxonner dehors – un break Volvo avec au volant, semblait-il, la typique femme au foyer banlieusarde chic à longs cheveux blonds.

– La voilà, fit Bishop. En retard, pour pas changer.

Il ne fit qu'un bond à l'extérieur.

C'était au tour de Carl de jouer. Il défroissa du plat de la main une facture et la fourra dans la main du gardien.

– Bon, fit-il. C'est dit noir sur blanc qu' j'dois livrer cent trente-six boîtes de Drano Liquide à c'tte adresse. Semblez passer une chiée de temps aux chiottes dans le coin, eh eh ih ih ah ah.

Le gardien décocha un rictus à Carl tout en examinant la facture.

– C'est pas l'en-tête de l'Institut Coolidge, observa le gardien. Faudrait avoir un papier avec marqué Institut Coolidge tout en haut. Ou faudrait être sur ma liste. Vous êtes pas sur ma liste, vous entrez pas.

Dehors, Bishop ouvrit la porte du break et sa blonde épouse se pencha vers lui – c'était Maman en travelo. Il tendit à Bishop un très grand carton à gâteaux, où étaient attachés une dizaine de ballons gonflés à l'hélium.

– Tu as bien pris ton rossignol, mon chéri ? demanda Maman, battant des paupières et tripotant ses boucles d'or.

– Oui, ma chérie, je te remercie, fit Bishop. Enfile tes froufrous en dentelle de chez Frederick's, ce soir, tu veux bien ?

Et balançant le carton au bout de la ficelle, il referma la porte de la voiture d'un coup de pied.

– Ne rentre pas tard, mon chéri, le héla Maman. Je t'ai fait de la bonne viande rouge.

Bishop, sourire jusqu'aux oreilles, revint à l'intérieur.

Carl se démenait toujours comme un beau diable.

– Allez quoi, mec, disait-il, j'risque de perdre mon boulot. Qu'est-ce que ça peut te foutre ? Tu vas pas m'obliger à repartir au centre-ville.

– Pas mon problème, mon garçon, dit le gardien. Et maintenant tu te tires.

Bishop s'approcha, camouflé ou presque par les ballons, les deux mains occupées par le carton à gâteaux, sa serviette et un imper.

– Excusez-moi, dit-il au gardien. je peux pas attraper ma carte.

Carl haussa le ton d'un cran.

– Et qu'est-ce que tu dirais si j'balançais ce Drano de merde dans ton hall à la con ? hurla-t-il au gardien, tout en lui fourrant sous le nez encore une fois sa facture si peu convaincante.

– Arrête d' m' les casser, mec, fit le gardien. J'vais t'expédier d'ici à grands coups d'pied dans l'cul, putain.

– Pouvez-vous appuyer sur le buzzer pour moi ? dit Bishop, d'un ton patient, en lançant au type un regard compréhensif.

Le gardien appuya sur le buzzer et Bishop franchit la porte.

– Merci, dit-il au gardien. Je vous ferai descendre un morceau de gâteau.

Bishop traversa le hall et s'engouffra dans l'ascenseur avec satisfaction.

Carl donna des coups de pied dans ses cartons, fit effectuer un demi-tour brutal à son chariot et cingla vers la sortie.

Dans l'ascenseur, Bishop appuya sur le bouton du quatrième. Deux ouvriers entrèrent derrière lui avec un diable où étaient empilés des petits cartons, ainsi qu'un autre gardien. Ce dernier appuya sur le 5. Les portes se fermèrent.

– Un gâteau, hein ? dit l'un des ouvriers.

– Ouais, fit Bishop, avec un sourire cordial. Puis, jetant un œil sur les cartons :

– Et ça, c'est quoi ?

– On installe des nouvelles serrures dans tous les bureaux, fit l'ouvrier.

Bishop sortit ses antennes.

– Ah bon ? fit-il. Qu'est-ce qu'il y a ? Je m'étais pas aperçu qu'on avait des problèmes. Quelqu'un s'est tiré avec nos ordinateurs ?

– Y a pas de problèmes, fit le gardien. Simple précaution. Les anciennes serrures, on les crochetait comme un rien. Ça, c'est le fin du fin : des verrous électroniques. Pas moyen d'entrer sans le code. Tous les immeubles neufs en ont.

– Ah, ceux-là ! fit Bishop. Dans le dernier endroit où j'ai travaillé, le patron n'arrivait pas à se rappeler son code, alors il a fini par l'écrire sur le mur dans le couloir, à côté de la porte de son bureau.

Il s'esclaffa. Les autres hommes l'imitèrent.

Les portes s'ouvrirent au quatrième.

– Au revoir, fit Bishop en sortant.

– A'revoir, répondit l'un des ouvriers.

Bishop longea le couloir, se sentant mal. Il jeta le carton à gâteaux et les ballons dans une poubelle et courut au bureau de Janek, du côté de la façade.

– Quelqu'un a une idée pour venir à bout d'un verrou électronique ? murmura-t-il dans son micro-revers.

Crease, qui s'était armé de patience dans la fourgonnette garée de l'autre côté de la rue, se redressa d'un bond.

– Plaisante pas avec ça, Martin, dit-il. Ces trucs-là sont impossibles.

Bishop, à genoux devant la porte de Janek, examinait un bouton de porte, dépourvu de trou de serrure. A droite, près du chambranle, était collé au mur un verrou électronique brillant comme un sou neuf.

– Si tu crois que je plaisante, chuchota-t-il, ils viennent juste d'en installer partout... bordel de merde !

– O.K., fit la voix de Crease dans l'écouteur de Bishop. Si c'est pas un Protek, il y a moyen de moyenner.

Bishop se pencha et jeta un coup d'œil au logo du verrou.

– Gagné! dit-il à voix basse à Crease. Protek!

Bishop se cogna la tête contre le mur.

– Il doit bien y avoir un moyen contre ces trucs-là, Crease. Allez, on est des professionnels! C'est là qu'on est supposé être pro!

Dans la fourgonnette, Crease réfléchissait. Il n'avait pas l'air optimiste.

– O.K., fit-il, ça pourrait marcher.

Au quatrième, Bishop écouta attentivement ses instructions, hochant la tête.

– Euh hum... euh hum... ouais... au-dessus de la...? ...euh hum... ouais... ...d'accord. O.K., fit-il avec un soupir, je vais essayer un coup.

Il se redressa, regarda dans le couloir à droite et à gauche. Une jeune chercheuse quittait son bureau à cinq portes de là. Bishop se détourna d'elle et fit mine d'avoir des difficultés avec le verrou électronique, en usager peu habitué. La chercheuse jeta un œil dans sa direction, avant de se diriger vers l'ascenseur.

Bishop attendit qu'elle ait tourné au coin. Puis il prit une profonde inspiration, et flanqua un violent coup de pied dans la poignée de la porte. Elle se brisa net. Et la porte s'ouvrit.

– Ça a marché, dit-il dans son micro.

Il récupéra la poignée à quatre pattes, la remit en place en l'assujettissant, puis entra dans le bureau, fermant la porte derrière lui.

18

Bishop fit de la lumière dans le bureau de Janek, alla directement à la large baie et ouvrit les stores.

– J' t'ai en plein d'ici, dit Carl à Bishop par le biais de l'écouteur.

Il s'était juché avec sa caméra vidéo sur le même perchoir que précédemment, la passerelle sous l'enseigne publicitaire, de l'autre côté de la rue. Dans la fourgonnette, elle aussi garée à la même place, au dernier étage de l'immeuble-parking, Crease sur son moniteur vidéo avait une image parfaite du bureau de Janek.

– Fais-nous faire le tour du propriétaire, dit Whistler, qui recevait Bishop dans son casque-audio. Donne-moi tous les détails.

– Ouais, bon, fit Bishop, traversant la pièce jusqu'au bureau, en tout cas, une chose sûre c'est que je vois pas de petite boîte noire à l'horizon.

Il passa en revue l'atelier, le dessus du bureau.

– Idem, fit-il... pistolet à souder, fil métallique, boîtes en carton de micropuces de 32 bits et de 4 bits, éléments de circuit intégré, pinces, jeu de tournevis... sachet de bretzels au levain, anti-cholestérol... grand canapé, confortable... son baisodrome personnel, en quelque sorte.

– Continue, fit Whistler.

– C'est quoi la boîte sur le bureau près du téléphone ? demanda Crease.

– Un répondeur, fit Bishop, le montrant du doigt.

– Non, l'autre, insista Crease. Juste à côté.

– Un fichier Rolodex, dit Bishop, ouvrant d'une pichenette le couvercle de plastique – rien d'autre à l'intérieur que des fiches. Lampe, pot de crayons, carnet de Post-It, énuméra-t-il.

Il essaya les tiroirs du bureau ; aucun n'était fermé à clé. Il en examina soigneusement le contenu.

– Papier, enveloppes, stylos... crackers au riz... boîte de capotes, hummm. Dentifrice, déodorant, miroir de poche... un de ces petits bidules pour se tailler les poils du nez... plus *Penthouse*. Je suis en train de me faire une tout autre idée des mathématiques, comme profession. C'est tout pour le bureau. Des idées au dernier rang ?

– J'ai comme l'impression qu'il a déjà emmené cette chose faire un tour, dit Crease.

Bishop s'approcha du mur bibliothèque.

– Textes de mathématiques supérieures, sur l'algèbre de Boole, un livre sur les fractales, un autre sur la théorie du chaos, encore un autre, intitulé *Statique et Dynamique des systèmes d'antenne et autres objets d'envergure dans l'espace.*

– Y a quelque chose qui cloche, fit soudain la voix de Whistler. J'ai dû rater un truc, je le sens. Bish', retourne au bureau et... oh, bon sang mais c'est bien sûr ! Putain de moi ! Désolé les mecs, j'ai piqué un roupillon au volant. Elle est là.

– Quoi ?! fit Bishop. Parle.

– Sous notre nez, cachée juste sous nos yeux, comme il l'a dit lui-même, fit Whistler.

– Tu veux me faire mourir, Whistler ? dit Bishop d'une voix étouffée. Vas-y, crache le morceau.

– La petite boîte noire de Janek, dit Whistler, se trouve sur son bureau, entre le pot de crayons et la lampe.

– D'ici, je vois rien, fit Maman.

– Moi non plus, Whistler, ajouta Bishop, revenant vers le bureau. De qui tu tiens ça ?

– De mes oreilles, pardi, fit Whistler. Souvenez-vous de

Ryzhkov sur la bande, on l'a entendue et réentendue répéter « on a un secrétariat pour ça ici ». Vous vous rappelez ? Alors, servez-vous de vos yeux, les mecs. S'il a un secrétariat qui prend ses messages, à quoi lui sert...

– ...un répondeur, acheva Bishop. Ah, Whistler !

Bishop hocha la tête d'un air appréciateur et s'empara du répondeur de Janek. Il l'examina sur toutes les coutures, tira un tournevis de sa poche, glissa la lame sous le boîtier, commença à le soulever...

...quand la poignée de porte fut secouée fortement ; un bruit de chute et un juron retentirent dans le couloir.

Bishop eut un violent sursaut. Puis resta pétrifié.

– Alors ? fit Whistler, impatient.

– Emmerde à l'horizon ! chuchota Bishop d'une voix rauque dans son micro-revers.

Il remit en place le répondeur et se hâta vers la porte.

Bishop l'ouvrit à toute volée et se trouva face à face avec Eléna Ryzhkov, qui se relevait, chignon compris, le bouton de porte dans la main.

Effrayée, elle eut un geste de recul et ouvrit la bouche, s'apprêtant à crier, mais Bishop la devança. En deux temps trois mouvements, il lui plaqua une main sur la bouche, l'entraîna dans le bureau et referma la porte.

Eléna lui jetait des regards terrifiés.

– O.K., dit Bishop de son ton le plus rassurant, je vais retirer ma main, mais ne hurlez pas, s'il vous plaît. Je vous promets qu'il ne vous arrivera rien. D'accord ?

Elle fit oui de la tête. Bishop retira lentement sa main de sa bouche et la lâcha, essayant de paraître le moins menaçant possible, tout en demeurant assez près pour la ressaisir, au cas où.

– Qui... qui êtes-vous ? parvint à demander Eléna, tremblant de tous ses membres.

Intérieurement, Bishop n'en menait pas plus large. Il tentait désespérément d'inventer une histoire plausible, mais la source était tarie.

Dans la fourgonnette, Crease et Whistler n'étaient pas davantage inspirés.

– Et s'il était un D.P. ? suggéra Crease à Whistler.

– T'es détective privé ! lâcha Whistler dans l'audio-casque.

– Je suis détective privé, dit froidement Bishop à Eléna.

Il n'offrit pas de luxe de détails – pour la bonne raison qu'il séchait.

– Mais... pourquoi ? fit Eléna, se tordant les mains avec nervosité. Qui vous a engagé ? Qu'est-ce que vous faites dans le bureau de Janek ?

Bishop leva la tête et l'observa en coin un long moment, comme s'il jaugeait la confiance dont il pouvait la gratifier. Une idée germa enfin dans son esprit.

– Mme Janek, dit-il avec conviction.

Eléna monta sur ses grands chevaux, prise de soupçon.

– Il n'y a pas de Mme Janek ! s'écria-t-elle. C'est quoi cette histoire ?

Dans la fourgonnette, Crease tressaillit à cette mauvaise nouvelle. Whistler secoua la tête, dépassé par les événements.

– On cale, Bish', chuchota-t-il. Va falloir te débrouiller tout seul, mon grand.

Bishop cogitait cependant. Il n'avait pas échappé au FBI pendant vingt ans sans avoir appris à penser et à parler simultanément.

– Ah ouais ? fit-il, le prenant de haut. Qui à votre avis a payé votre petite escapade... à Mexico ?

Mouche. Eléna blêmit et s'effondra sur le canapé. Elle porta une main à son cœur pour essayer d'en comprimer les battements.

Crease et Whistler furent impressionnés.

– Bon, ça, coco, dit Whistler à Crease.

Eléna finit par couiner :

– Mais pourquoi ? Pourquoi elle aurait... fait ça ?

– Pourquoi ? fit écho Bishop, mimant l'incrédulité,

comme si la réponse était aussi évidente que le nez au milieu de la figure. Il n'avait aucune idée du pourquoi. Comme il regardait par la fenêtre, feignant l'exaspération, ses yeux tombèrent sur l'énorme enseigne publicitaire du toit d'en face, celle d'une compagnie immobilière.

– Velma Janek vit à Montréal où elle dirige les sociétés immobilières de sa famille, improvisa Bishop. Elle entretient Janek, évidemment. C'est une femme très riche, mais elle s'est douté qu'il la trompait. Alors elle m'a engagé.

Whistler et Crease approuvèrent tous deux du chef. De mieux en mieux.

– Salopard de menteur faux-jeton! lâcha-t-elle. Je le tuerai! Je vais aller le trouver, tout de suite, je le tue et je le cloue au pilori!

Elle était déjà debout, marchait vers la porte, folle de rage.

Whistler et Crease se raidirent. Mauvais, ça.

– Oh, merde! dirent-ils avec un bel ensemble.

Bishop retint Eléna, gentiment mais fermement.

– Non! lui dit-il. Arrêtez! Reprenez-vous, Dr Ryzhkov!

Il la secoua, la regardant au fond des yeux, tentant de lui imposer de se calmer. La lueur d'égarement s'éteignit légèrement dans son regard.

– Vous ne devez jamais lui dire que vous savez. Jamais! fit Bishop. Je n'aurais jamais dû vous en parler. Vous n'êtes pas venue ici, cette discussion n'a jamais eu lieu. Vous n'êtes pas au courant pour Velma.

– Ah! fit-elle. Donnez-moi une bonne raison pour que je devienne complice de son sale petit mensonge à ce porc!

– D'accord, d'accord, dit Bishop au désespoir. Je vais vous en donner une.

Bon Dieu, songea-t-il, mais laquelle?

– Je vais vous donner une très bonne raison.

Il s'éloigna d'elle, fronçant le sourcil comme s'il soupesait le pour et le contre, tout en prenant garde de rester entre la porte et elle.

– C'est juste ce qu'elle attend, Elle! siffla Crease dans l'écouteur.

Bishop se retourna vers Eléna.

– C'est ce qu'elle attend que vous fassiez, Elle, dit-il calmement.

– Je ne comprends pas, fit Eléna.

– Ouais, moi non plus quelquefois, avoua Bishop, cherchant éperdument le fil d'un raisonnement. Puis il en trouva un, des plus hasardeux.

– Ecoutez, je risque ma licence dans cette histoire, mais bon... ma cliente est une femme aigrie, vindicative, dit Bishop sur le ton de la confidence. Elle s'est refusée au devoir conjugal avec Gunther depuis des années. Maintenant elle a décidé de lui gâcher la vie. Pas de lui rendre sa liberté, non, de le détruire, tout simplement.

Eléna paraissait complètement ahurie.

– Elle se sert de toi pour l'atteindre, murmura Whistler à l'oreille de Bishop.

– Oui, fit Bishop d'un air entendu. Elle se sert de t... moi pour l'atteindre... vous atteindre. Je sais que c'est un peu embrouillé, mais ne voyez-vous pas, Eléna, que vous et moi ne sommes que des pions dans son sale petit jeu?

Eléna paraissait ballottée par des vents contraires. Bishop, sentant une ouverture, poussa son avantage. Il lui prit les mains, la regarda dans les yeux avec compassion.

– Eléna, si vous l'aimez, dit-il doucement, si vous l'aimez vraiment, alors continuez. Et ne le laissez jamais savoir. Il ne pourra jamais savoir que vous savez ce qu'il croit que vous ne savez pas, vous savez. Vous le savez?

Eléna fondit en larmes, abandonnant toute velléité de compréhension rationnelle. Elle n'écoutait plus que le débit d'eau tiède apaisant de Bishop.

– Faites-lui une pipe chaque fois qu'il voudra, murmura Whistler à l'oreille de Bishop.

– Faites... euh...

Bishop dut mettre une main devant sa bouche pour garder un semblant de sérieux.

– Soyez un... comme un phare dans son existence tourmentée de prisonnier, articula Bishop sans pouffer. Vous voulez bien faire ça pour Gunther ? J'ai commencé à prendre ses intérêts à cœur, ce n'est pas très professionnel, je sais.

– Je le ferai, dit-elle, très émue. Oui, je veux bien.

Bishop lui serra la main.

– Bon, fit-il avec un sourire attristé.

Puis, feignant de peiner à réassumer le rôle de l'homme détaché :

– Allez, sortez d'ici maintenant.

Eléna pêcha un Kleenex sur elle et s'en tamponna les yeux. Elle embrassa Bishop sur la joue, franchit la porte et s'éloigna dans le couloir.

Bishop referma la porte et laissa échapper un immense soupir de soulagement.

– Faites-lui une pipe ? gronda-t-il dans son micro-revers.

Whistler et Crease étaient morts de rire.

– Soyez un phare ! fit Whistler.

Bishop, hochant la tête, revint vers le bureau. Il allait s'emparer du répondeur quand Eléna rouvrit la porte et entra en coup de vent.

– Non, dit-elle. Je vais l'appeler tout de suite.

Elle se précipita vers le bureau, saisit le combiné et composa un numéro.

– Il faut que je lui dise que je l'aime.

– Bonne idée, dit Bishop, ne sachant s'il devait rire ou pleurer.

– Gunther ? fit Eléna dans le téléphone après un temps d'attente. Je veux que tu saches que je suis à tes côtés. Quoi qu'il arrive, mon amour sera inaltérable. Oui, Gunther. Dans ton bureau, je passais pour te voir. Oui, oui, là près du téléphone.

Elle saisit le répondeur. Bishop tressaillit, fut à deux doigts de le lui arracher des mains.

– Oui, bien sûr, je peux te l'apporter, dit-elle à Janek, retournant l'appareil qu'elle examina.

Un léger vent de panique transperça Bishop.

– Eh bien, non, je ne peux pas venir directement. Je dois passer à la maison nourrir mes animaux et me changer pour toi. Je veux que tu emportes à Bruxelles un joli souvenir de moi.

Bishop était aux cent coups, pétrifié derrière elle. Elle allait se tirer avec la boîte. 175 000 dollars et son existence d'homme libre allaient s'envoler par cette porte.

– Oh non, Gunther, disait Eléna, c'est une si petite chose que tu me demandes. Oui, vers onze heures – et pour toute la nuit, je réfléchissais. Oh et puis, adieu prudence! Très bien alors, je laisse le répondeur ici. *A bientôt, mon petit.*

Elle raccrocha, reposa le répondeur sur le bureau et se retourna vers Bishop, en souriant.

– Vous êtes un homme de bon conseil, fit-elle. Vous aviez tout à fait raison.

Elle lui pressa la main et courut vers la porte.

– Dieu vous bénisse! lui lança Bishop, comme elle quittait la pièce.

Bishop se raccrocha au bureau, prit une ou deux profondes inspirations.

– Je ne sais pas si vous avez entendu ça, les mecs, dit-il dans son micro. J'ai failli y passer.

– Tu t'en es très bien tiré, Martin, dit Crease. Et si tu fermais cette porte à clé?

Bishop ne fit qu'un bond et la verrouilla. Revenu au bureau, il sortit son tournevis et se réattaqua au répondeur.

– C'est reparti pour un tour, Whistler, fit-il.

– Allez viens, mon bébé, dit Whistler, maintenant on sait que t'es là-dedans. Tu sais que je sais qu'on sait tous que t'es là-dedans...

BAM! BAM! à la porte du bureau. Bishop escamota le répondeur, laissa tomber le tournevis et se retourna vivement, l'air aux abois.

– Homme de ménage, fit une voix masculine à l'accent hispanique.

– Euh, pas ce soir... j'ai du travail, lui cria Bishop. Merci !

– Bous abez oun vouton dé puerta cassé, fit l'homme, voulant se rendre utile.

– Je l'ai déjà signalé, fit Bishop. Ne vous en faites pas. Bonsoir.

Le chariot de nettoyage roula plus loin. Bishop glissa prestement la lame de son tournevis sous le boîtier du répondeur et le souleva. Pop ! – le couvercle céda. Et à l'intérieur, ô miracle, une boîte noire aux arêtes menaçantes. Bishop la fit glisser et la prit en main.

– On l'a, ça y est ! chuchota-t-il dans son micro-revers.

Au son des hourras étouffés, il remit soigneusement la boîte en place à l'intérieur du répondeur, et glissa ce dernier dans sa serviette.

– Dieu sait ce que ça peut bien être, fit-il, dissimulant le tout sous un journal.

– Et peut-être que ça vaut mieux, conclut Crease.

Bishop sortit de l'ascenseur et se retrouva dans le hall de l'Institut Coolidge. Il passa devant le gardien, tenant sa serviette.

– B'soir, Dave, fit-il, l'air absorbé.

Et il passa son chemin.

– Excusez-moi ! lui cria le gardien, en se levant. Votre serviette !

Bishop fit halte.

– Pardon ? fit-il, comme s'il n'avait pas enregistré.

– Ouvrez votre serviette, dit le gardien, qui se rapprocha.

Bishop se tourna, posa la serviette sur le comptoir et l'ouvrit.

Le gardien y jeta un œil, aperçut des carnets grand for-

mat, des feuilles volantes, des chemises en papier-bulle et un journal replié. Le gardien souleva le journal. Rien. En tout cas, rien qui ressemblât de près ou de loin à une boîte noire.

– Rien à expédier, Dave? fit un factotum, poussant devant lui un chariot de courrier vers le comptoir du gardien. Il sortait de l'ascenseur.

– Non, pas ce soir, répondit Dave, lui faisant signe d'approcher. O.K., merci, dit-il à Bishop en lui rendant sa serviette.

Puis il regagna son poste où il examina rapidement le chariot du courrier.

Bishop referma sa serviette et se dirigea vers la sortie.

– Une seconde, dit le gardien.

Bishop se retourna vers lui, avec inquiétude. Le gardien montrait son visage du doigt.

– Cette Betsy a pas dû vous lâcher, fit-il. Elle vous a mis du rouge partout.

– Oh, éclata de rire Bishop, qui essuya du revers de la main les traces du baiser d'Eléna sur sa joue. Merci, l'ami, fit-il.

Il se poussa sur le côté et surveilla le chariot qui passait devant lui. Sur la pile de courrier, trônait un paquet Federal Express adressé à un certain Martin Bishop.

Bishop accompagna le chariot jusqu'à la porte, puis dans la rue. Expert nageant dans le bonheur, il chuchota dans son micro-revers :

– Il sera sans faute là-bas ce soir.

19

Liz, traversant le quadrangle, ne jurait absolument pas avec l'environnement, les chênes séculaires et les bâtiments Grèce antique revisitée du campus de son école privée. Vêtue d'un chaud sweater irlandais et d'un long kilt de tartan, elle avait l'air serein et à l'aise, parfaitement en accord avec cet après-midi frais et ensoleillé. Elle saluait d'un sourire les élèves qu'elle croisait – puis, son visage se ferma quand elle vit des ennuis poindre à l'horizon.

Bishop, encore une fois. Avec son blouson de base-ball aux manches de cuir et ses pantalons kaki, les cheveux en bataille, appuyé contre un banc. Homme au sourire d'enfant qui éclairait trop facilement à son gré l'air qu'elle respirait. Elle se mit sur ses gardes.

– Je viens t'inviter à une fête, lui dit Bishop.

– Tire-toi, Bishop, lui lança-t-elle, rejoignant le flot des élèves.

– Je t'en prie, continua Bishop, lui emboîtant le pas, je veux me faire pardonner pour l'autre soir. C'était pas génial comme rendez-vous.

– Tu n'as rien à te faire pardonner, dit-elle. C'était pas un rendez-vous, on ne sort pas ensemble. Je t'ai fait une fleur sur le plan professionnel au nom du bon vieux temps, et basta. Bye.

Elle s'engagea dans une allée, qui grimpait vers un bâtiment de salles de cours.

Il sprinta sur ses talons et la rattrapa au bas des marches.

– Liz, dit-il, tu n'en reviendrais pas si tu savais comme...

Elle l'interrompit en lui bâillonnant la bouche de sa main.

– Marty, fit-elle, à mon âge, je n'attends pas d'un homme qu'il me surprenne. Je n'ai aucune envie de le voir disparaître à l'improviste et réapparaître tout aussi mystérieusement. Oh, bien sûr, j'aime toujours la spontanéité et les rires. Mais en plus, je veux la sécurité d'une vie normale, celle que procure un esprit mature dans un corps sain. Et il est clair que tu n'entres pas vraiment dans cette dernière catégorie.

– Mais je te souhaite toutes ces bonnes choses, dit Bishop, souriant jusqu'aux oreilles, absolument irrésistible. Et, pour commencer, je sais que tu adores les fêtes.

– Non, fit Liz simplement. Non. Non. Définitivement, non.

Et elle gravit les marches pour aller travailler.

20

Il y avait décidément de la fête dans l'air : serpentins, ballons, banderoles, table chargée de plats chinois à emporter, champagne. Le Repaire des Experts était transformé. Ni outil ni matériel ne traînaient par terre, comme d'habitude. La Harley en pièces détachées de Maman avait été poussée dans un coin. On avait drapé d'une serviette la statue-mascotte du dieu de l'amour indien rampant. Une seule télé à écran de 90 cm était allumée, le son coupé – au lieu des cinq qui habituellement diffusaient événements sportifs, CNN, MTV ou films en vidéo aux quatre – pardon, cinq – coins du Repaire. La pièce était prête pour une réception. Au fond, les lumières de San Francisco et du Bay Bridge scintillaient joyeusement.

Crease fit son entrée avec sa femme Caroline, belle femme mince, qui lui laissait très peu la bride sur le cou, et leur petite-fille de cinq ans, Christine. Crease et Caroline se tenaient par la main, et Crease arborait un sourire docile. Les autres Experts tombaient d'ahurissement. Ils regardaient Caroline, s'étonnant de son pouvoir. L'avait-elle soumis à coups de batte de base-ball rembourrée ?

Bishop et les autres Experts firent à nouveau demi-tour en entendant tinter l'ascenseur, dont la porte s'ouvrit avec un cliquetis.

Liz fit son apparition, ravissante dans sa minirobe noire et ses perles. Si elle salua aimablement les autres

Experts, au milieu des éclats de rire, elle n'eut pas un sourire pour Bishop. Elle ne s'était pas dégelée. Comme si elle s'était immunisée contre Bishop avec du Scotch renforcé.

– Oh, Liz, fit Maman, en la serrant contre lui. On est tellement contents que vous vous remettiez ensemble tous les deux.

Bishop tiqua.

– Mais on se remet pas ensemble, se récrièrent d'une seule voix Liz et Bishop.

– Et nous voilà de retour au Pays Imaginaire, confia Liz à Caroline, de femme à femme, où les règles de la vie de tous les jours ne s'appliquent plus.

Elle embrassa Caroline et serra Carl dans ses bras.

– Dis-moi, Carl, tu as enfermé la fée Clochette dans ce placard, non ?

Bishop éclata de rire, puis ne fit qu'un saut jusqu'à l'ascenseur qui annonçait son arrivée.

La porte s'ouvrit sur un messager de Federal Express, un paquet et un carnet à souches à la main.

– Un colis Federal Express pour Martin Bishop, dit-il.

Bishop gribouilla sa signature et prit le paquet.

– Chouette ! Mon poste émetteur-récepteur de poche ! fit-il.

Comme le livreur redescendait, Bishop revint dans le Repaire, levant au-dessus de sa tête le précieux paquet.

– Jackpot ! s'écria-t-il.

Whistler, tuyau de poêle à la Lincoln, cache-poussière noir, lunettes rondes blanches et opaques sur le nez, rien moins qu'un personnage de B.D., se lança sur son synthétiseur dans une version bizarroïde du thème de *La Guerre des étoiles* à fond les décibels. Les autres Experts l'accompagnèrent d'un concert de braillements et de hurlements. A grosse galette, grande fête ! La poule aux 175 000 dollars avait regagné son nid pour pondre ses œufs d'or. Un jour de paie pareil, ils n'en avaient jamais eu, n'avaient jamais osé en rêver !

Maman dansait comme un fou furieux, au grand amusement de la petite Christine. Crease fit sauter les bouchons de champagne et servit à la ronde. Carl accompagnait Whistler à la guitare sèche, secouant sa chevelure et piaffant comme Little Richard.

Bishop installa la boîte noire à une place d'honneur sur l'atelier bien éclairé de Whistler. Liz hochait la tête, n'ayant aucune idée de ce qui occasionnait cette crise de délire.

– Hé, les mecs, vous allez faire quoi de votre part ? dit Bishop, piochant dans la bouffe chinoise, invitant Liz à l'imiter.

Crease passa son bras autour des épaules de Caroline.

– On est jamais allés ensemble en Europe, dit-il. On ira à Paris au printemps. Puis Londres...

– Lisbonne, Athènes..., continua Caroline.

– Et Tahiti, fit Crease.

Rires de la joyeuse bande. Maman interrompit sa danse de Saint-Guy, le temps de rafler du *moo goo gai pan.*

– J'ai jamais eu de chez-moi correct ni de bagnole vraiment super, fit-il, de toute ma jeune vie. Je vais me payer les deux : un camping-car Winnebago, avec tout le saint-fruquin. Cuisine maousse, water-bed, cuisine maousse...

Et les rires de redoubler.

– Et toi, Carl ? fit Bishop.

– Je veux vivre une grande passion amoureuse, très romantique, avec une femme splendide qui n'aura d'yeux que pour moi, dès notre première rencontre, dit-il avec un soupir.

– On est pas assez payés pour ça, lui objecta Bishop, à la plus grande joie des autres.

La bande ne s'était pas autant amusée depuis des années.

– Quelqu'un comme Liz, ajouta Carl.

– Alors là, on est carrément pas assez payés pour ça, renchérit Bishop, avec un regard amical en direction de Liz, qui fit sauter son Scotch renforcé. Elle lui rendit son regard, sans expression.

– Et toi, Whistler, qu'est-ce que tu désires le plus? demanda Maman.

Whistler se lança dans un riff de blues sur son synthé.

– La paix sur terre pour les hommes de bonne volonté, fit-il.

– Amen! fit Bishop.

Et, levant leurs verres, ils lui portèrent tous un toast. Whistler salua et attaqua sa version synthé de *Dirty Boulevard* de Lou Reed, chœurs compris.

Maman aperçut la petite Christine qui s'emparait de la boîte de Janek. Il ne fit qu'un bond et la repêcha d'entre les mains de la gamine.

– Wouah, ma chérie, c'est pas une très bonne idée, lui dit-il gentiment.

Et il la ramena auprès de Crease et Caroline. Christine, que ce gros patapouf de Maman avait surprise, un peu effrayée, était près de pleurer. Bishop s'interposa.

– J'avais oublié, Christine, fit-il en tirant un gros sac de derrière son bureau, une fête ne serait pas une fête sans des cadeaux.

Il s'assit près de Christine et lui tendit le sac en papier plein à craquer.

– Ces choses m'ont sauté dans les mains l'autre jour que je passais par Chinatown.

Christine déchira le papier, c'était son tour de décrocher le jackpot. Elle retira du sac une ribambelle de cadeaux : un dragon cerf-volant, des masques de papier à découper, une Pagode en kit, une Jonque en kit, un livre de contes pour enfants de Chine et du Tibet, une maman-tigre et son petit en peluche, plus un assortiment de minuscules lanternes, parasols, éventails chinois et autres babioles.

Christine était aux anges. Elle se jeta au cou de Bishop et l'embrassa. Puis elle s'occupa sérieusement de ses jouets.

– Mon Dieu, Martin, comment as-tu fait pour savoir ce qui ferait plaisir à une enfant de cinq ans? lui demanda Caroline, profondément touchée.

– J'ai consulté un nommé Red, dit Bishop. Il a six enfants et sait où trouver ce qui convient à chaque âge.

Il ramassa la pagode et la jonque en kits.

– Ça, c'est pour ton groupe d'âge, mon pote, fit-il, les tendant à Crease. Red m'a dit que, dans son quartier, les pères mettent leur point d'honneur à monter impeccablement ces modèles pour leurs gosses. Bonne chance.

Au milieu de l'hilarité générale, Crease examina les kits avec terreur.

– Tu passeras à la maison, le week-end prochain, dit-il en fronçant le sourcil.

Liz remarqua le plaisir que prenait Bishop au bonheur de Christine.

– J'ai parlé à un type du FBI, aujourd'hui, dit Crease à Bishop, devant la table portant les boissons. Il m'a dit qu'il est toujours affecté à la question russe. D'après lui, les gars du KGB chargés des missions à l'extérieur sont toujours en activité. Sur leur chèque de fin de mois, le nom du pays a changé, c'est tout. Ils ont toujours de quoi dépenser et rôdent par ici, prêts à acheter ce qui se présente, comme d'habitude.

– Ce qui veut dire que les 380 000 dollars de Janek pourraient bien venir de nos nouveaux meilleurs amis et alliés, conclut Bishop.

– Merde, fit Maman, le KGB est parti pour survivre aux dix prochaines réincarnations de l'Union soviétique. Il veut toujours piquer ce que nous avons.

– Sauf qu'aujourd'hui, c'est plus nos cartes de crédit que nos âmes qui l'intéressent, dit Whistler, passant devant eux et allant s'asseoir près de Liz, avec son *dim sum*.

– Je parie que vous ne dormez tous que d'un œil, dit Liz. Ou sur une seule oreille, ajouta-t-elle, se rappelant l'infirmité de Whistler.

Tous eurent un petit rire, sauf Bishop, regardant, mal à l'aise, la boîte qui valait 380 000 dollars.

21

La soirée était devenue plus calme. Crease et Caroline jouaient au Scrabble, Christine sommeillait sur le canapé entre eux. Liz et Bishop dansaient sur *Yesterday*, la chanson mélancolique de McCartney. Ils dansaient d'assez près. La résolution de Liz avait fléchi.

– Une fois, moi et Cosmo on a réussi à pénétrer dans le fichier informatique de la conscription, dit Bishop. On a commencé à distribuer des réformes à droite à gauche, des centaines au moins avant qu'ils changent le code d'accès.

– Vous avez dû sauver la vie à pas mal d'entre eux, fit Liz.

– Peut-être, dit Bishop. Mais avec notre action au Pentagone, je suis sûr que oui.

– Comment ça ? dit Liz.

– Personne n'était jamais entré dans le système informatique du Pentagone, expliqua Bishop. Les meilleurs des pirates avaient abandonné. Mais nous y sommes arrivés, brièvement. Cosmo, c'était l'as des as.

– Et vous avez découvert quoi ? demanda Liz.

– Que l'armée maquillait le nombre de tués pour laisser croire qu'elle gagnait la guerre, dit Bishop. Il y avait aussi des rapports secrets sur les effets secondaires de l'Agent Orange, et autres trucs aussi puants. On en a envoyé des photocopies aux journaux du monde entier, à charge pour eux de les publier ou non.

– Vous faisiez une sacrée bonne équipe, dit Liz. Cosmo, le cerveau technicien. Bishop, l'idéaliste empêcheur de tourner en rond, le combattant engagé. Sartre et Camus vous auraient bien aimés tous les deux.

Bishop eut un rire de dérision.

– C'était un bon moyen pour rencontrer des filles.

– Tu ne m'as jamais raconté pourquoi seul Cosmo s'est fait prendre ? dit-elle.

Bishop hocha la tête.

– On a tiré à pile ou face, c'est moi qui suis allé au ravitaillement, dit-il. J'ai eu de la chance, c'est tout. Pas Cosmo. Je lui avais juré qu'on n'aurait pas d'ennuis.

– Et comment les Fédés vous ont repérés ? dit Liz.

– Il neigeait à Madison, ce jour-là, dit Bishop. On avait le labo d'informatique pour nous tout seuls. On a brisé la première règle de ce qu'on appelait « télécommunications au noir » en utilisant toute la journée la même ligne téléphonique sans interruption. On se croyait invulnérables, on était de vrais gosses.

– Et il t'a pardonné ? demanda Liz.

– Je l'espère, fit Bishop. Il est mort en prison.

Ils bougèrent en mesure quelque temps sur la musique. Puis Bishop ajouta :

– Je suis entré en contact avec Cosmo avant de me tirer. Il m'a fait répondre que ça n'avancerait à rien qu'on pourrisse tous les deux en taule. Je me demande encore, si j'y étais allé moi aussi...

– Marty, le coupa Liz, qui eut, comme ça lui était parfois arrivé auparavant, la vision fugitive d'une ombre battant de ses ailes sombres au-dessus de sa tête. Je crois qu'il est temps de tourner la page des sixties.

Bishop acquiesça mécaniquement.

– Excuse-moi, Liz.

Il s'efforça de sourire et changea son fusil d'épaule.

– Si j'ai bien compris, Paul McCartney faisait partie d'un autre groupe avant Wings ?

Liz éclata de rire.

Whistler, à son établi, ouvrit la boîte de Janek par le haut, mettant l'intérieur à découvert. Il promena ses doigts et trouva un jack d'entrée.

– Qu'est-ce que ça dit là ? demanda-t-il à Carl.

Ce dernier alluma la lampe.

– Système Out, lut-il sur la face de la boîte.

– Hé, les mecs, dit Crease, levant le nez de son Scrabble, je crois vraiment que vous devriez laisser ce truc tranquille.

– Ouais, fit Whistler, j'veux juste vérifier quelque chose.

Il continua de tâtonner à l'intérieur, prenant la mesure de la configuration de l'appareil.

– Setec, murmura Carl d'un ton rêveur. Système Extra-Terrestre...

– ...d'Echange Corporel, hasarda Maman. Attends une minute – Faux Bulletins de Tiercé, Rendement Astronomique ! – j'ai trouvé ! Le rêve qui fait saliver tous les turfistes ! Ma fortune est faite ! caquetait-il, comme un savant fou.

– Et tu t'achèteras quoi avec ta fortune, Maman ? lui demanda Crease, riant à moitié.

– Deux Winnebagos ! répondit Maman. Le premier d'un jaune solaire, et l'autre rouge thermonucléaire, les couleurs des dieux.

Liz, serrée contre Bishop, jeta un coup d'œil en coin à Maman : ce type était dingue. Elle entendit alors Bishop marmonner un truc dans son oreille, comme un débile.

– Quoi ? fit-elle.

– Setec Astronomy, fit-il, le regard dans le vague.

– J'adore qu'un mec me chuchote ça à l'oreille, dit-elle. Vous êtes tous barjes.

– Setec, ça ne veut rien dire, fit Bishop, avec une conviction arrêtée.

Liz le regarda, attendant qu'il s'explique. Bishop la planta là pour se précipiter sur le Scrabble de Crease.

– Excusez-moi, dit-il aux joueurs.

Il se mit à tripoter hâtivement les lettres du Scrabble et composa SETEC ASTRONOMY. Liz et Crease échangèrent un regard et un haussement d'épaules.

Whistler attrapa Carl par la manche et lui montra d'un geste le coin des fournitures.

– Apporte-moi du câble et une interface 1-0, dit-il.

Carl ne se le fit pas dire deux fois.

Bishop disposa les lettres du Scrabble autrement, et forma MONTEREY'S COAST.

– *Monterey's Coast*, ça vous dit quelque chose, les mecs ? cria-t-il.

Non, lui répondit-on en chœur. Bishop brassa les lettres de nouveau.

– Carl, apporte le Diagnostic, commanda Whistler. Maman ?

– Yo, fit Maman, reniflant un restant de bouffe chinoise froide, avant de la reposer.

Il rejoignit Whistler et Carl.

Liz tenta sa chance.

– Que pensez-vous de MY SOCRATES NOTES/*Mes Notes sur Socrate ?* dit-elle, montrant du doigt sa trouvaille.

Un non fut grommelé à l'unisson.

Bishop essaya encore une fois : COOTYS RAT SEMEN/*Sperme de Morpion de Rat.*

Liz le regarda, ils firent ensemble non de la tête.

Le Repaire était à présent étrangement silencieux, il y avait de la tension dans l'air. Whistler connecta la boîte de Janek à un petit ordinateur. Il était penché sur le dispositif ouvert avec Maman, qui donnait des coups de sonde en divers endroits. Chaque fois, une différente page de données apparaissait sur l'écran. Whistler, sa main gauche insérée dans un convertisseur en Braille électronique, « lisait » ce qui apparaissait sur l'écran.

Maman toucha un nouveau composant.

– Ah, la vache ! s'exclama Whistler. Recommence.

Maman se connecta à une puce qui paraissait différente des autres. Plus grosse, noire et brillante. Whistler lut la transcription en Braille. Puis il s'appuya au dos de sa chaise, plongé dans ses pensées. Il avait l'air très inquiet.

Au même instant, Bishop trouva un nouvel ordre pour les lettres du Scrabble et se redressa brusquement. TOO MANY SECRETS/*Beaucoup trop de secrets*, avait-il composé. Il dit la phrase à voix haute, ça faisait sens.

Et l'oreille hypersensible de Whistler la capta. Il leva la tête. Soudain, dans son cerveau, deux idées venaient de s'unir, formant comme une arche.

– Je crois que tu ferais mieux de venir voir par ici, Bish', fit-il.

Bishop, Liz et Crease, troublés par le ton de sa voix, se levèrent et se regroupèrent autour de l'atelier de Whistler.

– Carl, tu as ton petit agenda ? demanda Whistler.

– Ouais, fit Carl, sortant son carnet d'adresses à feuilles détachables.

– Donne-moi le numéro d'un truc impossible d'accès, fit Whistler, le top secret des tops secrets.

– Qu'est-ce que tu fabriques ? dit Crease.

Il commençait à pressentir quelque chose et ça le faisait flipper sérieux. Bishop, qui avait la même intuition, se rapprocha de Whistler.

– J'ai le centre de transfert de la Federal Reserve à Culpepper, Virginie, dit Carl tout excité. Neuf cents milliards de dollars transitent chaque jour par là.

– Ça fera l'affaire, dit Whistler. Appelle.

Carl tapa le numéro dans le modem de l'ordinateur.

– Tu n'entreras pas, prédit Carl, c'est encodé.

Le modem égrena sa gamme de bips... et entra en communication. L'écran de l'ordinateur s'anima : des pages et des pages de chiffres lettres symboles, brouillés, cryptés.

– Tu vois ? fit Carl.

Les autres se rassemblèrent autour de l'écran pour regarder. Même Caroline se leva et s'approcha.

– Maman, dit Whistler. Redonne-moi le dernier contact.

Maman toucha la puce d'un noir brillant dans la mystérieuse boîte de Janek. Sur l'écran, les caractères brouillés se lancèrent dans des milliers de permutations à la seconde; caractères, chiffres, symboles se changeant en d'autres caractères, chiffres, symboles, à une vitesse telle que ce n'était plus qu'un brouillard, comme si la machine était frappée de folie.

– Mais qu'est-ce qui lui prend? fit Caroline. Elle retrace toute l'histoire des mathématiques?

Whistler, sa main dans le convertisseur, ne sentant qu'une fraction du flot chaotique mais se faisant intuitivement une juste idée des choses, acquiesça.

– C'est ce que tout ordinateur normal tenterait de faire, dit-il. Mais pas ce truc. Il fait autre chose.

Certains caractères arrêtèrent leur course et formèrent peu à peu des combinaisons de lettres reconnaissables. Puis vinrent quelques mots in extenso. Puis beaucoup d'autres. Bientôt, une bonne partie de l'écran fut décryptée. Deux derniers groupements continuaient à changer, lettres et chiffres défilant, cherchant. L'un des deux en termina. Puis l'autre. Au bas de l'écran entièrement décrypté, on pouvait lire : ENTRÉE CONFIRMÉE. FORMULEZ VOTRE DEMANDE SVP.

– Quelqu'un veut fermer la Federal Reserve ? demanda Whistler tranquillement.

Silence impressionnant.

– Mon Dieu, finit par dire Liz, tu n'es pas sérieux?

– Système de Contrôle du Trafic Aérien National, dit Whistler à Carl.

Carl feuilleta son carnet et tapa le numéro.

– Qu'est-ce que vous faites? Déconnez pas avec ce truc, les mecs, dit Crease.

Il commençait à avoir des sueurs, il y avait une certaine crainte dans sa voix. Sa femme et sa fille étaient présentes.

Le réseau informatique du Contrôle du Trafic Aérien National envoya une image brouillée sur l'écran de l'ordinateur de Whistler. Maman toucha la puce, établit la connexion. Les informations encodées se désembrouillèrent, lentement mais sûrement.

– Quelqu'un a envie qu'une paire de jets se crashent avec tous leurs passagers ? fit Whistler, tendant l'oreille, guettant une réaction.

– Ou de dérouter tous les avions pour Chicago-O'Hare sur l'aéroport de Moline County ?

– Arrête ça, fit Crease à voix basse, d'un ton pressant.

– Le Réseau National de Distribution d'Electricité ? lança Whistler à Carl.

Carl trouva le numéro, le composa.

– Comment ce truc fait-il ça ? demanda Liz, vaguement consciente du moment historique auquel elle assistait.

– Les systèmes cryptographiques, dit Whistler, sont basés sur des problèmes mathématiques si complexes qu'on ne peut les résoudre qu'à l'aide d'une clé.

– Jusque-là je te suis, dit Liz. Je te rappelle que j'ai un Doctorat de maths.

La connexion avec le Réseau de Distribution s'établit ; écran brouillé à nouveau.

– Janek doit avoir découvert le moyen de résoudre ces problèmes en se passant de clé, continua Whistler, et il l'a câblé dans une puce. Cette puce.

Et il désigna la boîte.

Une fois de plus, l'écran se désembrouilla. Crease, faisant un pas en avant, le masqua de la main.

– Très bien, on arrête ça, fini de rigoler, dit-il.

– Quelqu'un veut plonger dans le noir l'Amérique du Nord ? s'écria joyeusement Whistler, sentant au bout de ses doigts le code d'accès décrypté du Réseau National d'Electricité dans le convertisseur en Braille.

– Je t'ai dit d'arrêter ça, fit Crease d'un ton de commandement.

Maman finit par acquiescer, jetant un regard à Crease.

– Bien, excuse-nous, dit-il en ricanant.

Maman et tous les autres fixèrent la boîte noire de Janek avec le profond respect dû à ses pouvoirs.

– Alors, c'est un décodeur, dit Carl.

– Non. C'est LE décodeur, rectifia Bishop.

– Plus de secret qui tienne, dit Whistler. M'étonnerait pas que ce Janek ait des cornes et une queue fourchue.

– Ouais, approuvèrent plusieurs Experts.

– Pourquoi tu dis ça ? fit Carl.

– C'est simplement l'équivalent pour la science informatique d'$E=MC^2$, fit Whistler. Et même mieux. Extrêmement mieux. Une pierre de Rosette universelle. T'es forcé de croire qu'aucun homme n'a pu faire ça sans l'aide de Satan.

Il partit d'un rire nerveux, et dingue.

Crease se tourna brusquement vers Caroline et lui tendit ses clés de voiture.

– Chérie, tu rentres à la maison avec Christine.

Caroline lui lança un regard peu amène, elle n'aimait pas qu'on lui donne des ordres en la rudoyant.

– Tout de suite !

– Et toi ? fit-elle.

– Ne me demande rien, répondit-il. N'ouvre à personne et limite tes sorties au strict nécessaire. Je t'appellerai.

Pour Caroline, épouse d'un ancien de la CIA, c'était de la routine, même si elle détestait ça. Elle haussa les épaules, prit les clés, souleva sa fille endormie dans ses bras.

– Bonne nuit, tout le monde, fit-elle.

Elle embrassa Crease.

– Te fais pas tuer, lui dit-elle, on a payé d'avance pour les six prochaines séances, et pas question que je laisse mon tour pour te taper dessus.

Elle le poussa gentiment et sortit à grands pas, portant son léger fardeau.

Les Experts attendirent la réaction de Crease, ils se

délectaient toujours de la façon dont Caroline lui tenait la dragée haute. Il esquissa un sourire et commença à faire le tour du Repaire, fermant les volets et baissant les stores.

– Crease, on est au troisième étage! s'écria Maman.

– Ouais, et juste sous le toit, grommela Crease, s'assurant que la porte coupe-feu était cadenassée.

Quand sa femme et sa fille eurent quitté l'ascenseur, en bas, il alla le bloquer pour la nuit. Puis regagna le Repaire.

– A quelle heure la remise? demanda-t-il à Bishop.

– Neuf heures du matin, dit Bishop. Ça va?

– Ben, couçi-couça, fit Crease. On va prendre certaines mesures de sécurité par ici.

Il secoua les grilles des tuyaux d'aération vieillots pour s'assurer qu'elles étaient bien verrouillées. Puis il ouvrit son vestiaire, en sortit un revolver et le chargea.

A la vue de l'arme, Liz saisit son sac et se retourna vers Bishop.

– C'est ici que je descends, dit-elle. Je rentre.

Crease lui barra le passage.

– Ne prends pas ça contre toi, Liz, fit-il, mais tu étais la seule personne qui connaissait le secret de Martin. Et quelqu'un a parlé.

Liz le regarda sans comprendre.

– Aux Fédés, expliqua Crease. Ils savent tout sur lui et sur chacun d'entre nous. Quelqu'un a parlé. Alors mets-toi à l'aise. Nous allons passer la nuit ici tous ensemble.

– Quoi? s'exclama Liz.

Son regard passa de lui à Bishop, puis à la bande de zigotos qui l'entourait.

– Ça va, Crease, dit-elle, cool cool.

– Euh ouais, fit Maman, pourquoi tu nous la joues « le rouge est mis ? »

– « Le rouge est mis », comme tu dis, tant qu'on aura cette putain de bombe sur les bras, dit Crease à Maman d'un ton sec.

Puis se retournant vers Liz, plus calmement :

– Je serai plus cool si, au moment de me débarrasser de ce truc complètement à découvert, je me fais pas un sang d'encre en me demandant si quelqu'un n'en aurait pas touché un mot par hasard la veille au soir en téléphonant à sa mère ou à ses amies. Jusque-là, tu bougeras pas d'ici.

– C'est intolérable, dit Liz. Tu ne sais rien de la vie que je mène actuellement! Comment peux-tu supposer...

– Tout à fait, l'interrompit Crease, lui faisant baisser les yeux. Merci.

Crease lançait des regards furieux à Bishop et aux autres Experts. Bishop le lui rendait bien, mais finalement, il dit :

– Très bien. Elle reste.

– Fantastique, fit Liz, jetant son sac sur le canapé. Merci de votre confiance, les copains.

Puis elle marcha jusqu'à la fenêtre, releva le store et regarda dehors d'un air de défi.

– Il n'y a pas un seul gouvernement de la planète qui hésiterait à nous tuer tous pour récupérer ce machin, dit Crease avec évidence.

Liz resta exposée à la fenêtre un long moment. Puis elle rabaissa le store d'un coup sec et, bras croisés sur la poitrine, fixa la petite bande sans désemparer.

Crease glissa son arme à la ceinture et prit les choses en main.

– Carl, prends du fil électrique, fais une boucle à chaque poignée de fenêtre et branche le tout sur le minuteur du four.

– Oh non, y a au moins une centaine de fenêtres, fit Carl.

Crease lui lança un regard qui le mit au travail, puis alla dans le coin-cuisine et en ramena à pleins bras pots et casseroles.

– Maman, tu veux bien m'aider avec le matos high tech, dit-il.

– Difficile de trouver pire endroit à boucler, fit Maman

en s'emparant d'une poubelle. Autant vouloir rendre une passoire inviolable.

Maman remplit la poubelle d'ustensiles sonores, puis avec Crease ils installèrent des « pièges » dans le périmètre de l'ascenseur. Juste dans l'axe des portes coulissantes, ils dirigèrent le rayon de l'appareil laser. L'hologramme du vigile armé du fusil à pompe, en uniforme bleu, se dressa soudain, menaçant.

Maman endossa le rôle d'un malfrat sortant de l'ascenseur, se trouvant nez à nez avec le vigile et lui tirant dessus.

– BLAM! BLAM! Si ça nous réveille pas, j'veux bien être pendu!

Bishop lui aussi y alla de son dispositif de sécurité, dont l'inventivité laissa Liz incrédule. Il accrocha un hamac de fortune (un drap et des extenseurs) en dessous du vasistas, et l'emplit de verres. A peine toucherait-on au vasistas, qu'on ferait cascader cette installation.

Liz accepta en rechignant de dormir dans le lit de Bishop et ce dernier renonça judicieusement à toute tentative de le partager avec elle. Il se contenta d'un divan, à distance raisonnable. Liz, étendue sur le dos, regardait le plafond aux prises avec le tumulte de ses émotions. S'était-elle une fois de plus laissé emberlificoter dans les détours biscornus de l'existence de Bishop?

Les Experts, pour leur part, s'apprêtaient à passer une longue et douillette nuit de sommeil.

22

La suite devait leur donner tort.

Tout le monde dormait, qui dans le seul lit, qui sur les deux lits de camp, les canapés, par terre. Même Crease avait fini par succomber au bout d'une heure, sur le plancher près de la porte, son arme à la main.

On frappa à la porte, côté cage d'escalier. Crease sauta sur ses pieds. Il leva son revolver, attendit... on frappa à nouveau, puis on entendit la voix d'une jeune femme :

– S'il vous plaît, aidez-nous.

– Qu'est-ce qu'il y a ? grogna Crease à voix basse.

– S'il vous plaît, reprit la voix. Je m'excuse de vous déranger, mais mon bébé a une crise. Faut que je l'emmène aux urgences. S'il vous plaît, aidez-moi.

Crease, planqué derrière la porte, parlait à travers la fente.

– Je ne peux pas vous aider. Allez-vous-en, dit-il.

Tout le Repaire était éveillé, et avait les yeux braqués sur lui.

– Ayez bon cœur, monsieur, continua la voix d'un ton pitoyable. J'ai pas d'argent pour l'essence. Quinze dollars, c'est tout ce qu'il me faut. Mon bébé, il a de l'asthme. Je vous les rendrai, j'le jure. Je vis ici, au sous-sol. On est voisins. Juste l'argent pour l'essence. Je touche mon chèque jeudi.

Crease était fumasse. Il était sûr à quatre-vingt-dix pour

cent que c'était une arnaque, sinon pire. Mais à tout le moins, une arnaque. C'est alors qu'il entendit un bébé derrière la porte. Il toussait et pleurait. Crease jura.

– Je vous en prie, monsieur, insistait la femme, ouvrez-moi la porte.

– Nom de Dieu, pas question! Tenez, fit-il d'une voix sifflante.

Il sortit son portefeuille et glissa un billet de vingt dollars sous la porte, en se maudissant. Il était convaincu qu'on l'entubait, mais il n'ouvrirait pas la porte pour s'en assurer.

– Oh Dieu vous bénisse, monsieur, dit la femme. Le ciel vous le rendra.

– Je croyais vous avoir entendue dire que ce serait jeudi, fit Crease, d'un ton caustique.

– Oh ouais, monsieur, fit la femme. J'monterai jeudi, dès que j'aurai touché mon chèque. J' le jure. Dieu vous bénisse, monsieur, et Dieu bénisse vos enfants, aussi.

Crease entendit des pas qui s'éloignaient. Il se retourna et parcourut la pièce du regard. Chacun se recoucha et ressombra dans le sommeil. Crease se laissa glisser sur le sol, yeux grands ouverts.

Si, parmi les Experts, il en était un taillé dans un patron différent de Bishop, c'était bien Crease. Il n'avait rien d'un gauchiste. Il était né au sein de l'armée, son militaire de père emmenant tous les deux ans sa famille dans une nouvelle base, soit aux Etats-Unis soit en Europe. Crease, dans toutes les écoles qu'il fréquentait, était toujours l'étranger. Au moment où on allait l'accepter dans une équipe sportive, ou bien à peine venait-il de se faire un véritable ami, que la famille levait le camp. A chaque déménagement, Crease devenait un peu plus introverti, un peu plus déterminé à ne compter que sur lui-même.

Son père avait fait partie du service de renseignement de l'armée pendant la guerre et était l'un des membres fon-

dateurs de l'OSS. Pendant que Crease junior grandissait, Crease senior était un homme réservé qui donnait l'impression qu'il travaillait vraiment pour la CIA. Il laissait entendre qu'il y avait plus de choses dans sa vie qu'il ne pouvait l'exprimer. Il trimbalait constamment une serviette fermée à double tour qui contenait, entre autres choses d'importance, déclarait-il, un téléphone sûr qu'il pouvait brancher n'importe où et qui était émetteur-récepteur de messages codés. Crease ne vit jamais ce mystérieux téléphone, pas plus qu'il ne vit jamais porter ses fruits les grands projets financiers que son père se vantait de monter en à-côtés.

Crease l'aîné fut quelque peu impliqué dans le développement des premiers ordinateurs et leur utilisation dans les services de renseignement de l'armée. Jusque-là, Crease le croyait. Mais, au fil des années, les nombreuses allusions, que son père faisait pour expliquer ses fréquentes absences, à des missions top-secret qu'il ne pouvait divulguer, Crease cessa d'y croire.

Quand il eut douze ans – la famille vivait alors en Caroline du Sud –, son père partit pour l'une de ses missions et ne revint pas. Il disparut simplement, laissant sa femme et ses quatre enfants sans un sou, ou presque, et aucun moyen de subsistance. L'armée nia avoir connaissance de l'endroit où il se trouvait et refusa de payer plus longtemps des indemnités.

Crease, qui mentit sur son âge, obtint un boulot dans une tréfilerie. Il aida sa mère au bout du rouleau à élever et subvenir aux besoins de ses trois cadets.

Sa mère pleurait souvent, se demandant ce qui s'était passé. Crease, lui, nourrissait une rage monumentale contre son père. Et cette colère lui était restée.

Il entra à la CIA, en partie pour aller au fond des choses, bien qu'il n'eût pas complètement démêlé ses motifs à l'époque. Il devait découvrir par la suite un dossier de l'Agence sur son père, mais une bonne part en était suppri-

mée. Le dossier le conduisit jusqu'à Key West, où il apprit que son père était mort alcoolique, plusieurs années auparavant. Il ne rencontra jamais personne au sein de la CIA qui admette avoir connu son père, et n'obtint des archives du service de renseignement de l'armée rien d'autre que des statistiques pures et simples.

Son père emporta ses mystères avec lui dans sa tombe. Et il laissa derrière lui un fils qui détestait les secrets et voulait vivre sa vie au grand jour, comme une flèche fendant l'air bleu. Il voulait obéir à la moindre loi, remplir la moindre de ses obligations, et faire partie avec rectitude d'une société d'ordre, solide comme un roc. Il voulait que sa fille grandisse en sachant exactement qui était son père, où il se trouvait aujourd'hui et où il se trouverait demain.

Quand l'aube se leva, Crease était assis sur une chaise près de la porte, une tasse de café à la main, les yeux toujours grands ouverts. Il fouillait du regard de façon compulsive la pièce, les fenêtres, les toits des immeubles voisins. Son revolver était posé sur une petite table, à son côté.

La boîte de Janek trônait sur le bureau de Whistler au vu et au su de tout le monde, en sûreté.

23

La ville étincelait au soleil du matin, tandis que les Experts – et Liz, leur captive – quittaient par la porte de service leur immeuble, en enfilant leurs manteaux. Bishop sortit une valise-caméra en aluminium de l'arrière de la fourgonnette et glissa à l'intérieur la boîte noire de Janek.

Crease marchait devant, l'œil aux aguets, pendant que l'équipe et Liz gagnaient la rue.

Liz aperçut un taxi et l'arrêta.

– Eh bien, j'ai été ravie de passer la nuit avec vous, les copains, dit-elle. Inutile de me rappeler, O.K. ?

Et elle se dirigea vers le taxi.

– Liz, lui cria Bishop, je regrette, je...

– J'espère que ta petite livraison se passera bien, dit-elle, ouvrant la portière du taxi. J'aimerais pas que tu t'ajoutes un nouveau motif de fuite.

Elle monta dans le taxi, qui démarra. Bishop le suivit des yeux. Ainsi s'en va une cause perdue, songea-t-il. Il se mit au volant de sa voiture, Crease à son côté.

Dans un quartier rien moins que chic de la ville, Bishop gara sa Karmann-Ghia orange cabossée en face d'une école primaire faite de bric et de broc. Des bâtiments en bois d'un seul étage, évoquant des baraquements, entouraient une immense cour goudronnée et déserte avec des balançoires et

un filet, mais pas un brin d'herbe. Comme si c'était trop demander à l'académie du district de veiller à la fois à l'éducation des enfants et à l'entretien d'une pelouse.

Bishop et Crease fouillèrent du regard la place sur laquelle donnait la cour de l'école et la demi-douzaine de tables bancales, près de la baraque de sandwiches, à l'autre extrémité. Quelques personnes y étaient assises et consommaient, un flot de fidèles sortaient d'une vieille église catholique superbe, un peu plus bas. Deux joggers firent un tour de place et puis s'en furent. Des pigeons et des moineaux se montrèrent, mais ni Wallace ni Gordon.

Un clochard fit rouler son Caddie jusqu'à Crease, appuyé contre la Karmann-Ghia, en attente. L'homme entama son laïus. Mais Crease avait été sollicité une fois de trop au cours des dernières vingt-quatre heures. Quand le clodo aperçut son regard de fou furieux, il s'empressa de pousser son Caddie plus loin et gagna la cour de recréation de l'école en empruntant un trou béant dans la clôture. Il s'allongea sur une table de réfectoire en bois et s'endormit.

Bishop, las d'inspecter les environs en vain, se mit à lire les gros titres des journaux tabloïds en vente dans leurs caissettes juste en face de la voiture.

Crease aperçut une Plymouth dernier modèle faire le tour de la place; elle alla se garer près de la baraque à sandwiches. Crease donna un coup de coude à Bishop. Ils virent Gordon et Wallace descendre de voiture et se diriger vers le comptoir.

Bishop ouvrit la portière et saisit la valise d'aluminium.

– Prends le flingue, lui souffla Crease calmement.

– Pourquoi faire? dit Bishop. Les mecs sont là. C'est terminé.

Gordon repéra Bishop, qui traversait la place, la valise à la main. Gordon avait toujours son air optimiste, et Wallace le sien, grincheux.

– Bonjour, dit Gordon.

– Salut, fit Bishop.

Il s'arrêta devant eux, la valise au bout de son bras, sur la réserve. Le type de la baraque de sandwiches, derrière Gordon et Wallace, servait des espressos à une paire de pseudo-affranchis, qui sortaient tout droit du *Parrain N°3*.

– Un *cappucino* ? demanda Gordon.

– Non, fit Bishop.

– Des problèmes ? dit Wallace, légèrement méfiant, zieutant la valise en alu.

– Non, dit Bishop.

– Vaut mieux lui demander s'il a eu de la chance, dit Gordon.

Bishop lui tendit la valise. Un certain soulagement se lut sur le visage de Gordon. Il ouvrit la valise et inspecta la boîte. Il se retourna vers Wallace qui se tenait là, les bras ballants.

– Son fric, dit Gordon aimablement.

– Oh, fit Wallace, qui se dirigea à grands pas vers la Plymouth.

Gordon leva les yeux au ciel, l'air de dire – quel nul, ce mec. Il tripota la boîte avec un petit sifflement admiratif.

– T'es un bon, Brice-Bishop. T'as pas volé l'argent du gouvernement, fit-il.

Crease, resté près de la Karmann-Ghia, était trop loin pour entendre la conversation. Il jeta un œil distrait sur la rangée de caissettes à journaux devant lui. Torchons à scandale et tabloïds pour la plupart. Soudain le regard de Crease fut attiré par le titre en première page du *San Francisco Chronicle* : MATHÉMATICIEN TUÉ : INCENDIE CRIMINEL ? La photo qui accompagnait l'article ressemblait à celle du Dr Gunther Janek, mais la pliure du journal masquait le bas du visage. Crease, saisi d'inquiétude, fouilla ses poches. Pas de monnaie. Il tira sur la caissette, qui ne voulut pas s'ouvrir.

Crease, de plus en plus paniqué, regarda en direction de Bishop et des deux agents de la NSA. Bishop attendait en compagnie de Gordon, tandis que Wallace tirait une serviette du coffre de la Plymouth.

– Hé, Martin ! Téléphone ! cria Crease, faisant de grands gestes.

Bishop, se retournant, vit Crease, le téléphone de voiture en main.

– Ouais, une minute ! cria-t-il en retour.

– C'est... ta... maman ! insista Crease.

Bishop le regarda, interloqué. Crease n'avait pas l'air de plaisanter et semblait fébrile. Quelque chose cloche, se dit Bishop, mais quoi ? Il jeta un coup d'œil circulaire et s'aperçut que la place était quasiment déserte à présent. Ne restaient plus que les buveurs d'espresso, au comptoir de la baraque, qui sirotaient, dos tourné.

Bishop regarda Wallace qui avançait vers lui, la main glissée dans la serviette.

– Elle est... très vieille, dit Bishop à Gordon. Excusez-moi.

Gordon acquiesça d'un signe de tête, et Bishop se dirigea sans presser le pas vers sa voiture, plantant là les deux agents. Sur son visage la perplexité le disputait à un malaise grandissant. Arrivé à hauteur de la voiture, il se pencha à moitié côté conducteur et prit le téléphone que Crease, assis côté passager, lui tendait avec un faux sourire d'excuse.

– Passe-moi les clés, fit Crease entre ses dents.

– Quoi ? dit Bishop.

– Passe-les-moi, fit Crease, sans bouger les lèvres.

Bishop jeta un œil par-dessus son épaule : Gordon et Wallace se dirigeaient vers eux. Il porta le combiné à son oreille tout en glissant la clé de contact à Crease.

– Allô ? dit-il.

Silence au bout de la ligne. Il ne comprenait toujours pas.

– A mon signal, fit Crease, à voix basse.

– J'ai pas eu l'argent, dit Bishop.

Wallace dit quelque chose à Gordon. Ils se séparèrent, tout en continuant à avancer.

Crease glissa la clé dans le contact et posa son pied

gauche sur l'accélérateur. Gordon et Wallace n'étaient pas à dix mètres.

– Maintenant, fit Crease.

Bishop lâcha le téléphone, prit le volant et sauta dans la voiture au moment où Crease mettait le contact et appuyait à fond sur la pédale.

La Karmann-Ghia décolla du trottoir en faisant crisser ses pneus et Bishop claqua la portière. Gordon et Wallace se lancèrent à leur poursuite, les deux amateurs d'espresso cessèrent leur comédie et se précipitèrent vers la rue, tâchant de leur barrer le chemin. Le clodo supposé roupiller dans la cour de l'école fit de même.

Bishop reprit le contrôle de l'accélérateur, tandis que la voiture gagnait de la vitesse. Il braqua brusquement à gauche dans une ruelle pour échapper à leurs poursuivants. La Karmann-Ghia s'embrancha dans une nouvelle rue adjacente.

– Mais, merde, qu'est-ce qu'on est en train de faire ? dit Bishop. J'ai pas récupéré le fric.

– T'arrête pas, fit Crease, jetant un regard en arrière. Tourne dans la grand-rue et cherche un kiosque.

– Putain, je pourrais avoir une petite idée ? s'exclama Bishop. On vient de laisser 175 000 dollars derrière nous!

Bishop s'engagea dans la large artère commerciale.

– Là-bas, dit Crease. On est dans la merde jusqu'au cou, j'crois. J'espère que je me trompe.

– Mais de quoi tu parles ? dit Bishop, exaspéré.

Il stoppa devant un kiosque à journaux. Crease descendit d'un bond, fourra un billet de cinq dollars dans la main du marchand myope et tout courbé, et s'empara du *Chronicle*. Le vendeur, presque aveugle, examinait de près le billet. Ça allait prendre trop de temps. Crease jeta un regard effrayé dans la rue, et sauta dans la voiture.

– Vas-y, vas-y, fit-il.

Bishop démarra.

– T'as pas attendu ta monnaie, c'est bien la première fois que...

Crease lui mit le journal sous le nez, pour qu'il voie photo et gros titre.

– Janek est mort, hurla-t-il.

– Nom de Dieu. Ils l'ont tué? fit Bishop, horrifié.

Il jeta un coup d'œil dans le rétroviseur et appuya sur le champignon.

Crease frappait le journal à coups de poing.

– La NSA ne liquide personne, Martin, fit-il. C'est qui ces mecs?

– Tu l'as dit toi-même hier au soir, fit Bishop. Pas un gouvernement au monde qui ne serait prêt à tuer pour avoir un truc pareil.

– Arrête, pas le nôtre! dit Crease.

Bishop fronça le sourcil avec scepticisme. Le patriotisme de Crease ne se laissa pas entamer.

– C'était qui, ces types? répéta-t-il.

– Y a qu'une façon de le découvrir, fit Bishop, infligeant à la voiture un virage à la corde, et fonçant vers l'ouest.

Bishop franchit à fond la caisse le Oakland-Bay Bridge, gagna San Francisco et descendit la 101. Puis la quitta pour couper jusqu'à Market Street, ralentit pour longer le nouvel Immeuble Fédéral et entra dans la Western Addition. Il se précipita à toute vitesse dans le quartier délabré où il avait fait un tour trois jours plus tôt.

Il prit la même direction que la dernière fois pour gagner l'ancien Immeuble Fédéral et s'arrêta dans un crissement de pneus devant le kiosque à journaux à l'abandon.

Bishop et Crease descendirent de voiture – Bishop regarda autour de lui, avec effarement. Où était donc passé l'Immeuble Fédéral?

– Il était à ce coin de rue, fit Bishop. J'en suis sûr. Ou alors je suis dans le mauvais sens?

Il examina les immeubles voisins, vérifia le nom des rues à l'intersection.

– Non, dit-il.

Il était au même endroit.

– Tu t'es pas trompé de rue ? fit Crease.

– Non, c'est la bonne, répondit Bishop, comprenant soudain.

L'Immeuble Fédéral n'était tout bonnement plus là. A la place, un tas de gravats, et au milieu des décombres, un bulldozer. Bishop, voyant cela, eut un haut-le-cœur.

– Oh, Martin, fit Crease. Me dis pas que tu es tombé dans ce panneau.

– Ils m'ont pris mon chez-moi, dit une voix derrière eux.

Bishop et Crease se retournèrent. C'était le clodo de l'autre fois, rencogné contre le kiosque à journaux.

– Aidez-moi, m'sieurs, dit le vieillard décharné. Je sais pas où coucher, j'ai rien pour m'abriter de la tempête.

– C'était prévu depuis quand ? fit Bishop, attrapant le vieux clodo au collet et lui désignant les ruines de l'immeuble.

Le vieil homme se redressa, carrant ses frêles épaules.

– Dans les Ecritures, on dit que tous les enfants de Dieu méritent d'être à l'abri de la tempête, fit-il avec un sourire rusé. Etant donné, maint'nant, que la race humaine peut élever d'aussi hautes tours – et sa voix enfla en plaidoyer – elle pourrait pas en laisser debout une ou deux, pour que ceux comme moi aient un toit ? Quel mal j'ai fait ? J'suis innocent.

Bishop, comprenant l'inutilité de sa question, lâcha le vieillard.

– Ben, si jamais vous avez besoin d'un coup de main, les gars, ajouta-t-il, vous avez qu'à venir m' trouver. J'm'appelle Amos Larue, on peut compter sur moi.

– Mon Dieu, fit Bishop, regardant Crease.

Crease portait sur sa figure son air « je te l'avais bien dit ».

– Messieurs, j'vous invite à vous joindre à moi pour la

cueillette, dit le clodo, avec un geste fort généreux en direction des décombres.

Un groupe avançait vers l'endroit, les yeux rivés au sol, à l'affût d'éventuelles richesses. Bishop prit conscience avec un serrement de cœur qu'il avait à présent à peu près autant de chances qu'eux de rentrer chez lui avec un trésor. Et il songea surtout aux autres Experts, qui l'attendaient.

24

Dans les collines au-dessus de Berkeley, dans la terre brûlée par l'incendie – qui avait réduit des centaines de superbes maisons en décombres noircis et transformé une forêt entière de séquoias en alignement de totems carbonisés – la pluie creusait ses tranchées. Des ruisselets de boue grossissaient en ruisseaux, comme l'eau venant de plus haut gagnait en force et en volume, balafrant de rigoles le flanc des collines.

La pluie fine et continue devint torrentueuse, et des flots de boue se mirent à charrier la verdure d'anciens jardins vers la Baie. Tous ces courants se joignaient aux tournants des routes et des allées, où ils formaient des affluents boueux, avant de devenir aux carrefours de larges fleuves impétueux qui déracinaient au passage de jeunes arbres, emportaient du mobilier de jardin, et plus bas, jusqu'à des voitures, dans les quartiers qui avaient la malchance de se trouver au pied des collines de Berkeley.

Les résidents de la Bay Area avaient beau s'être habitués aux catastrophes naturelles, elles prélevaient néanmoins leur dîme émotionnelle, même chez les nantis.

Dans la partie sud-ouest de la ville, peu reluisante, celle qui entourait le vieux cinéma Oakland, les habitants, à vrai dire, se foutaient éperdument du temps qu'il faisait, des glissements de terrain ou même du prochain tremblement de terre. Leurs seuls soucis concernaient leur prochain loyer, leur prochain repas.

Et bien que la pluie cogne au carreau et que le tonnerre fasse vibrer les stores hermétiquement clos, l'équipe au troisième étage du vieux cinéma Oakland prêtait elle aussi peu d'attention aux déprédations des intempéries. Le seul souci de ses membres était de savoir s'ils seraient encore là à l'heure de leur prochain repas.

Le rouge était mis à nouveau au Repaire, et cette fois tous prenaient la chose au sérieux. Carl, qui travaillait fébrilement devant son ordinateur, se recula brusquement contre le dossier de sa chaise, découragé.

Bishop feuilletait des dizaines d'annuaires périmés, n'arrivant pas à trouver ce qu'il cherchait.

Crease était au téléphone – en attente – avec des idées de meurtre en tête, c'était visible.

Seul Whistler gardait son calme, comme si le destin lui avait déjà réservé la pire surprise de toutes et que le reste, à côté, ce fût la vie, simplement. Il était assis, à part, sous le vasistas, le visage tendu vers la pluie battante.

– Putain, Bobby, me raconte pas que tu peux pas faire ça parce que je sais que tu peux! criait Crease dans le téléphone. Et me dis pas que tu le feras pas, parce que il me le faut. Tout de suite! Non... non... merde! Tu crois que je te le demanderais si c'était pas une question de vie ou de mort? C'est vraiment important pour moi!... bien sûr... ouais, j'attendrai, ça fera que la deuxième fois.

Maman était à un autre poste. Il écoutait, ponctuant de la tête les dires de son interlocuteur.

– Ouais, merci! fit-il.

Il raccrocha et se tourna vers les autres, l'air résigné.

– L'immeuble était voué à la démolition depuis le mois d'août. Il était vide depuis un mois.

– Merde, fit Bishop, refermant bruyamment ses annuaires. Et la NSA n'a jamais eu de bureau pas plus à San Francisco qu'à Oakland.

Le ton de Crease s'était radouci.

– Oh, bon Dieu, t'en es sûr? De notoriété publique à

l'Institut ? Merde... Ouais, merci. Ecoute, Bobby, j'oublierai pas ce que tu viens de faire.

Crease raccrocha. Tous les Experts avaient les yeux tournés vers lui. Il se mit debout et serra les poings, exaspéré.

– La subvention de Janek lui avait été versée par la NSA. Il travaillait déjà pour la NSA. Ces 380 000 dollars ne venaient pas d'un mystérieux compte bancaire zurichois, mais du Gouvernement US.

– Oh non... oh non, gémit Maman.

– On s'est fait avoir ! fit Crease, saisissant le téléphone et l'envoyant s'écraser au sol. Comment tu as pu être aussi con ? hurla-t-il à Bishop. Deux mecs se pointent, disent qu'ils font partie du gouvernement et tu marches aussi sec ?

Whistler vint se mettre au milieu d'eux, tendant les mains pour pacifier la situation.

– Peut-être qu'ils faisaient partie du gouvernement, peut-être qu'ils faisaient partie d'autre chose, dit-il. Ou peut-être c'est ni l'un ni l'autre. La faute de Bish', et la nôtre aussi, ça a été de croire qu'il s'agissait d'un simple problème d'arithmétique : eux plus nous égale 175 000 dollars. Trop facile. Il est plus que probable que nous faisons partie d'une équation algébrique de merde, beaucoup plus complexe.

Il y eut un silence, tandis que chacun digérait ça et tentait d'en comprendre le sens.

Whistler attendait une réaction, mais rien ne vint.

– Pensez aux échecs, dit-il.

– Et on est les pions, fit Maman, se tenant la tête.

Bishop avait déjà pensé au choix limité de coups à leur disposition. Il tira de sa poche les billets que Greg lui avait donnés trois jours auparavant et les tendit à Maman.

– Le Bolchoï, évidemment, dit Maman. Qui d'autre vole la NSA ? Qui a eu pour principale mission dans l'existence de se repaître des Renseignements US ?

Il passa les billets, sans réfléchir, à Whistler.

– Qui a le besoin le plus urgent en ce moment des don-

nées économiques américaines ? demanda Whistler, en tâtant les billets.

– Un stratagème standard, conclut Crease. Whistler a raison ; nous y sommes tous tombés.

– Le KGB règne, dit Whistler, tendant les billets.

Bishop se pencha, les récupéra et se dirigea vers le vestiaire de Crease, qu'il ouvrit.

– Embarquez tout ce que vous pouvez, ordonna-t-il. On déménage tous.

Maman et Carl commencèrent à débrancher et à entasser diverses pièces de matériel.

Crease regarda Bishop fouiller son vestiaire, trouver son arme et la passer à sa ceinture.

– Tu sais ce que tu vas faire ? demanda Crease.

Bishop marcha vers la porte.

– Greg...

25

Sur scène, une Juliette svelte et jolie, enveloppée de tulle blanc diaphane, essayait d'échapper à son destin. Elle se livra à une série de jetés futiles et poignants, puis après un petit entrechat final, désespérée, porta une fiole à ses lèvres et but. La musique lança des trilles tragiques. Juliette tomba en pâmoison sur une dalle de marbre. Et le public poussa un soupir.

En haut, au niveau des mezzanines du vieil Opéra de San Francisco, Bishop foulait la moquette bordeaux du corridor, comparant les numéros des loges privées à celui porté sur le talon de son billet. Il s'arrêta devant l'une des dernières loges, ouvrit la porte sans bruit et se faufila à l'intérieur.

La silhouette de Greg se découpait sur la mort de Juliette, là-bas sur la scène. Il se tenait sur le devant de la loge, plongée dans l'obscurité. Il était renversé sur son fauteuil, totalement détendu, absorbé et transporté par ce moment esthétique. Une blonde, qui devait lui coûter cher, aux longues jambes d'une injustice flagrante, se lovait contre lui.

Dans les loges voisines, comme dans toute la salle, siégeaient l'élite de San Francisco et divers membres du corps diplomatique. La venue du Bolchoï était encore un événement international à San Francisco, où même le Joffrey Ballet cent pour cent américain faisait salle comble.

Bishop se glissa silencieusement derrière Greg et, ayant sorti le revolver de Crease, lui appuya sur la nuque sa bouche froide.

– Dis à la fille de se tirer, chuchota-t-il, baissant l'arme et l'enfonçant dans les côtes de l'envoyé russe.

Greg pivota lentement sur son siège et reconnut Bishop.

– Martin. Tu as perdu la tête ? fit-il. Arrête avec ce...

Bishop arma, Greg l'entendit, se retourna vers la fille et lui dit d'un ton enjoué :

– Tu veux bien nous excuser un moment, ma chérie ?

– Oh non, pas maintenant ! se récria-t-elle. C'est presque fini.

Elle regarda Bishop, l'air contrarié.

– Je te raconterai la fin, fit Greg sans se départir de son ton courtois.

La fille secoua sa crinière platine mais, malgré sa mauvaise humeur, ne demanda pas son reste et quitta la loge.

Bishop garda le revolver enfoncé dans les côtes de Greg.

– Tu vas me rendre la boîte de Janek, dit-il d'une voix sifflante.

En contrebas, Roméo se lamentait sur ce qui aurait pu être.

– Te la rendre ? fit Greg à voix basse, avec une surprise non feinte. Ce n'est pas nous qui l'avons, Martin. Il faut me croire.

Il fit face à Bishop et le regarda droit dans les yeux.

– C'est ça, grommela ce dernier. Tu t'es servi de moi, et maintenant tu veux me faire porter le chapeau dans l'assassinat de Janek. Non, je ne te crois pas.

Les spectateurs des deux loges voisines leur lancèrent des chut ! indignés. Greg hocha la tête tristement.

– Pourtant tu devrais, dit-il. Ecoute, si je te voulais du mal, tu serais déjà mort à l'heure qu'il est.

Il désigna du chef un point derrière Bishop.

Ce dernier perçut un mouvement du coin de l'œil. Il fit volte-face et se trouva nez à nez avec un grand type chauve, aux yeux froids, qui braquait sur lui un gros automatique. Il avança lentement, confisqua le revolver de Bishop, puis recula de quelques pas.

Bishop s'en voulut de sa bêtise crasse.

– *Vsyo normalna*, dit Greg au garde du corps. *Mozhna yekhats*.

Le garde du corps eut un instant d'hésitation, puis haussa les épaules. Il tendit à Greg le revolver de Bishop, tourna les talons et sortit.

Les occupants des deux loges adjacentes se penchaient, l'air furibond. Greg se leva et les gratifia chacun d'un bref signe de tête, en guise de salut. Il prit Bishop par le bras et l'entraîna vers le fond de la loge, puis lui rendit son arme.

– Tu m'accordes davantage de crédibilité, maintenant ? fit-il.

Bishop empocha le revolver prudemment.

– Mon ami, nous n'avons rien à voir dans l'affaire Janek, murmura Greg. Ce n'est pas faute d'avoir essayé, note bien. C'est un gadget électronique que nous aimerions bien avoir... nous avons cru comprendre qu'il ne fait qu'une bouchée de vos codes d'accès.

– Sans parler des vôtres, ajouta Bishop avec un ricanement cynique.

– Nos codes ? Non, dit Greg. Ils sont complètement différents des vôtres. Vos codes top secret, nous n'avons jamais eu la chance de les déchiffrer. Dieu sait que nous la voulions cette boîte. Elle aplanirait certainement un peu le terrain dans cette nouvelle partie économique où nous essayons de tirer notre épingle du jeu. Mais nous ne l'avons pas prise. Quelqu'un d'autre nous a devancés. Cet épisode a été désastreux pour nous – et pour moi, personnellement.

– Pourquoi, toi ? demanda Bishop, soupçonneux.

Greg eut un rire d'autodérision.

– Sur le strict plan boutique, je dois admettre, Martin,

dit-il, que les cinq dernières années ont été pour moi un échec sur toute la ligne. J'ai peine à me souvenir du dernier fragment de renseignement utile que j'ai transmis. Je crois que...

Il baissa la voix encore davantage.

– ...ça concernait les piètres résultats des missiles Patriot contre les Scud dans la guerre avec l'Irak. Un tout petit os à ronger, j'en ai peur. Ah ah, je tenais ça de la maîtresse d'un directeur de studio, rencontrée au Festival de cinéma de Telluride – pour certains, cette guerre était comme un film...

Il eut un sourire indulgent.

– Je suppose que tu as communiqué cette information aux Irakiens, dit Bishop.

– Absolument pas. Saddam était une cause perdue à nos yeux, dit Greg. Pourquoi vous lui avez resigné un bail, ça me dépasse. La politique étrangère américaine est pleine de bizarreries charmantes.

– Je ne suis pas au courant, fit Bishop, remarquant pardessus l'épaule de Greg que le dernier acte se terminait. Le public se levait, éclatant en applaudissements chaleureux. Bishop devait décider ce qu'il allait faire.

Greg joignit ses applaudissements aux autres.

– En fait, confia-t-il à Bishop par-dessus le tapage, cette information de rien du tout sur les Patriot s'est révélée un moyen de pression efficace. Nous avons accepté de ne rien en divulguer pendant le conflit, de peur que ça n'amoindrisse le soutien populaire de votre Président, et en retour, il nous a concédé du bout des lèvres des crédits commerciaux, qui se sont révélés bien utiles l'hiver dernier, qui fut rigoureux. Rien d'autre que du maquignonnage tout ça, Martin. Il y a des années que je me tue à te le dire.

– Alors qui a assassiné Janek, pour avoir sa boîte ? dit Bishop, qui n'était guère d'humeur à recevoir des leçons.

– J'aimerais bien le savoir, dit Greg. Personnellement, j'adorerais récupérer cette boîte, si jamais elle tombait entre

tes mains et que tu veuilles aider un vieil ami. J'ai besoin d'un triomphe de ce genre. Même par les temps qui courent, tu sais, on peut nous renvoyer là-bas. Mon Dieu, je n'y survivrai pas. Je me suis trop habitué aux splendeurs de votre économie libérale en pleine maturité.

Bishop ne prenait pas ça pour argent comptant. Ça ressemblait trop à un écran de fumée, bien dans la manière de Greg, pour lui faire perdre la trace. Il n'y avait pas meilleur raconteur de bobards que Greg.

– Qui m'a entubé ? demanda Martin, froidement.

– J'en sais rien, répondit Greg simplement.

Il se pencha tout près et parla à voix basse.

– Ce que j'ai à te dire maintenant, il faut que ce soit ailleurs que dans cette loge. Vu ? Suis-moi.

Il tendit la main vers la porte. Bishop hésita, se méfiant du grand type chauve qui montait la garde dehors.

– Martin, dit Greg, il faut que tu me fasses confiance. J'en suis absolument au même point que toi. Le FBI est persuadé que mes hommes sont derrière tout ça. Tant qu'ils croient une chose pareille, je ne peux pas bouger le petit doigt. Même mes sources les plus directes ne veulent plus me parler. Je ne peux pas appeler une fille pour lui donner rendez-vous sans tomber sur un système d'écoute.

Il soutint le regard de Bishop, puis ouvrit la porte et sortit.

Bishop délibéra un instant, posa la main sur le revolver dans sa poche et le suivit.

Greg l'attendait. Le prolixe envoyé passa son bras sous le sien.

– Raconte-moi ce qui s'est passé, lui dit-il.

26

La limousine noire de Greg parcourait les rues, balayées par la pluie, du quartier aisé de San Francisco, où de nombreuses demeures des « barons voleurs » du XIXe siècle abritaient maintenant consulats étrangers et missions commerciales. D'un petit bar, à l'arrière, Greg versa une Stolichnaya à Bishop et un Jack Daniel's pour lui. Il lui porta un toast en silence, que Bishop lui rendit, mais le cœur n'y était pas.

– Ceux qui t'ont piégé, quels qu'il soient, sont très intelligents, dit Greg. Tout le monde va supposer que mon gouvernement – ou du moins le KGB pour son propre compte – est derrière ça. Quel autre service de renseignement au monde a un motif et *le* coup de main pour réussir un coup pareil ? Les agences gouvernementales bidon. Bien joué. Quant à l'arrière-plan t'impliquant – vraiment, aller tirer le nom de Martin Bishop des poubelles de l'histoire, un obscur ex-gauchiste tout au bas de la liste des personnes recherchées par le FBI. Et te retrouver, et t'impliquer. C'est du grand art. Personne ne croira nos dénégations. Et bien sûr, nous démentirons tout.

– Ça y compris – en particulier, si c'est une de tes opérations, fit Bishop cyniquement. Tu ne m'as pas convaincu.

La limousine s'arrêta devant une grille de fer, dans une ruelle longeant sur l'arrière un énorme manoir victorien.

Greg descendit électriquement sa vitre. Un jeune homme attendait, vêtu d'un costume à coupe européenne, tenant deux albums-photo reliés cuir. Il franchit la grille et tendit à Greg les deux albums.

– *Spasiba*, dit Greg. Puis au chauffeur : *Prayekhai neemnozhka.*

Greg remonta la vitre et la limousine démarra. Greg se réinstalla pour prendre connaissance du contenu des albums. Bishop s'aperçut qu'ils étaient remplis de photos et de notules biographiques.

Greg, masquant le reste de la page, montra une photo à Bishop. Pris au téléobjectif, on y voyait un homme entre deux âges sortir d'un immeuble.

– Lui ? demanda Greg.

Bishop fit non de la tête. Greg continua de feuilleter l'album.

– Ton gouvernement paierait une fortune pour jeter un œil sur ces albums, fit-il. Bien qu'ils ne soient plus très à jour, j'en ai peur.

– Vous avez des fiches sur tous nos agents ? dit Bishop, tâchant par des coups de sonde de découvrir qui figurait dans les albums.

– Juste sur ceux susceptibles de retourner leur veste, selon nous, répondit Greg, s'emparant du deuxième album, qu'il ouvrit. Suite, tu sais bien, à des problèmes sexuels ou financiers. Mais aujourd'hui, c'est nous qui avons des problèmes financiers.

Il montra une autre photo à Bishop, masquant encore une fois ses voisines.

– C'est le mec le plus âgé des deux, fit Bishop, surpris.

Greg lut la légende : « Un sale individu du nom de Buddy DeVries, connu également sous ceux de Buddy Weber, Buddy Wallace... »

– Wallace, fit Bishop. C'est lui. Comment as-tu...

– On a songé à le recruter en 83, dit Greg.

Il continua de lire : « Problèmes de boisson, marié trois

fois. » Ce type était mûr pour la cueillette, comme vous dites.

Il hocha la tête.

– On l'a surpris avec un gamin de quatorze ans. Ce vieux busard aimait les petits poulets. Pour lui, plus jeune c'est, mieux c'est. Il faisait partie d'un réseau de pornographie enfantine. Il était tellement hors-limites qu'on a décidé de ne pas y toucher ; il s'achèverait bien tout seul. Et voilà le travail, aussi prévisible que la marée : il a quitté la NSA il y a quatre ans de ça. Fini.

Il poursuivit sa lecture en silence.

– Oh ça par exemple !

– Quoi ? fit Bishop.

La limousine s'engagea dans un tunnel brillamment éclairé, qui trouait une colline. Greg soupira et referma l'album. Puis fixa Bishop.

– Tu as disparu déjà une fois, mon ami, fit-il. Je te suggère de recommencer.

– Pourquoi ? demanda Bishop. Il travaille pour qui maintenant ?

Greg allait répondre quand il fut interrompu par la stridence d'une sirène, amplifiée par les parois du tunnel qui la répercutaient. Une voiture banalisée leur collait au train, un gyrophare rouge portable lançant des éclairs sur le toit.

Greg se saisit prestement des deux albums et les fit disparaître dans un petit coffre-fort dissimulé sous le siège.

– Votre FBI est vraiment emmerdant, dit-il en tournant la combinaison.

Il se redressa.

– Pour qui travaille Wallace ? insista Bishop, jetant un œil sur la voiture banalisée.

– *Astanoveetyes neemledyena*, dit Greg au chauffeur.

Ce dernier lui obéit, obliqua vers le bas-côté et stoppa. Peu de véhicules les croisaient ou les dépassaient.

– Martin, fit Greg, terre à terre. Je peux t'offrir asile à l'intérieur de ma voiture. Techniquement, elle est partie intégrante du Consulat. Tu veux changer de camp ?

Bishop le regarda, éberlué. Une sueur froide le balaya.

– Quoi ? fit-il. Pour qui travaille Wallace ?

Un homme frappa à la vitre, près de Greg. Ce dernier la baissa électriquement. Le type ne jeta pas même un regard à Greg, seul Bishop l'intéressait.

– Monsieur Bishop, fit-il, je suis l'Agent Spécial Michaud du FBI. Veuillez descendre de véhicule, s'il vous plaît.

– Veux-tu changer de camp ? demanda d'un ton neutre Greg à Bishop.

Ce dernier dévisagea le dénommé Michaud qui le fixait d'un air affable, tentant désespérément de saisir tous les angles de la situation.

– Monsieur Bishop, descendez de véhicule à présent, dit l'agent du FBI, ouvrant la portière.

Bishop sortit de voiture. Greg prit une mine attristée.

– Tu ne sais pas à qui te fier, murmura-t-il autant pour lui-même que pour Bishop.

Michaud et son collègue firent pirouetter Bishop contre la portière ouverte et le fouillèrent. Le second agent découvrit le revolver de Crease et le tendit à l'agent Michaud.

– Il est chargé ? demanda ce dernier.

Bishop fit oui de la tête. Le deuxième agent le saisit brusquement par-derrière et l'immobilisa d'une prise du bras. L'agent Michaud se pencha dans la limousine et, tenant le revolver dans sa main gantée, plaça calmement le canon contre la tempe de Greg et appuya sur la détente. Ce fut comme si une bombe avait explosé dans le tunnel. Avant même que le corps de Greg n'eût le temps de s'affaisser, Michaud avait braqué en douceur l'arme sur le visage du chauffeur et fait sauter une autre bombe. Et maintenant, le chauffeur était mort lui aussi.

Terrorisé, Bishop regarda Michaud se retourner vers lui. Mais l'agent, imperturbable, ne leva pas l'arme sur lui. Au lieu de cela, il se pencha et la déposa soigneusement sur la chaussée. Puis il se releva, avec un sourire glacial.

– Beaucoup trop de secrets, fit-il.

– Merde, je pige pas, marmonna Bishop, encore sous le choc.

– Tu vas pas tarder, dit une voix dans son dos.

Bishop fit volte-face et eut à peine le temps d'apercevoir Wallace, autrement dit Buddy DeVries, qui lui balançait en pleine tête la crosse d'un flingue. Tout s'éteignit.

27

Bishop retrouva ses esprits lentement, conscient d'abord d'une vibration régulière et d'élancements douloureux dans la tête. Il entendait des sons qu'il n'arrivait pas à identifier, et il était plongé dans le noir. Il flotta entre lucidité et inconscience une minute ou deux, puis enfin en éveil, il tenta de se redresser. Il heurta du visage et de l'épaule un truc solide et il retomba sur le dos, maladroitement. Il fouilla la poche de sa veste, en extirpa une minuscule lampe de poche accrochée à son porte-clefs et inspecta les lieux. Il était dans le coffre d'une voiture.

Il roula sur lui-même, puis se maintint d'aplomb, comme la voiture effectuait une série de tournants. Les pneus roulèrent sur un revêtement différent et se mirent à couiner. Peu après, un autre virage, négocié durement à grande vitesse, le propulsa tête la première contre la paroi du coffre et mit K.O. sa lampe de poche.

Le voyage se poursuivit dans l'obscurité; Bishop se palpa doucement la nuque, sa tête lui faisait un mal de chien. Bientôt la voiture ralentit et accomplit à un carrefour – lui sembla-t-il – une révolution complète de 360 degrés.

Après avoir roulé tout droit quelques minutes, la voiture ralentit, et grimpa une colline par une série de brefs virages. Bishop perçut alors à l'extérieur comme le caquetage discordant d'un cocktail mondain. Puis même ce son-là s'évanouit.

La voiture ralentit encore, et Bishop entendit un bourdonnement, semblable à celui de l'ouverture d'une porte actionnée électriquement, comme celle d'un quai de chargement. La voiture franchit un dos d'âne et s'arrêta dans un crissement de pneus.

Ouverture et claquement de portières. Echos de pas. Pour Bishop, il était clair que la voiture se trouvait à l'intérieur. Il entendit des voix étouffées. Quelqu'un cria quelque chose. Quelqu'un arriva en courant. Il y eut un silence. On ouvrit le coffre.

Une violente lumière aveugla Bishop, qui se protégea les yeux de la main.

– De quoi ? T'es pas sonné ? fit Wallace, qui balança à nouveau la crosse de son flingue en pleine tête de Bishop, l'étendant pour le compte une fois de plus.

28

On installa Bishop, dans les pommes, sur une chaise en cuir, au centre d'une pièce plongée dans la pénombre, exception faite de la lampe d'architecte braquée sur lui.

Derrière lui, dans son périmètre fermé de vitres, se trouvait une magnifique icône technologique – un Cray, le super-ordinateur le plus puissant du monde. C'était une machine imposante ceinturée d'une banquette incurvée de cuir noir. Des éclats de laser striaient de haut en bas la partie centrale vert et or – telle une main levée de deux mètres de haut sur un mètre vingt de large, aux deux yeux de rubis, il semblait veiller sur l'homme évanoui.

Le Cray n'était que l'ornement central d'une grande pièce, dépourvue de fenêtres, en forme de L, à la fois bureau et salle d'ordinateurs, où s'alignaient d'autres unités de travail informatique et des moniteurs de télévision qui affichaient les cotations boursières comme dans une firme de courtage.

En face du Cray, dans l'angle même du L, on voyait un aquarium d'eau de mer de six mètres de long éclairé de l'intérieur, occupé par des requins léopards qui y patrouillaient sans cesse.

Deux grandes toiles de Mark Stock – où des dirigeables fantomatiques planaient tel le *Hindenburg* au-dessus d'immeubles gris et noirs – dominaient l'une des branches du L. Sur l'autre, on trouvait une série des silhouettes

peintes de Jonathan Borofsky – celles grandeur nature d'hommes sans visage, munis de chapeaux et d'attaché-cases, portant un témoignage funèbre.

Bishop gémit – une douleur lancinante lui couturait la tête, quand il ouvrit les yeux face au spot aveuglant. Une voix masculine écorchait ses oreilles, résonnait douloureusement dans son cerveau.

– Pensez qu'elle ouvre les chambres fortes les mieux gardées de la planète, disait la voix. Le monde fonctionne sur l'information – c'est la seule vraie devise internationale. C'est la puissance à l'état pur, le principal conduit à la sève universelle, tout quoi.

Bishop se souleva sur les coudes, reprenant lentement ses esprits. Il comprit que la voix venait de l'autre extrémité de la pièce, plongée dans l'ombre. L'homme, assis dans un fauteuil pivotant, tournait le dos à Bishop et parlait au téléphone. Il portait un costume gris et un chignon de samouraï sur la nuque. Sa main était posée sur la petite boîte noire de Janek.

– Par exemple, continua-t-il, aimeriez-vous couper l'herbe sous le pied de votre promoteur préféré en lui supprimant ses sources de crédits afin de rafler à bas prix ses biens immobiliers ? Et que diriez-vous d'un service d'informations financières de votre cru ?

L'homme se tut un instant, puis éclata de rire.

– Contentez-vous de penser à moi comme vos Mille Points de Lumière. Ciao.

Il raccrocha et fit pivoter son fauteuil juste au moment où une vague nauséeuse balayait Bishop, le faisant s'évanouir encore une fois.

L'homme se dirigea vers lui. Il avait la quarantaine, un crâne rond aux cheveux clairsemés et de grands yeux noirs brillants. Avec une douceur surprenante, il passa un mouchoir humide sur le front de Bishop. Ce dernier réagit par un battement de paupières, puis essaya d'accommoder sa vision.

– Ça fait mal ? dit l'homme.

Bishop poussa un gémissement. Groggy, il avait beau scruter le visage de l'homme, ses traits restaient trop déformés pour qu'il puisse les distinguer.

L'homme tenait un flacon d'aspirine dans la main gauche. Il en fit tomber deux dans sa paume.

– On va essayer l'aspirine, dit-il.

Et il tendit à Bishop ses deux poings fermés pour qu'il choisisse.

Le cerveau embrumé de Bishop lui proposait une hallucination perturbante. Il la repoussa.

– Non, fit-il.

L'homme se pencha en pleine lumière et sourit.

– Le pouvoir au peuple, Marty, dit-il.

Il ouvrit les poings, il contenait chacun une aspirine.

– Cosmo, fit Bishop, frappé de stupeur.

– Mon Dieu, dit Cosmo. Tu t'es regardé ? C'est un cheveu blanc que je vois là ou quoi ?

Il se penchait sur Bishop, l'air rayonnant. Les deux anciens compagnons d'armes se dévisagèrent, temps de réflexion nécessaire pour faire coïncider leurs nouvelles images avec les souvenirs d'autrefois.

– Je regrette qu'il t'ait fait mal, dit Cosmo. J'ai bien peur que Wallace ne t'aime pas beaucoup. Tes opinions politiques, peut-être.

Bishop étudiait Cosmo avec crainte et consternation. Il n'avait aucune idée du bizarre concours de circonstances qui les avait réunis. Mais devant ses yeux, il avait le fantôme du martyr qui l'avait hanté vingt ans durant, le héros de la cause sacrée, le reproche incarné de son manque de courage et des failles de son engagement, et peu importe la manière de présenter les choses. Cosmo était là, revenu d'entre les morts, même si son plumage était différent.

Cosmo lut dans les pensées de Bishop. Il sourit et reprit la conversation comme si vingt ans ne s'étaient pas écoulés.

– De toute façon, je ne pouvais pas te laisser parler aux Russes, dit-il. Il y a cinq ans, ça n'aurait eu aucune importance. On pouvait leur faire confiance, ils n'auraient pas couru tout raconter au FBI. Et, s'ils l'avaient fait, on pouvait faire confiance au FBI pour ne pas les croire. Aujourd'hui, on ne peut plus se fier à personne.

– Cosmo, merde, c'est quoi tout ça ? fit Bishop. Qu'est-ce qui s'est passé ?

– Le monde a changé, Marty, dit Cosmo. Et sans nous.

Bishop n'y comprenait plus rien. Greg et son chauffeur venaient d'être tués sous ses yeux. Son crâne donnait l'impression qu'on l'avait défoncé à moitié. Et maintenant le fantôme de Cosmo qui agissait comme si vingt ans avant, c'était la veille.

– Qu'est-ce qui s'est passé ? répéta-t-il.

Cosmo lui tendit une aspirine et un verre d'eau. Bishop les prit et attendit.

– J'étais donc en prison, commença Cosmo très à l'aise, comme s'il s'agissait des retrouvailles de vieux copains autour d'un verre dans un bar. Et un jour, j'aide une paire de vieux messieurs très sympa à passer quelques coups de téléphone à l'œil. Il se trouve qu'ils font partie – comment dire ? – d'une très bonne famille.

– Crime organisé, fit Bishop, essayant toujours d'y voir clair.

– Ne te fais pas d'illusions, pas si organisé que ça, dit Cosmo en pouffant. Bref, je m'arrange pour que l'un de ces messieurs, M. Battiani, ait une ligne directe avec son book et ses autres associés. En retour, ils prennent des mesures pour que je bénéficie d'une « remise de peine » pour ma malheureuse incarcération.

– Et ils s'y sont pris comment ? fit Bishop, tout en sachant qu'il n'aurait pas dû poser la question.

– On peut tout obtenir avec de l'argent, acheter une libération conditionnelle par exemple, dit Cosmo avec un demi-sourire.

Bishop se frotta les yeux, dans l'espoir d'effacer tout ça.

– Inutile de demander, dit-il.

– Une fois dehors, continua Cosmo, ses collègues m'accueillent à bras ouverts. Ils m'estiment à ma juste valeur. J'apprends le vrai sens de l'amitié. Et...

Il se rassit dans son fauteuil et effleura le clavier de l'ordinateur.

– ...ce sont des hommes qui voient loin; ils apprécient l'innovation et l'esprit d'entreprise. Alors je commence à leur rendre des services divers et variés.

Cosmo se pencha en avant et entra quelques instructions dans son ordinateur. Un tableau d'affichage, comme à la bourse, qui courait le long du mur, s'alluma au-dessus de sa tête – un télétexte où défilaient lumineusement les cotations.

– Pour commencer, dit-il tout en tapant, je réorganise l'intégralité de leur fonctionnement financier : budgets, pots-de-vin, blanchiment de capitaux, au choix. Puis je mets sur pied un réseau mondial qui nous permet de contrôler, par exemple...

Il appuya sur une dernière touche.

– ...la valeur marchande du brown sugar à Singapour.

Lettres et chiffres clignotaient sur l'immense tableau lumineux – cours du kilo, de la pure, de la moins pure, du képa en papier cristal, écart des prix selon les villes : Hong Kong, Bangkok, Hanoï, Madrid, Rome, Tucson, Miami.

– Et hop! on pourrait faire mieux en Sicile, aujourd'hui, dit Cosmo, en appuyant sur des commandes achat/vente. Voyons voir ce que coûtent les Uzis au Caire... et à La Havane.

Il tapota le clavier. Le prix des Uzis s'afficha sur le tableau lumineux.

– Et un gentil missile Exocet ?

Il pianota de nouveau. La cote des Exocet apparut : Dublin, Bruxelles, San Diego.

Bishop regardait tout ça, de plus en plus atterré. Cosmo, lui, était aux anges.

– Je suis sûr que tu continues à te tenir au courant de ce qui se passe dans le monde, dit Cosmo. Tu as probablement lu quelque chose sur le filon des armements et des munitions soviétiques qui arrivent sur le marché. Un MIG-25 ? Nous fournissons équipe de formation et pièces détachées. C'est ça, la libre entreprise, Marty. Elle commence à balayer l'Europe de l'Est. C'est pas super ? Et les armes atomiques tactiques ne sont pas exclues.

– Tu ne ferais pas ça, Cosmo, fit Bishop.

– J'ai vraiment besoin d'un petit peu de liquide, dit Cosmo, reprenant un ton froid. Reviens dans le monde réel, Marty. C'est une époque excitante. L'industrie d'armement nucléaire soviétique est à vendre – neuf cent mille ouvriers spécialisés au chômage, lâchés dans la nature, prêts à tout pour se faire du blé ? Je dois leur mettre le holà. Ils m'arrivent par vagues. Le problème, c'est de trier dans le tas. Mais grâce à toi (il tapota la boîte de Janek), je peux maintenant avoir accès à la liste de la CIA des trois ou quatre mille techniciens clés ayant une connaissance pratique de la conception des armes atomiques de pointe.

Cosmo éclata de rire.

– Tu vois, je suis aussi devenu chasseur de têtes au plan international.

– C'est encore une de tes lubies diaboliques, Cosmo, fit Bishop, reprenant espoir.

– Nos frères arabes sont foutrement riches, Marty, reprit Cosmo. Ils veulent tout tout de suite, pour pouvoir botter le cul à l'Occident condescendant. Tiens, regarde ça.

Il appuya sur certaines touches. De mystérieuses abréviations et des chiffres traversèrent le grand écran.

– Oh, peut-être ne lis-tu pas le russe, fit-il. Il s'agit de prêt-à porter nucléaire que je peux livrer. C'est un truc de la grosseur d'un ballon de foot à peu près, qui a deux fois la puissance de la bombe d'Hiroshima. Pense un peu au

chaos. Ah, Marty, le Nouvel Ordre Mondial ne se décidera pas à Harvard Square, j'en ai peur.

Bishop semblait mal en point. Il prit son crâne à deux mains, vaine tentative pour chasser la douleur et la vision de ce Cosmo de cauchemar. Il ne pouvait qu'observer avec incrédulité ce dernier faire joyeusement joujou avec ses installations.

– Tiens tiens, ces cinglés d'Afghans recommencent à se vendre moins cher que ces généraux argentins si cotés, dit Cosmo en se tournant vers Bishop. Cool, hein ?

Ses yeux lançaient des éclairs.

– Et bien sûr, tout le réseau est protégé par un système crypté très puissant, conçu par votre serviteur, que les Fédés ne peuvent pas décoder. Personne ne le peut d'ailleurs.

– Et si les Fédés mettent la main sur la boîte de Janek ? fit Bishop.

– Ce serait un désastre, dit Cosmo. Eh, incroyable ce Janek ! Surdoué, intelligence de premier choix.

– Et tu l'as fait assassiner, dit Bishop.

– Il en aurait fabriqué une autre, dit Cosmo, qui s'aperçut qu'il horrifiait Bishop. Marty, j'ai fait une fleur à ce type, O.K. ? Il avait vingt-neuf ans. Il n'a jamais existé de mathématicien qui ait fait quoi que ce soit de valable après son trentième anniversaire. Il a effectué sa sortie au top de sa trajectoire éclair. J'aime à croire que je lui ai épargné toute une existence de souffrances et de frustrations.

– Je parie que tu as fait une fleur à Greg, aussi, dit Bishop.

– Hé, mec, fit Cosmo, je pouvais pas laisser les Russes se mêler de ça. Je m'entends, le FBI c'est déjà assez chiant. Mais ces guignols d'ex-soviets ? Nom de Dieu, c'est des plus gros enfoirés que nous. Je devais les décourager de façon qu'ils comprennent.

– C'est une façon de voir les choses, dit Bishop, fermant les yeux, comme si ça pouvait calmer les élancements dans sa tête.

– Crois-moi, Marty, dit Cosmo se rendant à l'autre bout de la pièce et ouvrant un petit réfrigérateur. Il nous fallait cet appareil. Et je savais que quiconque s'en emparerait allait attirer sur sa tête de sérieuses emmerdes.

Il avait haussé la voix, défaisant à l'autre bout de la pièce un paquet de viande rouge.

– Je ne pouvais pas exposer mes employeurs à ce genre de risque, alors je me suis dit : qui peut me rendre ce petit service ?

Il sourit à Bishop, tout en s'approchant de l'aquarium. Il se mit à nourrir les requins léopards de gros morceaux de bœuf.

– Qui sera assez intelligent, avec assez de savoir-faire dans le domaine requis ? Et suffisamment en manque d'un chèque confortable depuis des années ?

L'heure du repas tournait à la frénésie dans l'aquarium, où l'eau bouillonnante virait au nuage opaque.

– Et si le fric n'est pas une motivation suffisante, sur qui ai-je assez de prise ? Le vrai problème, c'était qui sacrifier.

– Tout ça pour protéger l'Organisation, fit Bishop.

– Oui, dit Cosmo, avec un sourire philosophe.

– Non, je marche pas, dit Bishop. Je te connais.

Cosmo se délectait, une lueur s'alluma dans son regard. Il retraversa la pièce et vint poser une main sur l'épaule de Bishop. Il recommença à sourire.

– Bon sang, comme ça fait du bien de te revoir, chuchota-t-il.

Il posa un doigt sur ses lèvres, en montrant le plafond. Puis il fit signe à Bishop de le suivre dans le périmètre vitré où siégeait le Cray.

Bishop s'exécuta. Cosmo ferma la porte de verre et se retourna vers lui.

– Bon, dit-il d'un ton exalté, tu crois vraiment que je me fous pas comme de ma première chemise des putes, du jeu et tutti quanti ? Ces mecs sont pas encore au courant, Marty, mais il s'agit de tout autre chose !

– Tu me rassures, fit Bishop.

– Avec le bébé de Janek, continua Cosmo, je peux aller plus loin qu'avoir accès aux fichiers de données. Je peux les modifier. Donc manipuler la réalité. On devait changer le monde, Marty, tu t'en souviens ? As-tu jamais approché de ce moment-là ? Non ? Eh bien, maintenant, moi je peux.

– Vraiment ? fit Bishop, plus découragé que jamais. Il s'assit sur la banquette du Cray.

– Oui, dit Cosmo avec conviction. Qu'est-ce qui va pas dans ce pays, hein ? Le fric. C'est toi qui me l'as appris. Ces salauds de fournisseurs de l'armée en avaient, pas les nobles causes. On achète et on vend les politiciens comme du bétail. Nos problèmes se multiplient : pollution, crime, drogues, pauvreté, maladie, faim, désespoir. On leur jette un peu de fric comme un os à ronger, mais ça ne fait qu'aggraver les choses. Et pourquoi ? Parce que – je te cite – l'argent a la capacité de permettre aux salauds de continuer à faire leurs saloperies aux dépens de ceux qui n'en ont pas.

– Je le crois toujours, dit Bishop. Il n'y a qu'à voir ceux pour qui tu travailles.

– Comme je te l'ai dit, c'est juste une couverture, fit Cosmo, joyeusement. Ecoute-moi, quand j'étais en prison, j'ai appris que les gens n'agissent pas en fonction de la réalité, mais en fonction de ce qu'ils perçoivent de la réalité. Tu vois où je veux en venir ? Prémisse n° 1 : Les gens confient leur fric aux banques qui leur paraissent financièrement saines.

– Prémisse n° 2, enchaîna Bishop, les gens commencent à retirer leur fric dès qu'elles paraissent donner des signes de faiblesse.

– Conclusion, dit Cosmo : Très vite, elles deviennent pour le coup financièrement faiblardes.

– Conséquence, ajouta Bishop : Tu peux mettre les banques en faillite.

Cosmo appuya sur un bouton « mauvaise réponse » imaginaire.

– Bzzz. J'ai déjà fait ça, dit-il. Tu as peut-être lu un truc là-dessus. Vois plus grand.

– Le marché boursier, dit Bishop.

– Oui, fit Cosmo, plus celui des matières premières et des devises.

– Des petits pays ? lui dit Bishop, ironiquement, l'asticotant.

Cosmo ne remarqua même pas le sarcasme. Il arbora le sourire de qui en sait long.

– Pourquoi pas ? fit-il. Par exemple, Sainte-Lucie, dans les Petites Antilles. Toute l'île dépend de la récolte de café.

Il mima l'entrée de données dans l'ordinateur.

– Et hop ! Le marché à terme du café pique du nez, fit-il. Si je m'y prends bien, au bout d'une à deux semaines, l'île est bonne à passer aux pertes et profits.

Il déambulait autour du Cray, déroulant son rêve avec complaisance.

– Marty, ça me prendra peut-être six mois à peaufiner, mais je pourrai m'attaquer à n'importe quoi ! Aujourd'hui, le café, demain la zone caraïbe. Sous peu, je provoque la banqueroute de pays entiers ; la livre s'effondre, le deutsche mark, le franc, l'or ! Et pour finir, le dollar.

Il vint s'asseoir en face de Bishop et continua de s'exprimer calmement, en pesant ses mots.

– Je pourrais même être en mesure de foutre à bas tout le foutu système – l'économie mondiale. Détruire tous les titres de propriété. Réfléchis, Martin. Plus de riches, plus de pauvres. L'égalité pour tous.

Bishop regarda Cosmo, profondément inquiet, tâchant de faire cadrer ce discours avec son exultation mauvaise sur le commerce international des armes et de la drogue. Il n'y avait pas d'interface.

– Tu n'es pas fou de rage après moi, Cosmo, n'est-ce pas ? fit-il.

– Qui d'autre changera le monde ? dit Cosmo, avec une foi authentique. Greenpeace ?

Ils se fendirent la pêche. On est sur la même longueur d'onde ! songea Cosmo.

– Je vais finir par y arriver, Marty, fit-il.

Bishop fixa son vieil ami et exprima une conviction qu'il aurait été plus sage de garder pour lui.

– Tu es complètement fou, laissa-t-il échapper.

Le regard de Cosmo s'assombrit. Il se détourna vivement, ouvrit la porte vitrée et regagna le centre de la pièce. Puis il se dirigea vers son clavier et tapa quelque chose. Il composa un numéro sur son modem et attendit.

Bishop l'interpella, sans bouger.

– Comment tu m'as retrouvé, Cosmo ? fit-il. Je n'ai jamais laissé de traces sur mon passage. Il y a des années que je n'ai plus de contact avec la mouvance underground.

– L'information – l'élixir de vie, dit Cosmo, parlant suffisamment fort pour que toute oreille à l'écoute l'entende distinctement. J'en consomme toute la journée. De toute sorte et de tous les goûts.

Il tapa d'autres ordres sur son clavier. Sa voix devint tranchante. Il parlait sans se retourner.

– J'ai toujours su où tu étais, Marty – Canada, Turquie, Orlando, Albany, Oakland. Juste au cas où. Et puis tu vois, le cas s'est présenté.

Le téléphone sonna dans le modem et répondit. L'écran devant Cosmo se remplit de caractères brouillés.

– Et je pense à toi, continua Cosmo, mon si vieux et si cher ami qui m'avait promis qu'on n'aurait pas d'ennuis... et qui s'est débrouillé, oh si habilement, devrais-je ajouter, pour ne pas en avoir.

Il brancha l'ordinateur sur la boîte de Janek et regarda l'écran devenir lisible sans désemparer.

– Demain, dit-il, on retrouvera tes empreintes digitales sur l'arme qui a tué un membre du corps consulaire russe. Le lendemain, ces mêmes empreintes seront soumises à un

ordinateur du FBI, qui fournira le nom de Martin Brice. Alors, ils vérifieront dans le même fichier central de Washington, D.C, où nous nous trouvons à présent.

Des noms et des casiers judiciaires défilèrent sur l'écran de Cosmo.

– Le petit carnet noir du FBI, annonça Cosmo. Auquel j'ai accès à présent, grâces t'en soient rendues une nouvelle fois. Viens voir un peu par ici.

Bishop rejoignit Cosmo et regarda par-dessus son épaule. Comme par magie, le nom MARTIN BRICE apparut sur le terminal, suivi de RECHERCHÉ, 12/69, SOUS LE COUP DE MANDATS D'ARRÊT FÉDÉRAL ET DE L'ÉTAT DU WISCONSIN : VIOLATIONS DE LA SEC ET DE L'ICC, COMPLOT, FRAUDE TÉLÉPHONIQUE, ENTRÉE AVEC EFFRACTION DANS UN SYSTÈME INFORMATIQUE, OBSTRUCTION À ACTION FÉDÉRALE, DÉTOURNEMENT DE FONDS, DÉLIT DE FUITE ET REFUS DE SE SOUMETTRE À LA JUSTICE, INSOUMISSION...

– Merde, fit Bishop, retenant son souffle. Il n'avait jamais vu noir sur blanc son dossier. Il lui paraissait interminable, portant des délits qu'il ne s'était jamais formulés, même mentalement.

– Bien entendu, ça ne les avancera pas à grand-chose, fit Cosmo, puisque personne ne sait qui est Martin Brice, n'est-ce pas ? Mais, en revanche, si cette notule comprenait un pseudo ?

Et il entra dans le fichier « ALIAS MARTIN BISHOP ».

Son doigt effleura la touche ENVOI.

– Ne fais pas ça, Cosmo ! dit Bishop.

– Ça fait mal ? dit Cosmo.

Bishop le regarda avec désespoir.

– On va essayer la prison, fit Cosmo.

Et fixant Bishop d'un œil froid et sans vie, Cosmo appuya sur la touche ENVOI.

– On sait tous les deux qui sont nos amis, Marty, n'est-ce pas ? fit-il. Plus de secrets. Ciao.

Il fit un signe de tête à quelqu'un qui se trouvait dans

son dos. Bishop eut juste le temps de se retourner et de voir Gordon s'avancer pour l'étrangler d'une prise au cou experte.

– Relax Max, fit Gordon, tandis que Bishop se débattait momentanément contre la pression, avant de s'effondrer sur le sol, inanimé.

29

Nuit sur le Tenderloin. La Plymouth de Gordon s'arrêta au coin d'une ruelle déserte. Elle tourna au ralenti quelques instants. Puis Wallace ouvrit la portière arrière et donna une poussée. Un corps heurta le sol avec un bruit sourd, puis roula sur lui-même.

Un clochard qui dormait sous un porche ouvrit l'œil et leva sa tête ébouriffée pour regarder. Le corps resta sans mouvement. Il semblait qu'il ne respirait plus. Le clodo jura, ramassa sa literie et se tira vite fait un peu plus loin, cherchant où se poser. Pas question de rester dans le coin et de se faire embarquer par les flics quand ils viendraient retirer cette pauvre pomme du caniveau.

L'un de ses collègues, plus téméraire et entreprenant, qui dormait de l'autre côté de la rue, s'extirpa de ses cartons, clopina jusqu'au corps et se mit à le fouiller. Ses efforts furent bientôt récompensés. Il soulagea soigneusement Bishop, yeux bandés et inconscient, de son portefeuille et de sa montre. Deux autres individus, qui lorgnaient le butin, s'aperçurent qu'ils arrivaient trop tard et jetèrent un regard écœuré sur leur proie.

Bishop sortait du coma pour mieux y replonger. Il était couché sur un sol en ciment qui puait l'urine. Il avait froid. Quelqu'un lui balança un coup de pied dans les côtes et le

poussa vers le bord de la coursive. Il se raccrocha désespérément à la rampe. Il jeta un œil par-dessus – la cour de la prison se trouvait cinq étages plus bas.

– Ça t'fait quel effet, monsieur Cœur au Ventre ? entendit-il.

– Y vont venir t'chercher ? Y vont sauver ta peau d'sale trouillard ?

Nouveau coup de pied.

– Qu'est-ce qu' ça a d'dur un p'tit peu d' taule ? reprit la voix. Tu t'y f'ras. Faut toujours s'y faire, partout.

Bishop se remit debout en chancelant, et courut de toutes ses forces le long de la coursive, cherchant une issue. Mais dans chaque cellule devant laquelle il passait, il ne voyait que des visages haineux. Epuisé, il tomba à nouveau. Un type genre parrain, un vieil Italien affable, à l'air compatissant, sortit sur le pas de sa cellule.

– Tu as besoin d'un ami, Marty, dit-il.

Et, posant le pied sur le dos de Bishop, il donna une forte poussée et l'expédia dans les abysses.

Les deux clodos penchés sur Bishop eurent un sursaut de frayeur en l'entendant pousser un hurlement. Comme il tentait de se relever, ils détalèrent. Bishop retomba, face contre terre, dans l'inconscience.

Au matin, un rôdeur vêtu de deux pardessus et de gants de travail s'approcha. Il fit le tour du corps, retira soigneusement ses gros gants et se mit à la tâche. Il fouilla les poches de Bishop et, n'étant pas payé de ses peines, se redressa et cracha sur sa tête ensanglantée. Puis il remarqua la veste de Bishop et tenta de la lui ôter.

Cela suffit finalement à tirer ce dernier de sa torpeur – qui, les yeux toujours bandés, s'assit au bord du trottoir, à demi hébété. Il arracha le bandeau et regarda le maraudeur. Le clodo lui sourit.

– Ça boume, mon pote ? dit-il, prévenant. Tu f'rais

bien de pas dormir dans la rue. Ces chauffeurs d'bus, t'sais, y font pas gaffe.

Et il s'éloigna d'un pas nonchalant.

Bishop se palpa la tête pour voir si elle saignait, se tâta les membres pour vérifier qu'il n'avait rien de cassé – vraiment surpris d'être encore en vie. Il se souvenait vaguement d'avoir fait un rêve horrible. Il se remit sur ses pieds et se traîna péniblement jusqu'à une cabine téléphonique. Il explora le contenu de ses poches, mais ne trouva pas de monnaie – ne trouva rien d'ailleurs. Une clocharde, une écharpe angora constellée de crachats entortillée autour du cou, s'approcha de lui, l'air hargneux. Elle tendait déjà la main pour mendier quand Bishop la tapa le premier.

– Vous avez vingt-cinq cents? dit-il d'une voix rauque, en décrochant.

La clocharde retira sa main, en grommelant.

– Y a plus de chrétiens fit-elle. Depuis que la Navy envoie des négrillons en Irlande !

Elle lança un regard mauvais à Bishop et alla plus loin.

Bishop remarqua que le fil du combiné qu'il avait en main avait été sectionné depuis longtemps. Il raccrocha soigneusement et emboîta, traînant le pas, celui de la vieille clocharde.

30

L'individu ébouriffé, qui boitillait le long du trottoir du quartier huppé de Nob Hill, éveilla peu d'intérêt. Plusieurs femmes qui se hâtaient vers leur travail et deux dames bécébégé à cheveux bleus sortant de leurs immeubles en copropriété firent un détour pour l'éviter. Bishop avait tout du psychopathe ayant oublié de regagner l'asile après sa permission de sortie du week-end : habits souillés, sang sur la chemise, bleus au visage. Mais ça n'en faisait pas un spectacle si inhabituel que ça dans une ville américaine, au cours des années quatre-vingt-dix.

Il s'arrêta devant un élégant immeuble en *brownstone*, au sommet d'une rue en pente bordée d'arbres. Il boutonna sa veste et franchissait la porte d'entrée, quand le concierge, un Irlandais colérique et corpulent, lui barra le passage.

Le portier se contenta de secouer la tête et de repousser Bishop d'une main ferme vers la rue.

– On passe pas, mec, fit-il.

– Arrête ça! dit Bishop, furieux, en résistant. Tu me connais. C'est moi qui sortais... avec Liz... Elizabeth Barker.

Deux des résidents qui sortaient regardèrent Bishop d'un air nerveux mais ne s'arrêtèrent pas pour autant.

– Pas de doute, mon pote, t'as de beaux restes, fit le portier, tentant de faire sortir Bishop. C'est sûr qu'avec ta belle gueule t'as dû faire craquer un tas de nanas. Mais tu vas pas me gonfler et jouer au méchant, hein ?

Bishop s'arc-boutait de son bras contre l'embrasure de la porte, à deux doigts de perdre son sang-froid, quand Liz surgit de l'ascenseur. Elle entendit les éclats de voix, vit l'échauffourée et se précipita à la rescousse.

– Ça va bien, dit-elle au concierge. Je le connais.

L'homme la fixa d'un air sceptique.

– Je le prends sous ma responsabilité, Ben. Lâchez-le.

Le portier recula à regret, bouillant intérieurement. Il n'avait qu'une envie, botter le cul de Bishop. Ce dernier remit sa veste en place d'un haussement d'épaules, des lueurs de meurtre dans les yeux.

Liz s'aperçut qu'il était dans tous ses états. Sans un mot, elle l'aida gentiment à entrer et alla lui chercher un verre d'eau au distributeur du hall. Elle le laissa reprendre ses esprits un moment.

– On dit dans le journal que Greg a été tué, fit-elle. Comme je me faisais du souci pour toi, j'ai appelé ton numéro. Quelqu'un a répondu, mais je n'ai pas reconnu cette voix.

Entendant ça, Bishop fit de nouveau la grimace.

– Quel enfant de pute, fit-il, en jetant autour lui un regard d'animal pris au piège.

– Je n'ai pas pris tout ça assez au sérieux, je crois, dit-elle. Si j'appelais la police, ça arrangerait les choses ?

Bishop leva les yeux vers elle, paniqué.

– Bon Dieu, non, fit-il.

Il restait assis là, en silence, fixant le mur, émotionnellement brisé.

– Hum, qu'est-ce que tu fais ici, Bishop ? finit-elle par dire.

Bishop lui jeta un regard perdu, puis se ressaisissant, inspira profondément et se força à sourire.

– Tu connais celle du type qui rentre du boulot à l'improviste plus tôt que d'habitude ? dit-il. Il monte chez lui et trouve sa femme au lit. Il ouvre le placard et aperçoit son associé qui s'y cache, vêtu de *son* peignoir de bain. Le mec

regarde tour à tour sa femme et son associé, puis il dit : « Samuel ! Qu'est-ce que tu fous là-dedans ? » et Samuel de répondre : « Faut bien être quelque part. »

Liz ne savait pas trop si elle devait rire ou pleurer. Elle choisit de rire.

– Je peux pas m'en sortir tout seul, Liz, fit Bishop.

Liz lutta contre elle-même un instant, puis acquiesça. Elle l'aida à se relever et à entrer dans l'ascenseur.

31

Liz le fit entrer dans son appartement, et verrouilla la porte derrière eux.

Bishop regarda autour de lui. Il n'avait pas oublié l'élégance sans sophistication de l'endroit, l'ameublement discret et choisi avec soin : la coupe d'Alessi sur la table à café de marbre poli, l'acrylique de David Hockney au-dessus du canapé, fleurs coupées, chaises Wassily, télévision Proton 50 cm. Sa naissance et son éducation en milieu aisé auraient pu la doter des goûts plus collet monté du gratin. Mais ce n'était pas le cas chez Liz. Elle avait le chic pour surprendre. En face de la cuisine, on voyait une série des étranges photos narratives de Duane Michaels, érotiques et surréelles. Près de la chambre, il y avait un tableau naïvement dérangeant, où un petit garçon obèse regardait par le trou de la serrure d'une lourde porte de fer. Sur la porte de la salle de bains, était collée d'un côté une affiche de Lyle Lovett en concert, très néo-gothique américain, et de l'autre, un poster de Jimi Hendrix. Eclectique, hors des sentiers battus. Bishop se sentait chez lui.

Première chose, il partit à la recherche des signes d'un éventuel compagnon régulier de Liz. Cette dernière le regarda faire sa tournée d'inspection, sachant parfaitement ce qu'il avait en tête. Il fit chou-blanc.

– Tu veux peut-être prendre une douche ? lui demanda Liz, avec délicatesse.

Elle lui désigna la salle de bains, sortant une serviette d'un placard.

– Il faut que je téléphone, fit-il.

Elle se retira dans la cuisine. Bishop prit une chaise et composa un numéro. Puis il dit dans le combiné :

– C'est grave. Il faut qu'on se réunisse, mais pas au Repaire.

32

Crease avait jugé que sa petite famille n'était pas en sécurité dans leur appartement de Noe Valley à San Francisco. Il l'avait emmenée chez sa belle-sœur dans un ensemble résidentiel très bien gardé, près de Stinson Beach, au-delà de Marin Coast, en venant de la ville. Marta, la sœur de Caroline, avait épousé John, un agent immobilier prospère autour de la quarantaine, qui s'était enrichi pendant le boom des années quatre-vingt. Faire partie des forces de l'ordre avait été le premier amour de John, même s'il n'était pas allé plus loin que se porter volontaire comme auxiliaire du shériff. Il vénérait le sol sur lequel Crease posait le pied. Il était tout ouïe tandis qu'il parlait au téléphone.

– J'ai pas eu le temps de souffler, mec, dit Crease. Oui. Je les prendrai au passage.

Il raccrocha, appela un nouveau numéro.

– Carl Arbogast, s'il vous plaît. Si c'est une quoi ?... Oui, je suis sûr qu'il vit là. Diane machintruc...

Il attendit, hochant la tête.

– Carl ? Merde, qu'est-ce que tu fous dans un foyer d'étudiantes ? Oh ! Diane, c'est ta cousine. Très bien. Non. Personne n'aurait jamais l'idée te chercher là-dedans. Voilà ce que tu vas faire : rejoins la péniche et dis-leur que je vous prends dans une demi-heure. Non, je vous le dirai à ce moment-là. Et apportez tous de quoi vous changer.

Il lâcha le téléphone. John, un type mince à lunettes, l'apostropha avec intensité :

– Tu es sur une affaire, n'est-ce pas ? CIA un jour, CIA pour toujours, je me trompe ? J'veux dire, ils te laissent vraiment partir ? La meilleure couverture pour un agent double ou incognito, c'est encore de jouer le type qui s'est retiré du métier, pas vrai ?

– Pas dans mon cas, John, dit Crease, qui se leva et se dirigea vers la chambre. Ecoute, je te remercie d'avoir accepté de nous recevoir tout de suite. Si Caroline et Christine pouvaient rester ici un jour ou deux...

– Pas de problème, dit John. Tant qu'il le faudra. Et puis, *je ne t'ai pas vu depuis je ne sais plus quand. Je connais à peine ton nom.*

Il suivit Crease dans la chambre et regarda son beau-frère jeter quelques vêtements dans un sac, puis vérifier son arme et ses munitions.

– Tu attends des visites ? lui demanda Crease.

– Non, répondit John.

– Précise-le au vigile, à l'entrée, fit Crease. Et dis-lui de t'appeler si jamais quelqu'un veut entrer.

– Affirmatif, fit John. Oh Eh, à propos de brouiller les pistes. J'ai posé ma candidature officielle à l'Agence. J'ai découvert que je n'étais pas trop vieux.

– Tu plaisantes ? fit Crease, catastrophé.

– Ça mettra un peu d'action dans ma vie, dit John.

– L'Agence est un cavalier sans tête, John, dit Crease. Aujourd'hui, c'est le règne des économistes et des femmes photo-analystes. Si c'est de l'action que tu veux, tu en auras plus en travaillant sur ce meurtre au pic à glace à Stinson Beach.

Il saisit son sac et se dirigea vers la porte.

– Bah, l'assassinat domestique ne m'intéresse pas, dit John. Par contre ce diplomate russe qu'on a assassiné hier au soir à San Francisco, j'ai ma petite idée là-dessus.

– J'aimerais bien entendre ça à mon retour, dit Crease, serrant la main de son beau-frère. Je vais faire un crochet par la piscine pour dire au revoir aux nanas.

Et il sortit de la chambre.

33

Carl suivait en gambadant l'une des passerelles branlantes qui, reliant les péniches entre elles, en faisaient une seule et gigantesque communauté de bric et de broc. Zone de logement ad hoc, ce réseau d'habitations aquatiques sur la plage de Sausalito, en vue du Golden Gate, était une vraie ville hors la loi. Ces domiciles flottants délabrés abritaient des motards, des réfugiés des sixties, des libertaires, des survivalistes, etc., qui trouvaient impossible de vivre selon un code.

Sept ans plus tôt, lors d'un concert des Grateful Dead, Maman était tombé sur un type aveugle, qui errait complètement perdu, parce qu'on venait de piétiner à mort son chien-canne blanche. Maman hébergea le garçon quelques jours sur sa péniche, le temps qu'il se console. Ils ne se décidèrent jamais à procurer un nouveau chien à Whistler ni à lui trouver un autre endroit pour vivre.

Au lieu de cela, ils unirent leurs talents électroniques et auditifs et fondèrent un studio d'enregistrement underground. Ils trouvèrent le local parfait : le troisième sous-sol d'un immeuble en parpaings qui, pendant la Seconde Guerre mondiale, avait été un studio de cinéma de propagande de l'US Air Force. Maman et Whistler commencèrent à être vénérés parmi les jeunes artistes de la Bay Area comme fournissant le meilleur rapport qualité/prix pour les bandes démo.

Bishop entendit parler d'eux par le biais d'un bulletin informatique appelé HAIRNET, se spécialisant dans les services « spécialisés » (lire « quasi légaux ») dans l'échange. Il les contacta et troqua des enregistrements de studio d'une jam Dylan-Lennon peu connue en sa possession contre leur aide dans l'une de ses premières « expertises » – il s'agissait d'infiltrer le système de contrôle de la synchronisation des feux de circulation de la ville. Ensemble ils occasionnèrent le plus grand embouteillage à l'heure de pointe de l'histoire de San Francisco, qu'on attribua alors à une surtension massive provenant du Barrage de Grand Coulee dans l'Etat de Washington. Ainsi naquirent les Experts.

A l'époque, Maman avait tâté du mariage un temps. Il déménagea Whistler et emménagea Barbara. Barbara était une rousse flamboyante, rédactrice de mode au *San Francisco Examiner*. Maman succomba à ses yeux brillants d'Irlandaise et à sa manie stupéfiante de lui réciter du Yeats pendant qu'il lui faisait l'amour. Elle décela sous le masque de Maman le Gros Lard l'âme pérégrine d'un preux loup de mer, et en tomba amoureuse.

Puis elle prit conscience qu'elle ne pourrait vraiment pas souffrir l'odeur de poisson pourri matin et soir, en permanence. Et de son côté, il découvrit qu'il ne pourrait jamais complètement opter pour la terre ferme. Leur divorce s'ensuivit.

Maman alla repêcher Whistler au troisième sous-sol, car il s'était installé dans l'ancien studio de l'Air Force. Ceux qui lui rendaient visite là étaient déconcertés de le trouver, allant et venant de très bonne humeur dans le noir le plus total.

Maman, pour l'heure, faisait de la chaise longue sur le pont de la péniche, écoutant la nouvelle petite amie de Whistler, Dustin, qui chantait pour ce dernier dans la chambre. Aujourd'hui, c'était le *Pie Jesu* du Requiem d'Andrew Lloyd Weber, égrené d'une voix dont la pureté poignante expédia un Whistler à l'érotisme auditif dans des contrées inouïes pour le commun des mortels.

Puis, après une étreinte des plus brèves, Dustin, mince et parfaite, sortit sur le pont pour glorifier quelques instants, par une nudité soumise, le soleil de midi. Elle brossa ses longs cheveux blonds presque blancs, une bonne dizaine de fois de chaque côté. Elle fit un sourire à Maman, enfila son tee-shirt et ses jeans coupés au genou, rentra faire une bise à Whistler et décampa.

Whistler sortit, un peu dans les nuages.

– Incroyable la voix qu'elle a, non ? fit-il. Un vrai don de Dieu.

Maman fut à deux doigts de perdre les pédales.

– Whistler, fit-il d'une voix rauque, à peine audible. Faut que tu me la donnes. Je t'en prie. Tu n'as pas idée de ce à quoi elle ressemble. Tu t'en fous! Tu craques sur sa voix, c'est tout. Laisse-moi craquer sur le reste.

– Ouais, à quoi bon un corps quand on a des cordes vocales comme ça ? fit Whistler.

Il rentra, en sifflant le *Pie Jesu.*

Maman s'arrachait littéralement les cheveux quand un nouveau venu – ou une nouvelle venue – annonça son arrivée, envoyant des ondes de choc sismiques le long de la passerelle branlante bien avant qu'on ne l'aperçoive près des embarcations voisines. Maman battit en retraite à l'intérieur, juste en cas, et ferma la porte.

Carl fit une apparition bondissante.

34

Crease gara la fourgonnette rouge au coin, près de chez Liz. Les Experts sortirent séparément et pénétrèrent dans l'immeuble, à intervalles prudents.

Quand Bishop émergea de la douche, ayant retrouvé apparence humaine ou quasi, Liz servait du café et des fruits à ses associés, rivés devant les infos télévisées. Une photo d'archives de Greg était sur l'écran, en incruste derrière le présentateur.

– Le porte-parole du FBI, disait ce dernier, a déclaré que les empreintes digitales relevées dans le véhicule diplomatique correspondaient à celles trouvées dans le bureau du mathématicien d'un institut de recherche de la Bay Area, mystérieusement assassiné il y a deux jours. Le rapprochement a été établi à la suite d'un appel anonyme reçu par une station de radio locale, liant les deux meurtres.

– Ah ça ouais, anonyme, tu m'étonnes, dit Bishop. L'enfant de salaud...

Crease et Maman lancèrent un regard à Bishop, avant de se reconcentrer sur la télé.

– Le FBI se refuse à toute interprétation, prétextant que l'enquête est encore trop peu avancée. Cependant, une source autorisée nous a révélé que le double meurtre de la limousine avait tout l'air d'une affaire d'espionnage ayant mal tourné au moment du règlement. Et que, dans les deux affaires, le tueur avait toutes les caractéristiques d'un assas-

sin de profession. La même source nous a indiqué que le FBI se montrait très optimiste quant à l'identification du meurtrier, étant donné l'excellente qualité des deux relevés d'empreintes. Le bruit court que, grâce à son fichier informatique, le FBI est déjà en possession du nom d'un suspect, mais son porte-parole a refusé de confirmer comme d'infirmer cette rumeur.

Bishop éteignit le poste avec la télécommande. Il était blême et fixait en silence l'écran de télé vide.

– Assieds-toi, Marty, dit Liz d'une voix calme.

Elle lui avança une chaise et il s'assit au milieu des Experts. Elle s'appuya au mur; elle avait peur pour lui.

– Très bien, fit Crease, d'un ton décidé. Martin est dans la merde jusqu'au cou. Nous tous aussi. Faut aller voir la NSA, jouer cartes sur table et leur raconter tout ce qu'on sait.

– Et les aider à récupérer la Machine des Machines de Big Brother ? fit Maman. Pas ques'!

– On peut pas laisser ce truc entre les mains de la Mafia ! s'exclama Crease, s'échauffant. Et on a aucun moyen de le récupérer nous-mêmes. Il est temps d'avertir les autorités.

Maman leva les bras au ciel.

– Brillante idée ! fit-il. Crease, je te rappelle que nous sommes complices d'espionnage et de meurtre.

– Et même pire, fit Whistler, assis près de la fenêtre. Si jamais ils établissaient que Bishop a tué Janek en le cambriolant, on serait tous illico inculpés avec lui de crime aggravé, ça s'appelle. On risquerait tous notre tête.

Tous les présents regardèrent Whistler avec effarement. Un chœur d'exclamations outrées s'éleva.

– Autant de raisons de plus pour nous livrer tout de suite, dit Crease, essayant de garder son calme, tant que nous sommes en mesure de négocier.

– Avec quoi ? On a peau de balle ! dit Maman, se dressant d'un bond. Alors on se ramène chez les flics et on leur

rend la boîte ? Mais on n'a pas la moindre idée où elle se trouve ! Ou bien on a qu'à leur filer le fric ! Ces fabuleux 175 000 dollars qu'on a touchés ! Je vais mourir de rire. Les reines des pommes, c'est nous !

Il s'éloigna du cercle.

– Vous avez entendu Whistler : si on se livre, on est frits.

– La chaise électrique, merde, fit Carl, chevrotant. Et dire que j'ai jamais baisé !

Tous les regards convergèrent sur lui. Il prit conscience de ce qui venait de lui échapper.

– Avec quelqu'un que j'aime, j'veux dire ! précisa-t-il, hâtivement. Vous savez bien, le sexe, l'amour tout ça, pour de vrai – merde, j'ai déjà baisé.

Liz ne put réprimer un sourire. Tous les Experts gloussèrent – Crease excepté.

– Vous croyez que ça m'amuse ? grogna-t-il. J'ai une famille, nom de Dieu ! On – a – pas – d'autre – choix !

– Si, un, fit Bishop.

Attention générale.

– Crease a raison, on va contacter les autorités, dit Bishop. Mais à notre manière. En choisissant. Déchargez la fourgonnette et montez tout ici.

– Ici ? Qu'est-ce que tu entends par là ? s'écria Liz, inquiète.

– Ici, fit Bishop, haussant les épaules.

Liz le regarda fixement un instant, pesant le pour et le contre. Elle se décida et se tourna vers les autres Experts.

– Vous m'avez l'air d'avoir des ennuis, les copains, dit-elle gentiment. Ça vous plairait d'installer votre matériel chez moi et de vous servir de mon appart' quelques jours ?

Ils saisirent la balle au bond. Tout à coup, ce fut à qui couperait la parole à l'autre, chacun blablatant simultanément, demandant poliment à Liz si elle ne voyait pas d'inconvénient à ce qu'ils s'installent chez elle. Merci mille fois. Mille excuses pour le dérangement. Gratitude éternelle, etc., etc. Bishop la regardait d'un air penaud.

– Evidemment que vous êtes les bienvenus ici, espèces de voyous, dit-elle, avec une légère grimace. Bon, maintenant, je crois que je vais en profiter pour prendre une dernière douche tranquille.

Elle s'empara de la coupe d'Alessi et disparut dans la chambre.

Les Experts échangèrent des regards contrits, puis se précipitèrent vers la porte d'entrée.

35

Quand Liz réapparut, ayant troqué sa tenue de travail pour des jeans, elle marqua un temps d'arrêt dans l'encadrement de la porte et fit front. Cela dépassait de beaucoup ce à quoi elle s'était attendue, et pourtant elle croyait savoir à quoi s'attendre. Son appartement avait subi une opération de chirurgie plastique radicale.

Là où régnaient autrefois parcimonie et élégance, s'entassaient jusqu'au plafond les trois quarts de l'attirail de la fourgonnette et du Repaire – ce qui donnait l'impression d'une solderie monstre. Du matériel électronique s'empilait sur les tables de bridge, des fils électriques couraient partout et Maman était en train de fixer avec des clous une sorte d'antenne à très basse fréquence le long du mur du salon, faisant tomber de gros morceaux de plâtre qui s'émiettaient sur le sol.

Liz poussa un gémissement et leva la main en signe de protestation. Mais le mal était déjà fait en grande partie. Elle tint sa langue, tout en se promettant in petto : jamais plus.

Elle se dirigea vers le hall d'entrée pour aider Crease qui y faisait rouler une quelconque machine.

Dans le salon, Whistler était assis dans un cockpit de fortune, entouré d'écrans de contrôle d'ordinateurs, de générateurs de tonalités, et de ses lecteurs de Braille, le tout relié à un téléphone.

Crease brancha sa machine – un genre d'oscilloscope

qui ressemblait vaguement à un détecteur de mensonge – sur le même téléphone.

– Ça analyse le stress de la voix, dit-il à Liz, c'est pas aussi précis qu'un détecteur, mais ça fera l'affaire.

Bishop examinait l'installation avec une légère inquiétude.

– Est-ce qu'on va faire des étincelles ou est-ce qu'on se jette dans la fosse aux lions ?

– Lions ! cria Maman.

– Etincelles ! lui cria Carl en retour.

Tant qu'elle avait du pain sur la planche, cette bande de hyènes non domestiquées avait le poil qui se hérissait d'un enthousiasme communicatif. Bishop sourit.

– J'vais faire rebondir l'appel par six stations-relais différentes plus quatre satellites, annonça Whistler en salivant. Ils n'auront jamais eu autant de mal à localiser un appel.

– On y va, dit Bishop.

Carl tendit à Bishop son petit agenda téléphonique, le doigt posé sur un numéro. Bishop le composa. Liz ouvrait de grands yeux, intriguée malgré elle. Elle n'avait aucune idée de ce qu'ils fabriquaient.

Au bout de deux sonneries, une voix de femme répondit dans l'amplificateur.

– Fort Meade, Maryland. Bonjour, dit-elle.

– Demande le Directeur des Opérations, souffla Crease à Bishop.

– Hum, le Directeur des Opérations, s'il vous plaît, fit Bishop.

Un temps.

– Numéro de poste, s'il vous plaît ? dit la femme.

– Désolé, je l'ai oublié, répondit Bishop. Mais je dois parler au Directeur des Opérations. C'est très important.

– Numéro de poste, s'il vous plaît, répéta la standardiste.

Bishop lança un regard d'appel à l'aide à Crease.

– Demande le secteur informatique... non, plutôt celui des recherches techniques, intervint Liz.

L'équipe la gratifia d'un coup d'œil appréciateur.

– Passez-moi le secteur de la Recherche. C'est urgent, fit Bishop, retenant son souffle.

– Il me faut un numéro de poste ou un nom, continua la standardiste sur le même ton.

Bishop au désespoir regarda Crease et Maman. Une éternité passa pendant qu'ils se creusaient les méninges.

– Setec Astronomy, lâcha enfin Bishop à l'opératrice.

Nouveau temps. Puis...

– Un instant, je vous prie, dit-elle.

L'équipe l'entendit appeler un numéro de poste et maintenir Bishop en attente. Ils échangèrent des regards pleins d'espoir.

Whistler, coiffé d'un casque d'écoute et branché sur sa batterie d'appareils, doucha vite fait leur poussée d'optimisme.

– Ils ont déclenché le processus de localisation, fit-il.

Sur l'écran de l'ordinateur à ses côtés, une ligne bleue sur une carte en couleur des Etats-Unis et de l'Europe retraçait le parcours tortueux, concocté par Whistler, qu'accomplissait cet appel entre San Francisco et Fort Meade, Maryland. Première liaison, Denver, puis via le satellite Comstar, New York, ensuite par le satellite relais Transcom, Londres, toujours par satellite, Genève, ligne terrestre jusqu'à Bonn, re-satellite pour revenir sur Toronto, re-ligne terrestre pour descendre jusqu'à Buffalo, re-Comstar jusqu'à Washington, D.C, réseau cellulaire pour traverser le District of Columbia, ligne terrestre jusqu'à Baltimore, et enfin de là jusqu'à Fort Meade.

A présent, une ligne rouge clignotante – symbolisant le processus de localisation – commençait à remonter le dernier segment de l'appel, celui reliant Fort Meade à Baltimore. L'équipement sophistiqué de la NSA était entré en danse.

– Qui est à l'appareil, s'il vous plaît ? fit une voix de basse dans l'amplificateur.

– C'est moi qui appelle, c'est moi qui pose les questions, dit Bishop. Qui êtes-vous ?

– Appelez-moi monsieur, Abbott, fit l'homme de sa voix sonore.

Crease, examinant la courbe graphique de l'analyseur de voix, fit un signe de tête à Bishop.

– C'est vrai, dit-il.

– Merde, lâcha Whistler. Ils ont déjà atteint la matrice cellulaire de D.C. C'est des rapides.

On voyait sur l'écran de l'ordinateur que la NSA avait remonté les deux premières connexions et cherchait la troisième.

– Vous intéressez-vous à Setec Astronomy, monsieur Abbott ? demanda Bishop.

– L'astronomie en tout genre m'intéresse, dit Abbott.

– Très malin, fit Bishop. Peut-être devrais-je m'adresser à quelqu'un qui ne joue pas au plus fin. Vous êtes intéressé ou pas ?

– Si j'en savais plus, je pourrais l'être, répliqua Abbott.

Crease opina du chef. La courbe de l'analyseur de voix restait stable. Il disait toujours la vérité.

– Ils ont remonté jusqu'à Saint-Louis et se dirigent via Comstar vers Buffalo et Toronto, fit Whistler. Ces mecs ils touchent, y a pas à dire.

La ligne rouge clignotante serpentait maintenant vers le nord, quittant Washington en direction du Canada.

– J'ai besoin de savoir si vous êtes quelqu'un avec qui on peut passer un marché, dit Bishop.

– Continuez, dit Abbott.

– Pouvez – vous – passer – un marché ? fit Bishop, exaspéré.

– Oui, reprit la voix de basse si caractéristique.

La courbe ne s'altéra pas. Crease confirma de la tête.

– Merde, ils ont trouvé le satellite transatlantique et la ligne terrestre de Bonn d'un seul coup, dit Whisler à Bishop. Ils font comment, bon Dieu ? Il te reste moins de trente secondes.

– Si je vous livre ce que je sais, répondrez-vous de ma sécurité ? demanda Bishop à Abbott, d'un ton pressé.

– Avez-vous la chose ? demanda Abbott, avec calme.

– Non, dit Bishop.

Silence de mort. Sur l'écran de Whistler, le tracé de localisation traversait Genève, Londres et trouvait New York, le temps pressait...

– Plus que quinze secondes, annonça Whistler.

– Pouvez-vous répondre de ma sécurité ? répéta Bishop, dans l'urgence.

– Où est la chose ? demanda Abbott.

– Pouvez-vous-répondre-de-ma-sécurité ? fit Bishop.

– Oui, je réponds de votre sécurité, finit par lâcher Abbott.

– Huit secondes, fit Whistler. Ils traversent New York.

La courbe de l'oscillographe se mit à zigzaguer.

– Il ment ! s'exclama Crease.

Sur l'écran de Whistler, la ligne rouge atteignait Denver et se mettait en quête de la Bay Area. Liz la regardait, terrifiée.

– Raccroche ! Ils nous ont presque trouvés, fit Whistler.

– Il ment ! répéta Crease d'une voix sifflante.

– Raccroche ! brailla Whistler.

Bishop raccrocha. Son cœur battait la chamade et son front était inondé de sueur. Liz s'appuyait au mur, les jointures de ses doigts crispés sur sa tasse à café étaient blanches. Toute l'équipe mit un certain temps à retrouver son calme.

– Baisés sur toute la ligne, dit tranquillement Crease.

36

Liz et Bishop servirent les autres, puis partagèrent leur repas à base de hachis en boîte, fromage blanc et bagels – seules réserves de nourriture qu'offrait la maison.

– Doit bien y avoir un autre moyen de faire affaire avec ces guignols, dit Maman, mélangeant hachis et fromage blanc à du ketchup et à de la sauce Worcester, en enfournant le tout à grands coups de fourchette.

– Oui, si on avait la boîte en notre possession, dit Crease, grignotant du bout des dents. Mais sans elle, non.

– Alors, retrouvons-la, dit Carl d'une voix à peine audible.

– Quoi ? dit Whistler, qui avait parfaitement entendu ce que venait de dire Carl.

– Il a dit « y a qu'à retrouver cette putain de boîte » ! fit Maman.

Bishop les regarda tour à tour.

– Je ne sais pas où elle est, vous vous souvenez de ça ? fit-il.

Ils mangèrent en silence un moment, ruminant des pensées sinistres.

– Tu n'as aucune idée de là où ils t'ont emmené ? dit Crease. Pas même un indice, quelque chose qu'ils auraient dit ? D'après toi, tu es resté une bonne demi-heure avec ce type, Cosmo.

Bishop était exaspéré.

– Ils m'ont jeté dans un coffre de bagnole et n'ont pas arrêté de rouler en rond, fit-il. Ça pourrait être aussi bien la porte à côté qu'à cent kilomètres.

Il ronchonnait, à la torture.

– Ça pourrait être en sous-sol ou dans une tour. Vaut mieux oublier ça.

Mais Whistler, qui naviguait dans d'autres eaux et circulait dans une autre atmosphère, vit là comme une ouverture.

– Bish', dis-moi, quel bruit ça faisait ? demanda-t-il.

– Quoi donc ? répliqua Bishop, qui n'était pas d'humeur.

– Quand tu étais dans ce coffre, fit Whistler, quel bruit faisait la route ?

Bishop le dévisagea.

– J'en sais rien. C'était une route normale, fit-il.

Whistler atteignit à tâtons un synthétiseur, l'alluma et se mit à produire des sons blancs, un bruit de pneus roulant sur la chaussée.

– Vous êtes passés sur du gravier ? Des gendarmes couchés ? Un pont ? demanda-t-il.

– Un pont, ouais, dit Bishop. Un grand pont.

Maman s'empara d'une carte et la déploya.

– Il y a quatre ponts dans la Bay Area, dit-il.

– Un péage ? intervint Carl. Oh, j'ai rien dit. Ils sont tous à péage.

– Le Golden Gate était dans le brouillard hier au soir ? demanda Whistler.

– Oui, dit Crease.

– Tu as entendu une corne de brume ? fit Whistler à Bishop.

Bishop tenta de se souvenir.

– Non, fit-il.

– On peut rayer le Golden Gate, dit Crease.

– Restent trois, dit Maman.

– Il faisait quel bruit ? dit Whistler. Vous avez franchi un tunnel au milieu ?

– Je sais pas... non, dit Bishop. Pas de tunnel.

– On raye le Bay Bridge, dit Crease.

– Restent deux, dit Maman. San Mateo ou Dumbarton.

– Il faisait quel bruit ? s'obstinait Whistler. Est-ce que ça a changé au milieu, il n'y a pas eu un sorte de crissement métallique ? Un grincement ?

– Non. Pas de grincement, fit Bishop.

Whistler synthétisa les bruits de pneus sur divers revêtements routiers.

– Plus bas, dit Bishop.

Whistler altéra le son.

Bishop écouta attentivement.

– Encore plus bas, dit-il.

Whistler baissa l'intensité.

– Il y avait un son récurrent, se souvint Bishop.

– Comme les jointures – de dalles de béton ou de plaques de métal ? dit Whistler.

Il synthétisa le bruit.

– Comme ça, fit-il.

– Ouais, dit Bishop, ça me rappelle quelque chose.

37

Ils écoutaient maintenant le même son, non plus produit par le synthétiseur de Whistler mais par les pneus de la fourgonnette qui roulaient à toute vitesse sur les dalles de béton du Dumbarton Bridge.

Maman était au volant. Crease, Whistler, Carl et Bishop étaient à l'arrière, penchés sur les cartes.

Quant à Liz, Bishop l'avait poliment remerciée de son offre de soutien tactique, lui demandant de tenir le front domestique pendant qu'ils effectuaient ce raid. Liz avait poliment refusé. Bishop avait insisté. Liz lui avait dit en Technicolor d'aller se faire foutre. Attendu qu'elle avait marché jusque-là, investi tant, etc., etc., elle irait jusqu'au bout. Bishop avait été à court d'arguments.

Liz trônait donc dans la fourgonnette, à la place du mort, au côté de Maman, tandis qu'ils franchissaient le Dumbarton Bridge.

La fourgonnette quitta le pont.

– Et maintenant où ? demanda Maman.

Bishop, couché sur le dos près des portes arrière, les yeux fermés, tentait de revivre son trajet.

– Pas de cahots pendant un moment, plutôt en ligne droite, je dirais dix minutes un quart d'heure, fit-il. Ensuite une série de tournants, puis des secousses, et des rudes – en cascade.

Crease scrutait les cartes.

– Des rails de chemin de fer, fit-il, avant d'ajouter à l'intention de Maman : à droite à Antrim, à gauche sur la 84.

Maman suivit ses instructions. Ils foncèrent en descendant vers la Silicon Valley pendant quelques minutes, tournèrent à droite à Antrim, traversèrent Palo Alto Est et pénétrèrent dans Santa Clara County. Ils étaient sur la terre d'élection de la techno-électronique.

– Tu te rappelles quoi ensuite ? fit Whistler.

– D'un... cocktail, dit Bishop, toujours étendu, les yeux clos.

– Quoi ? dit Crease.

– J'ai eu l'impression qu'on traversait... un cocktail, dit Bishop. J'ai entendu comme des bavardages. C'était tout à la fin.

Ils échangèrent tous des regards perplexes.

– Super, dit Crease. On aura qu'à chercher un cocktail, une fois passée la voie de chemin de fer. Je me boirai bien quelque chose.

– Quelle sortie près de la voie ferrée ? demanda Whistler.

– Il y en a... une, deux... trois, dit Maman vérifiant sur sa carte. Ogilvie, Florinda et Crescent.

– Il y a une pièce d'eau, un lac artificiel quelque part par là, dit Whistler.

Les Experts parurent tous interloqués.

– Un peu après Crescent, ...il y a un réservoir, dit Carl, levant les yeux de sa carte topographique du comté.

– Direction Crescent, fit Whistler, au réservoir tout le monde descend.

– Il y a un cocktail qui bat son plein au réservoir ? fit Crease, qui avait l'air d'en douter fort.

– Oui, fit Whistler avec un large sourire.

38

Le crépuscule tombait. Liz et les Experts se tenaient près de la camionnette garée sur une route en lacet au-dessus d'un coteau broussailleux. Un bruit qui ressemblait fort à celui d'une cocktail-party, au taux de décibels élevé, déferlait sur eux. Ils se regardèrent, éclatèrent de rire.

– Bravo, Bish', dit Whistler. Fais-moi penser à te nommer aveugle honoraire.

– Et toi, fais-moi penser, rétorqua Bishop en souriant, à expédier tes oreilles et ton cerveau au Smithsonian quand tu t'en iras pour de bon.

Il passa un bras autour des épaules de l'aveugle. En dessous d'eux, des milliers d'oies caquetantes se restauraient, en se pavanant au bord du Crestvale Reservoir. A distance, elles évoquaient le brouhaha d'un country club dont les membres venaient d'apprendre des nouvelles phénoménales de leurs agents de change et fêtaient ça, jasant à tue-tête, autour d'un verre de vin blanc et d'un morceau de brie.

– Super, dit Bishop. Où mène cette route ?

Carl avait déployé ses cartes.

– Nulle part, fit-il. Elle se termine de l'autre côté de la colline.

– Et qu'est-ce qu'il y a là-bas ? demanda Crease, scrutant le paysage à la jumelle.

– Une propriété privée, dit Carl.

Ils se regardèrent tous avec un air de découragement.

Puis, ils comprirent que ce n'était peut-être pas une si mauvaise nouvelle, mais au contraire la réponse exacte à ce qu'ils cherchaient. En un clin d'œil, ils s'entassèrent dans la fourgonnette.

Crease continua de grimper la colline jusqu'au sommet. La côte était raide. Une fois en haut, ils aperçurent un peu sur la droite, en dessous d'eux, un long bâtiment à façade de verre fumé. C'était le siège d'une compagnie quelconque, situé à la lisière de la grande banlieue.

Carl l'examina à la jumelle.

– Laissons tomber, fit-il. C'est une fabrique de jouets.

Il lut à haute voix la raison sociale du panneau planté sur la pelouse bien entretenue, entre deux parterres de fleurs près de l'entrée :

PLAYTRONICS – LOGICIELS EDUCATIFS ET JEUX VIDÉO.

Bishop s'empara des jumelles et observa les lieux : l'édifice aux vitres réfléchissantes présentait un visage opaque au monde extérieur. Une grille métallique de trois mètres de haut couronnée de barbelés délimitait son périmètre.

– Fabrique de jouets, mon cul, fit-il. C'est une clôture laser. Il y a de la haute tension dans l'air et tout encourage à passer son chemin. C'est du Cosmo tout craché.

– Grand Manitou Whistler, dit Maman, tu as encore réussi l'impossible.

L'un après l'autre, les Experts serrèrent la main ou donnèrent un coup de coude à Whistler pour le féliciter.

– C'était la partie facile, dit ce dernier. Maintenant faut nous rapprocher pour prendre le vent.

Depuis qu'il était devenu aveugle, encore enfant, suite à une dégénérescence pigmentaire d'origine génétique, Whistler n'avait jamais choisi la facilité. Ayant grandi dans une minuscule colonie d'artistes sur Puget Sound, dans

l'Etat de Washington, il avait voulu suivre les traces de son père et devenir peintre comme lui, qui en vivait très bien. Pendant les mois d'été et les vacances de Noël, père et fils arpentaient la côte accidentée de la Colombie britannique. Le jeune Whistler se chargeait des corvées quotidiennes du camping tandis que son père transmuait les escarpements rocheux et les grands pins en images de cathédrales irréelles. Il contribua à créer une école picturale de Marines du Nord-Ouest, qui devait beaucoup à celle de l'Hudson River du siècle dernier.

Le rêve artistique de Whistler s'éteignit en même temps que sa vue. De même, paradoxalement, que sa tolérance à l'endroit du climat gris, et venteux à l'excès, de sa région natale. Il ne rêvait plus maintenant que d'une chose : sentir le soleil sur sa peau, et affirma que sa glande pinéale enfouie au tréfonds de son cerveau en avait le plus grand besoin. Il partit faire ses études universitaires au California Institute of Technology, à Pasadena.

Il commença par étudier le génie physique, mais opta bientôt pour l'astrophysique en découvrant que sa cécité ne le rendait apte qu'aux expérimentations mentales de la physique théorique, selon la méthode d'Einstein. Il se révéla de premier plan dans le registre des idées folles, le genre d'invention libre qui conduisit Einstein à sa Théorie de la Relativité restreinte et des astronomes plus récents à la découverte des trous noirs et de la théorie des galaxies en chaîne.

Whistler travaillait en toute quiétude à sa thèse de doctorat – une théorie inflationniste posant le principe d'une expansion gigantesque de l'univers, dès la première fraction infinitésimale de la première nano-seconde, pour rendre compte de la surprenante homogénéité de ce dernier – quand il tomba sur un bec. Et des plus terre à terre. Il prit la forme d'une femme. La jeune épouse de son directeur de thèse prit l'habitude de passer à l'improviste chez lui, histoire de mettre de l'ordre. Bientôt, elle fit beaucoup mieux

que ça et assez vite, on les surprit. Son directeur de thèse était aussi le chef de son département. Et donc bye-bye le doctorat.

Whistler obtint un excellent job d'analyste en radio-astronomie à JPL. Mais, après quelques lustres passés à écouter les radiations fossiles de x milliards d'années, survivantes du Big Bang, il cessa de se passionner pour les espaces intergalactiques, qui ne connaissent pas la race humaine. Il décida de se rapprocher de sa chaleur. Il travailla d'abord chez IBM – autant dire sur Mars. Donc il changea de direction et devint ingénieur du son pour une compagnie de disques de Los Angeles. C'est pour s'informer de la concurrence qu'il assistait au concert des Grateful Dead, à San Francisco, où il perdit son chien et tomba sur Maman.

Sur la colline au-dessus de la Compagnie Playtronics, Bishop se retourna vers les autres Experts avec un visage d'un pied de long.

– Nous y voilà, fit-il. Des réflexions ?

Ils se regardèrent. Aucun ne souffla mot. Ils firent non de la tête, mais leur expression tendue reflétait du moins une certaine compréhension des dangers possibles à venir.

Liz, de son côté, ouvrait de grands yeux par anticipation. Elle avait beaucoup entendu parler des infiltrations de Bishop, ses prétendues « expertises », mais n'avait jamais assisté à aucune d'elles.

– Maman, le directionnel, fit Bishop. Carl, la vidéo. On y va.

Liz se rangea sur le côté quand l'équipe entra en action. Ils traînèrent le matériel depuis la fourgonnette et l'installèrent aussi discrètement que possible, se servant des buissons comme camouflage.

Maman regarda dans le viseur télescopique d'un micro canon à longue portée. Il l'axa sur une fenêtre de verre

fumé au deuxième étage de Playtronics et régla l'image en même temps que le son.

– Deuxième étage, nord-ouest, n°2, dit Maman.

Whistler, casque audio sur la tête, écoutait intensément les vagues sons et les traduisait.

– C'est une salle de bains, fit-il. Les toilettes-dames, en fait. Attendez... Nom de Dieu ! Elles parlent d'une boîte noire !

Il prêta l'oreille, les Experts retenaient leur souffle.

– Fausse alerte, fit Whistler. C'est un carton pour un manteau de fourrure, à ce qu'elles disent.

Maman dirigea le micro vers la fenêtre suivante.

– Deuxième étage, nord-ouest, n°3.

Crease prenait des notes sur un plan approximatif du bâtiment, hâtivement levé.

Whistler écouta les sons provenant de cette fenêtre un moment avant de déclarer :

– Sortie de secours.

– Comment tu sais ça ? fit Maman, éberlué, l'œil collé au viseur et tentant d'imaginer ce qui pourrait bien identifier cet espace.

– J'entends la batterie des floods de secours qui se recharge, répondit Whistler.

Maman hocha la tête, intimidé. Crease nota soigneusement le renseignement sur son schéma.

– Passe-moi le 600, dit Bishop.

Carl lui tendit un téléobjectif qu'il vissa sur une caméra vidéo montée sur trépied, braquée vers le bas de la colline. Carl courut alors le long de la route, où il ramassa des branches et déracina des arbrisseaux.

Liz, qui brûlait de jouer un rôle, rapporta la cueillette de Carl à Bishop et repartit chercher la suite.

Une camionnette apparut au tournant de la route et se dirigea vers eux. Les autres Experts s'évaporèrent qui dans les fourrés qui dans la fourgonnette. Liz attrapa Carl, le poussa contre un arbre et l'embrassa fougueusement au

moment où la camionnette les dépassait. Le conducteur klaxonna et les siffla, avant de poursuivre son chemin. Liz relâcha Carl, lui fit un gentil sourire et se remit au travail. Carl la suivit, les jambes en coton.

Whistler, écoutant ce qui se passait derrière une autre fenêtre, fit tout à coup :

– Crease, ça veut dire quoi ça ? Ma voix est mon passeport. Vérifiez-moi.

– Peut-être une sorte de carte d'identité vocale, dit Crease, inscrivant l'information. Je vérifierai en rentrant.

– Où je me trouve maintenant ? demanda Whistler.

Maman regarda dans la visée de son micro canon.

– Troisième étage, angle sud-ouest, fit-il.

– Ça grouille d'ultrasons dans cette pièce, dit Whistler. J'ai jamais entendu de détecteurs aussi puissants.

Il retira son casque.

– Y a quelqu'un qui a aucune envie qu'on aille faire un tour là-dedans.

– Le point zéro ? demanda Maman.

– Ça pourrait très bien être le nombril que nous rêvons de contempler, dit Whistler.

Bishop acheva de régler l'objectif de la caméra vidéo. Il se baissa et programma le magnétoscope, que Carl avait installé dans les buissons. Ce dernier acheva le travail en camouflant caméra et magnétoscope sous un amas de feuillages et de branchages. La caméra commença à cliqueter faiblement à un intervalle de quelques secondes.

Bishop s'attarda quelques instants pour s'assurer que tout fonctionnait correctement. Il grimpa dans la fourgonnette et fit signe à Maman de démarrer. Ils s'éloignèrent.

– Tu vois, ce n'est pas très mouvementé, dit Bishop à Liz. Tu n'auras plus jamais envie de nous suivre.

– Oh, mais j'ai appris quelque chose, dit Liz.

– Ah bon, et quoi ? fit Bishop, s'apprêtant à entendre des compliments sur leur professionnalisme.

– J'ai découvert que Carl sait très bien embrasser, répondit-elle en souriant au garçon.

Carl devint écarlate et se tassa sur son siège, tandis que les autres Experts partaient d'un petit rire bienveillant.

Carl, originaire de l'ouest de la Virginie, arriva à San Francisco via Galveston et la Gulf Coast. Son père, Becean Arbogast, était un « pâtre » joueur de guitare qui forma le premier groupe de rock and roll jamais formé dans sa ville natale de Cypress Piddlin, au cœur des montagnes de la Virginie occidentale. Becean « folâtrait » avec Dotty, la plus jolie fille de la ville voisine, qui était l'une des trois fans de son groupe, ce qui conduisit à la naissance de Carl quand ses père et mère avaient à peine dix-sept ans.

Dans les deux ans, la petite famille partit pour Pascagoula sur le golfe du Mexique, où Becean trouva du travail dans le forage pétrolier off-shore. Comme la compagnie s'étendit vers l'ouest jusqu'à Gulf Port, Mississippi, puis Morgan City, Louisiane, Becean et Dotty suivirent, élevant le petit Carl, d'une semaine sur l'autre dans des motels étouffants dont il ne se rappelait que les minuscules piscines où flottaient des mégots et le gazon artificiel de la cour.

La grande chance des Arbogast se présenta en deux volets : Becean obtint un job de contremaître de chantier dans une compagnie d'exploration de champs pétrolifères près de Houston tandis que Dotty passait au *Juste Prix*. Becean gagnait assez à lui seul pour se permettre de prendre une hypothèque et d'acheter une maison modeste à Galveston. Et quand Dotty eut gagné quatre jours d'affilée au jeu télévisé, ils eurent une chose ou deux pour la meubler.

Carl, onze ans à l'époque, faisait remonter au *Juste Prix* le début de la fin pour la famille Arbogast. Ses membres se sentirent alors oints du Seigneur, favoris de la

Chance. Ils avaient le vent en poupe et la vie était une vallée de roses. Cependant, nantis d'une maison meublée d'un bar à dessus amovible en faux marbre, d'un chiffonnier en loupe d'érable, de rangements en alu, d'une pendule murale encadrée de tubes fluo, sans oublier le service pour douze couverts, les Arbogast devaient sauver les apparences. Ils commencèrent à batailler sur le reste du nécessaire à acheter et à boire pour soulager le stress des factures qui s'empilaient.

En moins d'une année, ils avaient bradé la plupart des cadeaux gagnés au jeu télévisé pour payer dettes et impôts et s'étaient séparés. Dotty ne conserva qu'une seule chose de ses quatre « glorieuses » – l'étole de vison blanc. Elle gagna San Francisco où elle tenta une reconversion en danseuse exotique.

Carl choisit de rester avec son père bien qu'il passât jusqu'à des quatre-vingt-dix jours sur les plates-formes pétrolières du golfe. Ce fut quand Carl s'attira des ennuis en faisant joujou avec l'ordinateur de son école que la direction découvrit qu'il vivait seul, de fait. Comme il était mineur, on l'envoya habiter avec sa mère.

Dotty était à présent barmaid topless à San Francisco. Elle logea son fils à contrecœur dans son petit appart' au second étage, près de Haight-Ashbury. Elle était encore après tout une jeune femme et aimait bien à ramener chez elle un compagnon de temps à autre. Elle ne révéla pas l'adresse de son emploi à Carl, qui de son côté n'avait pas la moindre envie d'aller voir travailler M'man. Quand Dotty ramenait un type à la maison – certains d'entre eux guère plus vieux que Carl –, ce dernier prenait ses jambes à son cou et allait dormir dans un cinéma permanent toute la nuit.

Dotty inscrivit consciencieusement Carl au lycée. Mais ce dernier cessa bientôt d'y aller et trouva un job dans une boutique de réparations électroniques, jouant les interprètes pour un Thaïlandais qui ne parlait presque pas l'anglais

mais touchait en électronique et était prêt à partager son savoir.

Un jour de congé, Carl tomba sur Marty Bishop dans une casse. Le garçon récupérait de vieux autoradios, Bishop tentait de dénicher un culbuteur en bon état pour sa Karmann-Ghia déjà ancienne. Bishop engagea ce gosse qui en voulait pour de menus travaux d'installation électrique au Repaire. Bientôt, il devint homme à tout faire, et deux ans après était Expert stagiaire.

39

Un jour et demi après leur découverte de Playtronics, les Experts avaient tapissé les murs de l'appartement de Liz d'agrandissements de clichés de surveillance de l'endroit pris sous tous les angles. Et pour le plaisir des yeux, ils avaient un semblant de film d'animation concernant leur objectif. Grâce à la prise de vue vidéo en image par image, une journée ouvrable chez Playtronics se déroula, comprimée dans le temps.

Alors que la date et l'heure s'inscrivaient en chiffres digitaux au bas de l'écran, le premier fragment de bande montrait les employés de Playtronics à la fin de leur journée de travail, éteignant les lumières de leur bureau, filant retrouver leurs voitures et quittant le parking, qui se vidait. La nuit passait rapidement. Au lever du jour, l'endroit reprenait vie peu à peu. Des voitures arrivaient, tournicotaient cherchant une place dans le parking, des gens entraient dans le bâtiment.

– O.K., réveille-moi tout ça, dit Bishop.

Maman passa en accéléré. En vingt secondes, une journée entière défila. Les nuages galopaient en haut de l'écran. Des gens entraient et sortaient à toute allure. Le ciel s'assombrit, un petit front orageux passa, le soleil réapparut. Il y eut un attroupement sur la pelouse, qui dura une nanoseconde sembla-t-il, le temps de se laisser choir sur l'herbe, de faire une bouchée de son repas, de se relever et de rentrer

en courant. Il y eut des livraisons flash. Puis l'obscurité tomba. On alluma momentanément dans le bâtiment, puis tout ou presque s'éteignit avec la fin de la journée. Le flot des employés rejoignait les voitures, qui disparaissaient en quatrième vitesse dans la nuit.

– Ralentis, dit Bishop, se serrant avec Carl et Maman devant la console vidéo.

– C'est la pièce aux détecteurs de mouvement ultrasoniques qu'a entendus Whistler, dit Maman. Ils n'éteignent jamais la lumière, donc on ne peut jamais dire quand celui qui travaille là s'en va.

– Mais le parking se vide entièrement, avança Carl, donc tout le monde s'en va.

– Ce doit être la salle des ordinateurs dans laquelle je me suis retrouvé, dit Bishop. Reviens en arrière. Tâchons de découvrir qui travaille dans la pièce à côté.

Maman rembobina la bande. Bishop se leva et traversa la pièce en direction de la cuisine, passant devant Liz au téléphone.

– Non, maman, disait-elle, faire un saut ce soir n'est pas une très bonne idée. Parce que, un point c'est tout. Tu veux que je te fasse un dessin ? Très bien. J'ai autour de moi cinq types qui me dévorent des yeux.

– Quatre, lança Whistler des profondeurs de l'appartement.

Ce mec n'en perdait pas une.

– O.K., quatre, dit Liz à sa mère. Le cinquième est aveugle et me dévore des oreilles.

Elle regarda Bishop, levant les yeux au ciel. Ce dernier sourit et poursuivit son chemin vers la cuisine.

– Maman, ce que je veux dire, c'est que je reçois quelqu'un, poursuivit Liz, exaspérée.

Entrant dans la cuisine, Bishop découvrit Whistler devant la paillasse, découpant d'une main experte des légumes en cubes. C'était à son tour de préparer le dîner. Bishop entendit une voix de femme sexy, qui disait « Ma

voix est mon passeport. Vérifiez-moi ». Crease était en train de dresser une structure métallique fermée, très semblable de taille et d'aspect à une cabine téléphonique. Les cartons d'où il en avait tiré les éléments – portant l'étiquette PROTEK : SÉCURITÉ DE L'ÈRE MODERNE – étaient empilés dans un coin.

– On appelle ça un Piégeur, expliqua Crease. Imagine un couloir au-delà de cette cabine. Le seul moyen de l'emprunter est de franchir d'abord cet obstacle.

Il tendit à Bishop une carte noire plastifiée et lui fit signe d'essayer.

Bishop pénétra dans la cabine. Face à lui, une issue hermétiquement fermée. Sur la paroi gauche, il y avait un micro / haut-parleur et un terminal visualisant les messages :

1. INTRODUISEZ VOTRE CARTE D'IDENTIFICATION.
2. LISEZ LE MESSAGE SUIVANT.

Bishop introduisit sa carte noire. La porte accordéon en acier se referma derrière lui avec un fort claquement métallique. Il était à présent enfermé dans la cabine. Sur le terminal, on lisait à présent :

BONJOUR. MON NOM EST (DITES ICI LE VOTRE). MA VOIX EST MON PASSEPORT. VÉRIFIEZ-MOI.

– Impossible de sortir si ton empreinte vocale ne correspond pas à celle encodée sur la carte, expliqua Crease.

Bishop opina du chef et déclina à voix haute :

– Bonjour. Mon nom est Martin Bishop. Ma voix est mon passeport. Vérifiez-moi.

Rien ne se passa.

– Super, fit-il. Et maintenant, fais-moi sortir de là-dedans.

Crease introduisit une carte dans une fente près de la porte coulissante, qui s'ouvrit. Bishop sortit.

– On peut pas en venir à bout avec une cassette ? demanda-t-il à Crease. Avec un faux sur DAT ?

– Même avec une DAT, fit Crease, j'en sais rien. Il faut se tenir dans un champ très étroit, presque impossible, de marqueurs individuels – timbre, rythme, inflexion. Bidonner ça, ce serait vraiment dur.

– Donc, il nous faudra opter pour le plan B – en gros plan et en couleurs, dit Bishop amèrement. Qu'est-ce que tu as découvert sur les détecteurs de mouvement ?

– Je vais en récupérer un aujourd'hui, dit Crease. Mais à côté, battre ce truc paraît facile.

Liz regardait tranquillement la scène depuis le seuil de la cuisine. Whistler sut qu'elle était là, d'une façon ou d'une autre. Il sentit probablement son shampooing.

– Indique-moi où trouver une sauteuse, Liz, fit-il. Je suis en train de préparer une sauce primavera, c'est un secret de Piccoli.

– Comment ça se fait ? demanda Liz, le guidant vers la batterie de cuisine. Piccoli ne donne jamais ses recettes.

– J'ai déterminé les ingrédients la première fois que je l'ai goûtée, expliqua Whistler. J'ai le palais fin, ça va avec les oreilles.

– Bish', appela Maman depuis le salon, je crois qu'on tient notre homme !

Bishop alla jeter un œil sur l'écran vidéo de Maman. Le time code indiquait 19 :22. Maman désigna la salle d'ordinateurs allumée en permanence et la pièce adjacente, encore éclairée.

– Observe la pièce près de la cible, dit Maman.

Soudain, les lumières s'éteignirent dans le local adjacent.

– Maintenant, regarde qui sort, continua-t-il.

A 19 :23, une jeune Orientale en tenue de tennis quitta le bâtiment avec un sac de sports. Elle grimpa dans une Miata blanche et fila du parking comme une flèche.

– Ouvre bien les yeux, dit Maman.

A 19 :25, parut un type roux à l'allure d'étudiant studieux en pantalon de velours côtelé et Hush Puppies. Il por-

tait sous le bras un grand cahier bourré de feuilles volantes. Il s'éclipsa vite fait dans une Mazda de sports.

Maman augmenta la vitesse de défilement. Personne d'autre ne quitta le bâtiment après vingt heures.

– Donc c'est l'un de ces deux-là, conclut Bishop.

– Oui, dit Maman, qui accéléra encore le défilement. Une journée entière passa en un clin d'œil.

– Soir suivant.

Il ralentit. 19 :03, la pièce adjacente s'éteignit. 19 :06, le rouquin apparut et personne d'autre pendant un très long moment. Maman revint en arrière jusqu'au type et fit un arrêt sur image.

– Bien, dit Bishop. On va se servir de son bureau pour atteindre la salle des ordinateurs. On peut voir sa plaque d'immatriculation ?

Maman fit avancer l'image en accéléré jusqu'au moment où le type atteignait sa voiture, puis il zooma. La plaque d'immatriculation arrière était lisible : IQ 180.

– Chouette, dit Bishop. Très bien, on se tape ce mec. Carl, trouve-moi tout ce qu'il y a dans les fichiers sur lui – sans te limiter à aujourd'hui. Crease, tu vas jouer à l'architecte. Et toi, Maman, sors-moi la Batmobile.

Maman récolta ce surnom en faisant le taxi à Washington, D.C., après son petit tour en prison. Il habitait avec deux types qui avaient fait Harvard avec lui, dans un immense cinquième étage, près de Dupont Circle. Ils étaient maintenant des juristes attachés au gouvernement et prenaient leur pied à partager leur appart' avec un « gibier de potence ».

Maman avait l'habitude de ramener à la maison des égarés, animaux ou humains, qu'il récupérait dans la rue ou dans son taxi. Par précaution, il informait le dispatcher chaque fois qu'il hébergeait un passager malchanceux. Bientôt son code d'appel se réduisit à « Maman ».

Tout un chacun au garage délabré de la compagnie de taxis, section Sud-Est, lui prédisait qu'il ne ferait pas de vieux os.

Il ramenait un vétéran du Viêt-nam, qui ne décolérait pas, et le nourrissait un ou deux jours. Ou bien un immigré du Bangladesh qui ne pigeait encore rien au système. Ou encore un fugueur du Midwest, une pute ou un junkie – bref, quiconque dont l'histoire, aussi mince fût-elle, enflammait l'imagination de Maman. Il se faisait souvent voler, mais le prenait avec philosophie, supposant que seuls ceux dans un extrême besoin en arrivaient là.

La croix que Maman devait porter à titre personnel, c'était la célébrité de son père. Ecrivain et psychiatre pour enfants renommé, son père tint pour établi qu'étant donné sa perspicacité dans leur éducation, son propre fils pouvait difficilement être autre chose que coulé au moule. Maman se coula dans le moule aussi longtemps que possible – et puis un jour, ce ne fut plus possible.

A sa sortie d'Harvard, il travailla comme journaliste débutant au *Washington Post*, tâchant de vivre selon les vues de son père et manquant aux siennes; un type se présenta à lui comme un acolyte de Timothy Leary, le chantre de la drogue alors dans la clandestinité, et l'entraîna, lui faisant miroiter un Prix Pulitzer à la clé, dans le cambriolage d'un labo de l'Institut National d'Hygiène Mentale. Le but de l'opération était de prouver que l'armée américaine expérimentait le LSD sur les prisonniers.

A peine avait-il franchi la porte que Maman fut arrêté, mais son complice réussit à s'enfuir. Des années plus tard, ce conspirateur anonyme reconnut avoir joué les poisson pilote pour le FBI, désireux de mettre dans l'embarras le *Washington Post*, et l'armée admit de son côté ses expériences avec le LSD.

Dix-huit mois passés dans une prison fédérale contribuèrent assez bien à libérer Maman de tout désir d'émulation vis-à-vis de son père. Il changea son fusil d'épaule : fit le taxi et ami ami avec les bas-fonds, s'envoya toutes les drogues naturelles ou synthétiques sur lesquelles il put mettre la main et essaya toutes les pratiques sexuelles imaginables sous le soleil.

Quand son père mourut subitement six ans plus tard, Maman avait poussé fort loin ses recherches et brûlé pas mal de cellules grises dans ce « trip ». Avec son héritage, il alla s'installer à New York et fonda une petite revue du paranormal et de l'insolite du nom de *Nnexion.* Il commanda et publia des articles visant à découvrir ce qui reliait secrètement les gens entre eux – une force ou une particule qui, à l'instar des gravitons, ces ondes gravitationnelles si difficiles à détecter, maintiendrait la cohésion de l'humanité. Maman baptisa cette particule, « l'humitron » et il consacra son héritage jusqu'au dernier sou à essayer de prouver son existence.

A San Francisco, alors qu'il poursuivait ses recherches par la contemplation (mais plus sous drogue), la méditation et l'écriture poétique – tout en écrivant un scénario par ailleurs – il rencontra Whistler, puis Bishop. Des six animaux qui vivaient dans son arche quand Maman adopta Whistler, seule la mouette manchote ne le porta pas dans son cœur tout d'abord. Elle n'arrêtait pas de lui courir sus et de lui becqueter les chevilles. Mais Whistler apprit rapidement à parler mouette et il n'y eut plus de problème de compréhension entre eux.

40

On l'appelait autrefois la Vallée de Santa-Clara. En ces jours anciens, la plaine alluviale de trente-deux kilomètres de long sur trois de large, s'incurvant autour de la Baie au bas de la péninsule de San Francisco, était surtout connue pour la fertilité de son sol. Ranchers et fermiers convoitaient cette terre riche comme aucune autre en Californie. Avec son climat doux, ses précipitations raisonnablement abondantes, tempérée par l'influence marine de la Baie, pauvre en gelées tueuses de récoltes, c'était l'endroit rêvé pour les fruits et légumes.

Mais à la fin des années soixante et au début des années soixante-dix, on vit y pousser une nouvelle culture, celle des puces au silicium – qui changea la nature et le nom de l'endroit. Cette vallée bucolique devint Silicon Valley, le Londres, le Paris et le Florence de la Révolution Electronique. Un flot de scientifiques, ingénieurs et entrepreneurs envahit ces quelques arpents d'argile pour y semer leur brillante technologie et faire fortune. Des parcs industriels impeccablement tenus succédèrent aux terres agricoles et aux vergers tandis que deux mille firmes se lançaient dans le perfectionnement et la cueillette des puces miraculeuses. Immeubles et complexes d'habitation sortirent de terre. De grandes demeures s'élevèrent dans les Coast Hills. Le prix du terrain grimpa en flèche. La population augmenta et les embouteillages signalèrent que la vallée avait définitivement changé.

Les principes moraux suivirent aussi le changement. On pouvait faire de l'argent si vite que l'ambition et l'âpreté au gain devinrent les valeurs dominantes. Des firmes connaissaient un boom du jour au lendemain et certaines faisaient faillite tout aussi rapidement. A malins malins et demi, les malchanceux regardaient les chanceux engranger des richesses sans précédent avec des grincements de dents. Certains cherchaient des raccourcis. Il y avait beaucoup de Cosmo dans le coin, s'efforçant de mettre la main – par des moyens respectables ou non – sur la nouvelle boîte magique qui sortirait de ces temples high-tech.

Bishop et son équipe devaient leurs moyens d'existence, une partie du moins, à la prolifération de ces moyens douteux – l'espionnage industriel. Les idées valaient leur pesant d'or, plus même car une seule innovation pouvait être transformée d'un coup de baguette magique en trésor des pharaons. Il fallait donc sauvegarder les idées, protéger les créateurs des pirates. Les Experts en connaissaient un bout sur Silicon Valley. C'est là que leur business était né.

Crease entra en traînant les pieds dans l'Immeuble administratif du Santa Clara County, une construction de brique et de verre en forme de L, qui avait remplacé l'ancien bâtiment de pierre, suranné, du comté quand la population de la Silicon Valley décupla dans les années soixante-dix.

Crease avait une histoire toute prête et une fausse identité. il était censé être un inspecteur de l'OSHA menant une enquête suite à une allégation de non-respect de mesures de sécurité au sein d'une compagnie de jeux vidéo, la Playtronics. Des employés se plaignaient de maux de tête et d'émanations nocives. Il avait besoin des originaux des plans du bâtiment pour déterminer si les zones de stockage des peintures et des solvants pouvaient se trouver en communication avec les bureaux.

Pas d'une originalité folle, cette histoire, songea-t-il. Et

une identité improbable. Elle était de son cru, et elle avait déjà fonctionné.

Quand il pénétra dans le Bureau du Cadastre du Comté, cependant, et qu'il aperçut la fonctionnaire se mirant dans une glace de poche à son bureau, il changea sur le champ de tactique. La femme examinait son visage dans le détail, allongeant la mâchoire, jetant un œil derrière ses oreilles, tournant la tête de-ci de-là, l'air ravi.

Crease marcha jusqu'au guichet et appuya sur la sonnette. Comme la femme s'approchait, Crease vit qu'elle avait trente-six trente-sept ans, et arborait une coiffure à la mode, un rouge à lèvres vif et un lifting flambant neuf. Elle lui sourit.

– Wouah ! Vous êtes magnifique, dit Crease. Vous avez fait quelque chose depuis la dernière fois que je suis venu, Lynn.

Il lut son prénom sur son badge nominatif.

– Vous avez fait de la gym ?

– Mais non, fit-elle, en rougissant de plaisir. Je me suis juste offert le coiffeur.

– Allez, dit Crease. Vous faites du yoga ou un truc comme ça. En tout cas, ça vous réussit. J'avais jamais remarqué comme vous étiez mignonne, cachée derrière ce comptoir.

Il lui décocha un sourire ravageur.

– Ou alors ils ont changé l'éclairage ici, c'est ça ?

– Non, l'éclairage est le même, dit Lynn, qui ne pouvait s'empêcher de sourire. Bon Dieu, dire que j'ai oublié votre nom.

– Donald, fit Crease.

Au diable, le baratin, se dit-il. Allons-y direct.

– Je suis venu comme d'habitude... consulter des plans. Cette fois, c'est celui de la Playtronics qu'il me faut. Là-haut sur le versant est.

– Bien sûr, Donald, dit Lynn. Pas de problème.

Elle lui sourit avec chaleur avant de battre en retraite vers les rayonnages.

Bishop se trouvait sur la colline qui dominait la Playtronics. Il installa un appareil photo sur un trépied et lui fixa un super téléobjectif. Il se mit en place et ajusta dans le viseur les divers groupes d'employés déjeunant sur l'herbe.

Il attendit patiemment désirant prendre le bon cliché. Tandis qu'ils allaient et venaient, il se concentra sur leurs badges de sécurité. Mais il n'arrivait pas à en attraper un, plein cadre et immobile. Puis il eut un coup de chance. Une nouvelle venue s'assit et posa ses affaires. Sa veste, abandonnée dans l'herbe, portait un badge de sécurité parfaitement visible. Il fit jouer le déclic de l'appareil.

La Mazda RX-7 grise, immatriculée IQ-180, quitta le parking de la Playtronics au crépuscule. La Batmobile version Maman – à savoir une VW décapotable, éructante et polluante, avec faux téléphone de voiture en bois sur le tableau de bord – prit la Mazda en filature au premier carrefour et descendit la rue à sa suite.

La Mazda accéléra. Maman fit zigzaguer la VW en tentant de ne pas se laisser distancer. Le type tourna sur un boulevard plus large, prit la file de droite et ralentit si soudainement que Maman fut obligé de le dépasser. Il était sûr que le mec l'avait repéré. Mais en fait le rouquin traînassait sur la file de droite pour allumer sa pipe. Il accéléra à nouveau, dépassa Maman et la filature reprit son cours normal.

Maman réussit à le suivre jusqu'au grill-bar l'Oasis à Palo Alto. Le temps que Maman se gare un peu plus bas dans la rue et se coule dans le bar, M. IQ-180 s'installa, solitaire, à une table au fond du restaurant bondé.

Maman prit position au bar et se mit au travail. Il commanda une pression et, quand le barman – un surfer vieillissant, au visage prématurément ridé par le soleil et à la queue de cheval d'un blond fané – la déposa devant lui, Maman étala deux billets de vingt sur le comptoir.

– Un pour la consommation, l'autre pour toi, lui dit Maman, posant tour à tour un doigt sur chaque billet.

Le barman fit signe qu'il avait pigé et cogna le bar d'un doigt replié.

– Bouge pas, fit-il, s'éloignant pour servir d'autres clients.

Il revint s'appuyer au bar juste en face de Maman.

– Le grand type assis tout seul à la table là-bas, dit Maman, c'est un habitué ?

– Ouais, fit le barman.

Puis il se tut, se contentant de fixer Maman, qui ajouta un autre billet de vingt dollars sur la pile des pourboires. C'était la bonne chose à faire.

– Trois fois par semaine, minimum. Et jamais accompagné, dit le barman. J'suppose que c'est l'un d'entre vous.

Maman le regarda, surpris.

– Un fouineur à louer, reprit le barman. Un espion.

Maman continua de jouer au con.

– T'vois le box derrière lui, là où il y a cinq personnes ? demanda le barman.

Maman fit signe que oui.

– Eh ben, le quitte pas des yeux ton mec, fit le barman. Et par la même occase, mate aussi l'espèce de secrétaire d' l'autre côté du box, près du buffet des crudités, celle à cheveux roses.

Maman observa M. IQ-180, tenant le menu sans le lire. Il regardait droit devant lui, écoutant de façon évidente ce qui se disait dans son dos, dans le box. Même chose pour la nana à cheveux roses. Elle tournicotait autour des crudités, une assiette à la main, mais ne la remplissait pas.

– Qu'est-ce que ça a de si intéressant ? demanda Maman.

Les cinq occupants du box avaient tous l'air très sérieux. Un quinquagénaire nerveux style comptable griffonnait des chiffres sur son set de table, tout en parlant. Un

gros homme chauve l'écoutait intensément. Deux cadres moyens prenaient des notes dans des calepins noirs identiques. Enfin, un jeune homme d'une vingtaine d'années en blue-jeans et tunique africaine, n'écoutait que d'une oreille, les yeux vaguement fixés sur le poste de télé au-dessus du bar.

– A ce que j'ai entendu, dit le barman, Harry – c'est le vice-président du marketing – est en train d'informer le président que ses projections ne peuvent être tenues.

Fallait pas se fier à sa tignasse décolorée, songea Maman, ce barman connaissait la musique.

– Le président, c'est le chauve ? demanda Maman.

– Non, c'est le gamin, répliqua le barman. Bof, j'suis à peu près sûr que ton type, le solitaire, c'est un amateur, un qu'aimerait bien en être. J'lui ai parlé une ou deux fois. J'connais pas son nom. Il se tient au bar jusqu'à ce qu'il repère une table qui promet, alors il va s'asseoir juste à côté. J' t'en mets une autre ? dit-il, enlevant la chope vide de Maman.

– Non, fit Maman, qui avait eu du mal à siroter sa bière.

– Mais la nana du buffet, c'est une pro, ajouta le barman. Harriet Parker, le top en matière d'espionnage industriel dans la Vallée.

– Elle ? fit Maman, incrédule.

– Une mémoire d'éléphant, dit le surfer. Certaines firmes l'engagent rien que pour emprunter les ascenseurs des immeubles d' la concurrence. La CIA fait appel à ses talents d'temps en temps, à c' qu'on m'a dit.

– Impressionnant, dit Maman. Et toi, ils t'ont déjà utilisé ?

– Moi j'travaille pas pour le gouvernement, dit le barman.

– Pourquoi ça ? demanda Maman.

– C'est une vieille histoire, fit-il. Faut remonter à la Convention Démocrate de Chicago en 68. Le gouvernement

m'a causé une forte impression avec une matraque et ça a changé ma vision du monde.

Il désigna le buffet des crudités de la tête.

– Regarde ça.

Maman suivit son regard. Une sorte d'Hell's Angel immense s'interposait entre le box et le salad-bar.

– Curtis, fit le barman, c'est le garde du corps du gamin.

Harriet jeta un œil à l'armoire à glace, laissa tomber et commença à se servir de crudités.

Le repas d'affaires dans le box tirait à sa fin. M. IQ-180 fit le gros dos, grignotant activement des gressins.

Harry, le vice-président du marketing, rassembla ses papiers et suivit les autres qui sortaient, laissant le set gribouillé sur la table.

– Le set de table, fit le barman. Regarde bien c'qui va s'passer.

Quasiment synchrones, M. QI-180 se retourna vers le box déserté, Harriet fit un pas dans sa direction et Harry le vice-président s'arrêta, prenant conscience de son oubli, et revint en toute hâte jusqu'à la table. Il s'empara vivement du set, le plia soigneusement et le fourra dans sa poche intérieure, avant de sortir.

– T'as pas encore tout vu, prévint le barman.

Un aide-serveur débarrassa la table, ôtant la nappe qu'il plia proprement. Il jeta un regard alentour, avisa Harriet dans le box où elle s'était installée à présent, se dirigea vers elle et laissa tomber subrepticement la nappe sur la banquette. Harriet lui glissa un billet de vingt dollars.

– Elle va essayer de lire sur la nappe, dit Maman. Bon Dieu, c'est vraiment la loi de la jungle par ici.

– Y a un gros paquet en jeu, mec, dit le barman. Et toi, tu cherches quoi exactement ?

– Ben, oublie-moi, fit Maman, ajoutant un troisième billet de vingt sur le bar. Et raconte-m'en plus sur ce type.

41

Liz frappait avec impatience à la porte de sa propre salle de bains.

– Une minute, s'exclama Bishop de l'intérieur.

– Je déteste me mêler de vos « affaires de bonshommes », fit Liz. Mais vous comptez vraiment utiliser la salle de bains ensemble, les mecs ?

– On a presque fini, s'écria Maman. On sort tout de suite.

A l'intérieur, sous la lumière inactinique, Bishop et Maman regardaient une image apparaître sur une feuille de papier photo dans un bac de révélateur. L'un des clichés de surveillance de Maman : M. IQ-180 montant en voiture. Bishop en mit d'autres à tremper en vitesse, tandis que Maman retirait ceux qui étaient développés et les accrochait le long du support du rideau de douche pour qu'ils sèchent. Les photos montraient l'objet de la filature au volant de sa voiture, en train de la garer devant son immeuble, gagnant son appartement du rez-de chaussée, ouvrant sa porte et entrant.

Liz faisait les cent pas à l'extérieur.

– Vous voulez que j'aille chez le voisin ? fit-elle, avec irritation. J'ai besoin de ma salle de bains.

– Surtout pas, s'écria Bishop. Plus que quelques secondes.

Il sortit les deux derniers tirages. Sur le premier, l'étu-

diant sérieux ouvrait la porte de son appartement en pyjama, qui lui tombait sur les talons, pour ramasser le journal du matin.

– Ce type vit seul, dit Bishop auquel le pyjama n'échappa pas.

– Ouais, dit Maman. Pas d'animal familier. Pas de système d'alarme. Horaires réguliers. M. Papier à Musique. Part à son travail à huit heures trente, le quitte à dix-neuf heures trente.

Il agita le dernier tirage.

– Et voilà ce qui lui permet d'entrer au parking, fit-il, en montrant à Bishop la photo d'une vignette collée au dos du rétroviseur de la voiture.

– Beau travail, Maman, dit ce dernier. On va en fabriquer une pour la fourgonnette.

Maman s'appuya contre le lavabo, oubliant complètement Liz.

– Trois soirs par semaine, ce mec dîne au grill-bar l'Oasis, dit-il. C'est un endroit fréquenté par l'Industrie – étudiants technards, biznessmen, secrétaires, escrocs. Il mange en solo, ne parle jamais à personne, mais s'installe toujours à proximité de quiconque discute boutique. Un écouteur de première à l'affût, vu sous cet angle. Le barman dit que ce type rêve comme un fou de toucher le pactole, qu'il est furieux de ne pas être déjà riche. Il dit aussi que des mecs comme lui se ramassent à la pelle dans le coin.

Liz balança un grand coup dans la porte.

– Vous l'aurez voulu, j'y vais, fit-elle, hors d'elle.

– Eh non, fais pas ça, dit Bishop, sortant en coup de vent de la salle de bains, suivi de Maman, qui tenait les agrandissements encore humides des badges de sécurité de la Playtronics.

Il sourit à Liz, qui lui donna une bourrade.

Oh oh, se dit Bishop. Le seuil des privautés est franchi. Cela requiert examen et caresses dans le sens du poil.

Liz claqua la porte de la salle de bains à toute volée. Ils

l'entendirent pousser une exclamation dégoûtée comme elle barbotait en plein dans leur capharnaüm.

Bishop et Maman gagnèrent le salon, dont les murs étaient tapissés des plans du bâtiment de la Playtronics, récupérés par Crease. Ils portaient au surligneur jaune l'endroit où se trouvaient les détecteurs. Sur le plan du troisième étage, l'un des couloirs était marqué de rouge de manière très visible.

– D'après notre ami le barman, poursuivit Maman, le père de M. IQ-180 a connu un démarrage foudroyant au tout début de la ruée vers l'or de Silicon Valley. Grand train de vie, superbe maison sur les Coast Hills, vacances à Cabo, cinq bagnoles.

– Et ce type veut faire aussi bien que Papa ? demanda Bishop.

– Pire que ça, dit Maman. Le vieux a bu une tasse spectaculaire. Et fiston veut prouver à tout prix qu'il est plus malin et meilleur que lui. Il crève de trouille à l'idée de finir comme lui.

– Et qu'est-il arrivé à son père ? fit Bishop.

– Primo, sa femme l'a quitté, elle est retournée à Boston, raconta Maman. Elle s'est pas faite à cette vie – sept jours de boulot par semaine, l'alcool, les filles – faites votre choix. Le vieux continue à mener une vie de « gagnant » – Porsche, vêtements chicos. Mais son salaire ne suit plus, donc il boit davantage et les dettes de s'accumuler. Il s'associe alors avec une paire de MBA et crée sa propre compagnie pour lancer sur le marché les premières puces de reconnaissance vocale, dont il vole l'idée à la firme où il travaille. Ils fondent une compagnie bidon outremer, trouvent des capitaux, en dépensent trop, en lèvent d'autres, redépensent, etc. Et puis c'est l'explosion. Aujourd'hui, il est en taule pour fraude fiscale, vol de brevet et manquements aux règles de la Securities and Exchange Commission.

– Tableau plutôt noir, dit Bishop. C'est une drôle de casserole qu'il doit se traîner ce garçon.

– Faut pas le prendre pour un enfant de chœur, dit Maman, il est prêt à tuer pour la grosse galette. J'ai encore du matos dans la bagnole.

Et il se dirigea vers la porte.

– Viens voir, fit Carl à Bishop.

A force de peiner sur son ordinateur, Carl s'était débrouillé pour forcer l'accès du fichier informatique du service du Contrôle des Véhicules de l'état de Californie.

Bishop se pencha sur l'écran du terminal de Carl.

– Qu'est-ce que tu as trouvé ? dit-il.

– Il s'appelle Werner Brandes, dit Carl, lisant la fiche. Célibataire, 1,81 m, 87 kg, doit porter des verres correctifs pour conduire, pas de contredanses ni de poursuites en suspens. Et...

Il rassembla quelques feuilles de papier brouillon.

– ...selon sa fiche de crédit TRW, sa fiche de police et celle de son syndicat professionnel, il a un retrait maximal de 750 dollars sur sa carte Visa. Pas d'autres cartes. Pas de défauts de paiement ni d'autres mauvais points sur sa fiche de crédit – pas de créances douteuses, pas de chèques sans provision. Pas d'hypothèque. Locataire du même appartement depuis huit ans, pas de traites sur sa voiture. Hyper clean le mec.

– Il suit un chemin inverse de celui de son père, conclut Bishop. Vraiment *rien* d'intéressant ?

– Casier judiciaire vierge, pas d'armes à feu enregistrées à son nom, répondit Carl. Membre de l'Association Internationale des Concepteurs de Puces et chargé de leurs relations publiques.

– Super, dit Bishop. L'être le plus ennuyeux de la terre.

– J'ai eu accès à son compte bancaire à la Highland National, dit Carl.

– Génial. C'est pas des plus faciles, dit Bishop.

– En fait, ça l'a été plutôt, dit Carl. Une caissière m'a donné son numéro de code parce que j'avais le nom de jeune fille de sa mère et les renseignements des autres fichiers. Il a un compte d'épargne d'un montant de 7 000 dollars, quel-

ques centaines de dollars sur son compte courant; aucune trace d'un portefeuille d'actions. J'ai déduit son salaire annuel en me basant sur ses dépôts – 38 000 dollars.

– Pas terrible, dit Bishop. Il a un super bureau au dernier étage de la Playtronics, dans le saint des saints. Il doit faire un boulot important pour Cosmo, mais il ne le fait pas grassement payé. Pourquoi ?

– Eh bien, ces huit dernières années, il a travaillé pour six compagnies différentes de la vallée, dit Carl, se reportant à ses notes. Il est chaque fois parti dans les meilleures conditions, ne s'est jamais fait virer. Et, si l'on en juge par ses salaires, la plupart de ses changements sont restés latéraux.

– A la recherche d'un raccourci, conclut Bishop, hochant la tête. C'est un type malheureux. Cosmo l'a eu au rabais.

– Ah, un défaut dans la cuirasse, dit Carl. Il a pris autrefois des cours de danse classique et il triche au golf.

– Comment tu as découvert ça ? s'étonna Bishop. On peut pas dire que ça nous aide beaucoup.

– J'ai trouvé un prétexte pour appeler le conseiller de son foyer d'étudiants. Je lui ai dit que je rédigeais une notice biographique pour le Bulletin des Concepteurs de Puces. Ce type se rappelait très bien Werner : Etudes de physique brillantes. Jamais de rendez-vous avec des filles. Paraissant toujours un peu furieux que le monde ne reconnaisse pas ses dons. N'occasionnant jamais de problèmes. Il a ajouté que son père avait été une grosse pointure de la vallée, mais y avait laissé sa chemise.

– Un ingénieur ambitieux et bosseur, à la recherche de la Toison d'Or, dit Bishop. Il doit bien y avoir une faille quelque part. Le golf, peut-être.

– Il a laissé tomber le golf il y a deux ans, dit Carl. La cotisation est devenue trop chère. A la place, il fait du vélo d'appartement. Et il loue six vidéos tous les week-ends.

– De pire en pire, gémit Bishop. Mais merde, comment on va réussir à l'approcher pour l'enregistrer ?

Liz sortit de la salle de bains en faisant la gueule, au moment même où la porte d'entrée s'ouvrait sur Maman traînant derrière lui deux sacs d'ordures pleins à craquer. De l'un d'entre eux coulait un liquide brunâtre.

– Oh, Maman, s'exclama Liz, courant chercher une serpillière.

– Désolé, Liz, dit Maman. Ça vient de chez notre homme.

– Merci de le transvaser chez moi, grogna Liz, jetant la serpillière sur le sol.

Elle fusilla Bishop du regard, marcha jusqu'à sa chambre d'un air dédaigneux et claqua la porte.

Bishop fit de la main un signe d'avertissement et se dirigea à son tour jusqu'à la porte de la chambre à coucher. Il frappa doucement et entra, refermant la porte derrière lui.

Liz, contemplant fixement le Golden Gate Park, ne daigna pas se retourner.

– On partira d'ici le plus tôt possible, dit Bishop. Tu n'as qu'un mot à dire et on s'en va tout de suite. Tu as été fantastique.

– Non, dit Liz d'un ton catégorique. Ce n'est pas ça.

– On passe trop le heavy metal de Maman et pas assez de Jimi Hendrix, hasarda Bishop.

– Bishop! fit Liz, exaspérée. Tu ne me prends pas au sérieux.

Bishop la regarda, ahuri. Il n'avait pas idée de ce qui lui tapait sur le système.

– Tu ne me prends pas au sérieux, répéta-t-elle. Je suis diplômée avec félicitations du jury d'une université hyper réputée. J'ai été Lauréate d'une Bourse Fédérale. J'ai un doctorat de mathématiques et un MBA, plus six années d'expérience dans le système bancaire international et la stratégie monétaire! J'ai travaillé pour la Banque Mondiale en Inde, où j'ai repensé la politique bancaire de tout un état. Tout ça pour dire que je ne suis pas née de la dernière pluie!

Bishop la regardait, déconcerté.

– Est-ce parce que je fais maintenant la chose que je préfère au monde – enseigner la musique à des enfants prodiges – que tu me traites comme une écolière, comme si je ne savais pas distinguer un octet d'un quintette ? dit-elle.

– Oh, fit Bishop, qui ne trouva rien d'autre à dire.

– Oh ! le singea Liz.

– Excuse-moi, j'imaginais pas... commença Bishop. Je supposais simplement... j'essayais seulement... j'ai toujours eu l'intention de...

– Eh bien, laisse tomber ! dit Liz.

– Comme tu voudras, dit Bishop, l'air assommé.

Le nez en l'air, elle passa devant lui, ouvrit la porte à toute volée et rejoignit les autres Experts. Bishop lui emboîta le pas, pas très sûr de ce qui venait de se passer.

Les trois années où Bishop vécut avec Liz furent les plus proches de la normalité qu'il ait jamais connues. Leurs chemins s'étaient croisés en un lieu d'un romantisme ineffable, le rayon légumes du supermarché, où Bishop peinait à distinguer le cresson d'entre plusieurs autres verdures à feuilles. Il se tourna vers elle pour solliciter son aide. Il était une proie rêvée pour ses certitudes tranquilles – concernant les légumes verts et le concernant, lui. Ils firent tout ce qu'ils purent pour finir cette première salade ensemble, avant de se retrouver partie intégrante de la vinaigrette.

Enfant privilégiée, fille d'un cadre d'Harvester International en poste à l'étranger, Liz avait passé ses années de formation à Paris. Elle prit des leçons de piano avec Nadia Boulanger et donna son premier récital à la Salle Pleyel. Bravant les ambitions de ses parents, elle renonça alors au piano de concert et se livra aux exercices plus rebutants des mathématiques appliquées.

Quand elle rencontra Bishop, elle revenait d'un séjour en Inde et en Thaïlande pour la Banque Mondiale et se trouvait dans les affres d'un changement de carrière. Elle était lasse de sauter d'un océan à l'autre et désirait poser ses

bagages. Elle était lasse de ruminer des chiffres et désireuse de retrouver les harmonies de la musique. Elle avait l'âge, cet âge-là. Elle ne se l'était jamais formulé ainsi, mais elle se sentait prête à faire son nid.

Ce fut ce qui finalement devait causer la perte de leur couple. Bishop eut beau vouloir avec toute l'énergie du désespoir. Il n'y arriva pas.

Maman avait étalé les ordures sur la table de la salle à manger. Crease et lui les tripotaient avec répugnance. Liz y marcha tout droit et y plongea les mains, se les salissant en les aidant à faire le tri. Elle trouva quelque chose.

– Une facture de téléphone, annonça-t-elle. Voyons ça de plus près : pas d'appel en longue distance.

– Une brochure du Club Med, nota Bishop. Le talon d'un billet pour un concert de Barry Manilow. Nous y voilà!

Il lut une lettre à haute voix.

– « Cher Ordimateur : Bienvenue dans le monde des compatibilités d'humeur automatisées. » Il drague par ordinateur interposé!

– J'adore ça, fit Crease. Faut lui trouver une nana!

– Tout juste Auguste! fit Maman. *Cherchez la femme*!

– Ou plutôt, *La femme, cherchez Werner*! dit Crease. Comment s'appelait la fille dont on s'est servi l'année dernière quand on a « expertisé » la compagnie céréalière ?

– Sandi Krieger ? dit Bishop. Vaut mieux l'oublier, elle a épousé un flic. Pourquoi pas Barbara ? Elle est mignonne, Barbara.

– N'y pensez plus, dit Maman. Elle considère ce boulot comme puéril. C'est pour ça qu'elle a divorcé.

Il soutint le regard noir des autres Experts.

– Et Flo ? fit-il.

– Ah ouais, c'est une bombe, dit Carl.

– Du calme, les copains, regardez mieux les ordures de ce type, dit Liz. C'est pas une bombe qu'il cherche.

Liz souleva un emballage de Cuisine Minceur, dont la barquette avait été soigneusement rincée et reglissée dans la boîte, qu'on avait refermée proprement. Elle apporta comme nouvelle preuve un tube de dentifrice, qu'on avait replié avec une perfection maniaque pour le vider entièrement.

– J'ai jamais vu des ordures aussi propres, dit Maman.

– L'individu qui a pressé ce tube de dentifrice de cette façon, dit Liz, recherche quelqu'un de méticuleux, de raffiné... d'anal, en un mot.

Bishop et les autres Experts se contentèrent de la fixer, bouche bée. Puis de sourire. Liz cligna les paupières.

– Quoi ? Qu'est-ce que j'ai dit ? fit-elle.

42

– Je ne peux pas faire ça! disait Liz, debout devant l'armoire. C'est faire semblant d'être quelqu'un d'autre. Je serais trop mal à l'aise. Ce n'est pas moi.

Les cinq Experts se trouvaient dans sa chambre – passant en revue sa garde-robe en vue de sa première « expertise » en solo.

– De quel « moi » parles-tu ? dit Bishop. L'expert de la finance internationale qui n'est pas née de la dernière pluie ou du docteur en mathématiques qui...

Liz le foudroya du regard. Il la ferma.

– Contente-toi d'être toi-même, ce sera parfait, dit Carl, enthousiaste.

– Voilà des couleurs qui en jettent, dit Crease, sortant une robe « bain de soleil » rouge et jaune.

– C'est pour la plage, dit Liz, la lui prenant des mains et la remettant en place.

– J'ai ce qu'il faut pour te mettre en valeur, dit Maman, tenant un fourreau noir mini, très décolleté.

– A quoi penses-tu, Maman? dit Liz. Et puis non, je crois que je ne préfère pas savoir ce que tu as vraiment derrière la tête.

– Ça pourrait être plus difficile que tu crois, dit Maman. Faut que son intérêt pour toi ne se relâche pas.

– Oh, on se calme, les mecs, fit Bishop, reprenant le

fourreau des mains de Maman et le rangeant dans l'armoire. Pantalons-sweater!

Ben, c'est peut-être aller trop loin dans l'autre sens, lut-il dans le regard de Liz.

Whistler tenait les boutons du second tiroir du secrétaire de Liz.

– Lingerie fine et bas nylon sont essentiels. Je peux? fit-il.

– Whistler! s'exclama Liz, scandalisée. Comment sais-tu que je range mes dessous dans ce tiroir-là?

Whistler ouvrit le tiroir, plongea sa main à droite et montra un sachet de patchouli.

– Je pourrais sentir ça de l'autre bout de la pièce, dit-il.

– Renversant, constata Liz. Remets-le en place. Ce type n'est pas près de voir mes dentelles, ça je vous le promets.

– Même pas un petit coup d'œil? dit Carl.

– Carl! se récrièrent-ils à l'unisson.

Carl prit un air penaud.

– Voilà qui sera parfait, dit Whistler, choisissant l'un des parfums de Liz à l'odeur. Et chaque fois qu'il aura envie de bâiller, croise les jambes. Le crissement soyeux des bas l'un contre l'autre – shsss – (il hocha la tête en connaisseur) – ça vous déchaîne l'imagination d'un homme.

– Bon, suffit comme ça! s'écria Liz. Sortez-moi tous d'ici. Si je sais plus comment m'habiller pour aller à un rendez-vous, on est pas sortis de l'auberge!

43

Dans un box en forme de fer à cheval, devant une table agrémentée d'une bougie tressée de rouge plantée dans une coupelle, tout au fond du restaurant Steak 'N Stein, Werner Brandes attendait nerveusement. Il portait sa veste pied-de-poule préférée sur un nouveau pull à col roulé bordeaux. Il faisait face au mur et pelait activement le nattage de plastique rouge de la bougie. Périodiquement, il secouait sa poche pour s'assurer de la présence de ses clés et tapotait sa poche intérieure pour vérifier que son portefeuille la gonflait toujours. Il versa du sel dans le cendrier, puis l'essuya avec une serviette.

– Werner? appela finalement une voix féminine.

Il leva les yeux sur Liz qui souriait faiblement.

– Bonjour. C'est moi... Doris, fit-elle.

Werner se leva à moitié et lui serra la main. Il la regarda pratiquement droit dans les yeux.

– Bonjour, fit-il. Prête pour le salad-bar?

Il profita qu'elle se glissait dans le box pour l'observer furtivement : beaux cheveux au brushing impeccable, maquillage léger, tailleur simple et élégant de couleur sombre, chemisier ras du cou, minuscules boucles d'oreilles, pochette munie d'un Filofax de cadre. Il remarqua tout ça et ça lui plut. Il ne pouvait détacher ses yeux du combiné sac à main – Filofax.

– Allez-y, dit Liz. Moi, je... j'essaie d'arrêter.

– Très bien, je reviens tout de suite, dit Werner.

Il prit son assiette et s'éloigna. Liz arrangea la manche droite de sa veste, vérifiant que le petit micro était bien dissimulé. Elle jeta un regard alentour, ouvrit son sac/Filofax à la page centrale, où on lisait : Bonjour. Mon nom est Werner Brandes. Ma voix est mon passeport. Vérifiez-moi.

Elle barra le mot « Bonjour » et referma le Filofax au moment où Werner revenait, son assiette débordant de pois chiches et d'oignons nouveaux.

Liz sourit et se déplaça pour s'asseoir à côté de lui. Elle lui posa une main sur l'épaule, le micro à quelques centimètres de la bouche de Werner. Il eut du mal à dissimuler sa panique, rougit et enfouit son nez dans son assiette.

– Vous... vous avez un nom si intéressant, dit Liz. Comment le prononce-t-on exactement ?

– Mmmnnner Mmmmmdess, fit-il, la bouche pleine.

Liz se retrouva nez à nez avec sa nuque, comme il plongeait à nouveau dans sa salade. La soirée promettait d'être longue. Elle commença à déboutonner le col de son chemisier, puis se ravisa. Dès que le serveur fut dans les dix mètres, elle attira son attention et commanda à boire. Puis se carra sur son siège.

44

Une lumière verte clignotait insidieusement sur une petite boîte d'acier feuilleté dans l'appartement de Liz. Bishop et Crease se tenaient derrière et firent un signe de tête à Maman, à l'autre bout de la pièce. Ce dernier laissa tomber une grande plume et une alarme se mit à hurler.

– Il peut entendre une mouche péter à cinquante mètres, dit Crease. C'est un capteur infrarouge/ultrasonique. Le meilleur détecteur mouvement/chaleur combinés sur le marché.

Il le rerégla et souffla dessus. L'alarme hurla.

– Il réagit aussi aux variations thermiques, expliqua-t-il.

– Il y a un happy end quelque part ? dit Bishop, l'air découragé.

– Regarde, dit Maman.

Il lâcha une balle de ping-pong au-dessus du capteur. Rien ne se passa. Maman était radieux.

– Parfait, fit Bishop. Il me reste plus qu'à me faufiler dans une balle de ping-pong et vous les mecs, vous me ferez rouler dans la pièce.

– Pas si vite, dit Crease. On peut déjouer ce capteur soit par la taille soit par la vitesse.

Il enveloppa son bras d'un échantillon de tissu caoutchouteux. Puis le passa très lentement devant le détecteur. Pas de réaction.

– Si on t'habille avec ça, dit Maman – on pourrait appeler ça une combinaison furtive – et qu'on amène la température de la pièce à 36°3, j'estime ta vitesse de déplacement maximale à onze centimètres/seconde.

Bishop fixa Maman comme s'il avait perdu l'esprit.

– C'est toi qui pratiques le taï chi, dit-il en souriant. Tu es entraîné pour ce genre de truc, Dieu merci.

– Tu plaisantes ! dit Maman.

– Enfin, voyons, ce sera de la rigolade pour toi, dit Bishop.

– Tu veux que j'enfile une combinaison de caoutchouc, que je m'arrange pour éviter des vigiles armés de fusils à pompe, tout ça pour aller m'enfermer dans une pièce où si je bouge plus vite que cinq centimètres par seconde, je tombe entre les griffes de la Mafia ? Tu appelles ça une partie de rigolade ? s'insurgea Maman.

– Tu es si négatif, dit Bishop.

– Je peux pas faire ça, dit Maman.

– Pourquoi ? demanda Bishop.

– S'il m'arrive quelque chose, qui s'occupera de Whistler ? lâcha-t-il.

Il y eut un silence embarrassé. Whistler arrêta ses occupations et pencha la tête. Maman regardait Bishop d'un air implorant. Ce dernier eut un sourire mélancolique.

– Hé, Maman ? dit Whistler.

– Ouais ?

– S'il arrive quelque chose à Bishop, qui s'occupera de toi ?

Huées et rires des Experts. Maman mit quelques secondes à trouver ça drôle, mais il y vint.

– Tout bien réfléchi, c'est à moi d'y aller, dit Bishop. Maman est une trop grosse cible.

Maman, reconnaissant, lui tendit un répondeur à l'air familier.

– C'est le même modèle de répondeur dont Janek s'est servi comme boîtier, expliqua-t-il. J'ai pensé que tu aimerais t'entraîner avec, te familiariser avec son poids.

Crease sourit.

– C'est toujours les mêmes qui s'amusent, dit-il, se dirigeant vers la porte.

Maman lui emboîta le pas. Bishop regarda le répondeur comme s'il s'agissait d'un rat mort. Il le plaça sous son bras et tenta de traverser la pièce à dix centimètres /seconde. Il se déplaçait comme une mante religieuse arthritique. L'alarme se mit à hurler.

45

Liz était seule dans le box en vinyle. On avait donné un coup de chiffon à la table, sur laquelle ne restaient plus que leurs verres à elle et à Werner, plus la bougie dans son treillis de plastique. Le restaurant était vide, on avait retourné les chaises sur les tables voisines et un aide-serveur vidait le salad-bar. Liz avait l'air éreintée, mais elle serrait les mâchoires vaillamment, comme le petit Hollandais qui avait colmaté la brèche de la digue avec son doigt.

Elle ouvrit son sac/Filofax et passa en revue la phrase-clé : Bonjour. Mon nom est Werner Brandes. Ma voix est mon passeport. Vérifiez-moi. Tous les mots étaient barrés, sauf un : « passeport ». Liz referma l'agenda d'un coup sec en voyant approcher Werner, qui vérifiait s'il avait bien remonté la fermeture Eclair de sa braguette. Il alla s'asseoir en face d'elle.

– Et si on parlait voyages ? fit Liz, avec un intérêt primesautier, pêché Dieu sait où. Où préféreriez-vous aller ? En Europe ? Au Mexique ?

– Je ne sais pas. Je n'ai jamais quitté le pays, dit Werner.

Il jeta un coup d'œil à la ronde vers le barman et le serveur qui les toisaient avec lassitude.

– Je crois qu'ils veulent qu'on s'en aille.

Il se glissa hors du box et resta là, les bras ballants, debout devant elle.

Liz tendit la main, l'agrippa par la manche et, le tirant, le fit asseoir près d'elle.

– Ne me dites pas qu'un vrai homme comme vous se laisse marcher sur les pieds par les barmen et les garçons de salle, fit-elle d'un ton badin, en lui souriant. Vous savez, j'aime vraiment le son de votre voix.

Elle inclina la tête, lui lançant une œillade.

– Sérieux ? fit-il. Je l'ai toujours trouvée nasale et pincée.

– Non, elle est très agréable, dit Liz. Et puis il y a ce mot... je... j'ai toujours adoré ce mot. Oh, vous ne voudrez pas. Peu importe. Vous penseriez que je suis stupide.

– Mais non. C'est quoi ? demanda Werner.

– Eh bien, voilà. Je meurs d'envie de vous entendre dire le mot « passeport », avoua Liz.

Il la regarda de travers.

– Vous me faites marcher, dit-il. Je n'ai pas un sens de l'humour très développé, vous l'avez peut-être remarqué. On s'est assez moqué de moi pendant mon enfance, j'ai fait le plein pour le reste de mes jours. Il est temps d'y aller.

Et il fit mine de se lever une fois encore.

– Werner ! Mon cher Werner, fit-elle, le refaisant tomber sur la banquette et se collant à lui. Je ne suis pas en train de vous faire marcher. C'est simplement... quand ça flashe entre deux personnes, comme ça a flashé entre nous, et que l'une des deux demande à l'autre de lui faire un petit plaisir, comme ça sans raison, ne pensez-vous pas que la seconde devrait faire ce petit plaisir, aussi stupide soit-il, à la première ?

Elle le regardait au fond des yeux.

– Vous voulez que je fasse quelque chose ? dit Werner.

– J'aimerais vraiment voir votre passeport, répliqua Liz.

Werner haussa les épaules.

– Vous aimeriez voir mon... ?

Liz fit oui de la tête. Werner haussa encore une fois les épaules.

– Je n'en ai pas. Et pourquoi aimeriez-vous voir mon passeport ?

Liz devint rayonnante et l'embrassa sur la joue. Il en fut tout émoustillé.

– Passeport, passeport, passeport ! répéta Werner, tout excité.

– S'il vous plaît, s'exclama Liz, fermant les yeux de soulagement. N'en abusons pas dès le premier rendez-vous.

Elle le poussa devant elle hors du box et fonça vers la porte. Werner la suivit, au septième ciel. Il n'avait pas la moindre idée d'où sortait Liz, mais était enchanté de son apparente prouesse. Il la rattrapa.

– Aimeriez-vous prendre le petit déjeuner avec moi un de ces jours ? demanda-t-il.

– O.K., d'accord, dit Liz.

– Je vous téléphone... ou quoi ? dit Werner.

Liz tailla la route et franchit la porte, sans tourner la tête.

Werner lui emboîta le pas hâtivement, tâtant sa veste pour vérifier une dernière fois qu'il n'avait perdu ni ses clefs ni son portefeuille.

46

Il régnait un silence de mort dans l'appart' de Liz. De la salle de bains filtrait une lumière tamisée, révélant les Experts couchés qui sur les divans, qui par terre. Pourtant l'un d'entre eux ne dormait pas, et un œil vert le regardait. Bishop, en équilibre, une jambe en l'air, les deux bras étendus, continuait à répéter sa marche à « dix centimètres/seconde » en direction du capteur infrarouge.

La porte d'entrée s'ouvrit et Liz entra, sa microcassette à la main. Apercevant Bishop frais et dispos, elle annonça triomphalement :

– Je l'ai !

Bishop sauta en l'air. L'alarme déclencha son hurlement. Et les Experts, arrachés à leur sommeil, se levèrent en titubant, terrorisés.

– On bouge plus ! beugla Crease, qui avait du mal à mettre la main sur son flingue.

Liz cria. Maman rugit. Bishop ne fit qu'un bond jusqu'au détecteur et l'arrêta.

– O.K., O.K., O.K., fit-il à voix haute, levant la main pour calmer le jeu.

Il fallut un moment aux diverses parties pour retrouver un semblant de tranquillité – le quotient anxiogène était des plus élevés dans ce groupe.

– Je l'ai, répéta Liz faiblement, montrant la microcassette.

Les membres de l'équipe ne lui offrirent qu'un assortiment de bravos timides, le mieux qu'ils purent faire avec les nerfs en pelote. Ils s'affalèrent sur leurs couches et tâchèrent d'effacer l'incident de leur mémoire.

Liz donna la microcassette à Bishop, qui la prit. Puis il l'accompagna jusqu'à la porte de la chambre à coucher, enjambant des corps.

– Beau travail, fit-il. Merci.

– Je dirai même plus, fit Liz. Il m'a demandé de sortir avec lui demain soir.

Bishop émit un petit rire et Liz ajouta :

– Je lui ai dit oui.

– Ah bon ? fit Bishop, tentant de dissimuler sa surprise – ou était-ce une pointe de jalousie ?

– Euh euh, fit Liz, ravie de la chose. Eh bien, il est mignon. Et pas con du tout. Et puis, tu sais, il a l'air de... m'apprécier... beaucoup.

Son regard se perdit dans le vague. Bishop parut paniquer pour de bon. Puis Liz revint sur terre.

– C'est bien pour demain soir, n'est-ce pas ? demanda-t-elle, avec un léger sourire.

Le soulagement de Bishop fut visible. Il la considéra, impressionné.

– J'ai supposé que tu préférerais qu'il ne se pointe pas à son bureau au mauvais moment, alors..., dit-elle.

– Eh bien, vu que tu as tant de succès, dit Bishop, je ferais peut-être mieux de prendre une option pour après-demain soir.

– Après-demain soir ? répéta Liz, perplexe, comme si inconsciemment pour elle le lendemain soir marquait la fin, d'une façon ou d'une autre. A présent, lui venait la pensée consciente qu'il pourrait bien ne pas y avoir d'après-demain pour Bishop. Ils étaient au seuil de la chambre.

– Volontiers, fit-elle, répondant à sa question.

– Ouais, dit Bishop, grimaçant un sourire.

– Ça va ? dit Liz. Tu as l'air très tendu.

– Ouais, tu sais ce que c'est, dit Bishop.

– Bishop, qu'est-ce qui te fait croire que tu peux y arriver ? demanda Liz, lui touchant le bras.

– J'ai le choix, tu crois ? dit-il.

– Et après ? dit-elle. Qu'est-ce que tu comptes faire ?

– J'aimerais vraiment... avoir une vie à moi, répondit-il. J'ai vu des photos, ça a l'air sympa.

Il sourit.

– J'aimerais récupérer mon vrai nom. Et faire peut-être certaines choses que je ne me suis pas permis de faire correctement la première fois.

Il y eut un long silence durant lequel chacun d'eux se demanda quel nombre de personnes allait finir par franchir la porte de la chambre – une, ou deux ? Deux voix contradictoires se renvoyaient la balle à l'intérieur de Liz, et finalement l'une d'elles eut le dernier mot et la convainquit qu'elle avait déjà eu son content de peines de cœur avec cet homme pour toute une vie.

– Eh bien, bonne nuit, dit-elle.

Liz l'embrassa sur la joue, sans arrière-pensée. Il l'arrêta et lui prit les lèvres. Ni l'un ni l'autre ne baissa les yeux. Puis ils se séparèrent. Liz pivota lentement, entra et ferma la porte derrière elle. Sauvée par le gong, lui souffla la voix. Mais l'autre l'asticotait aussi : Qui ne risque rien, n'a rien.

Bishop se fraya un chemin jusqu'à une portion de moquette libre dans le couloir. Il prit un oreiller au passage et se coucha, son blouson de base-ball lui tenant lieu de couverture.

Liz ôta tailleur et chemisier de soie, puis jeta le tout dans le coin de l'armoire destiné au pressing. Elle entra dans la salle de bains, en slip et soutien-gorge. Elle se contempla dans le miroir. Alors elle se détourna et revint jusqu'à la porte qui donnait sur le salon.

Bishop se leva et, pieds nus dans le couloir, gagna la porte de la chambre de Liz. Et il resta là, le front posé contre le battant.

De l'autre côté de la porte, Liz posa sa main sur la poignée. Elle entendit à nouveau ses voix. Elle retira sa main et repartit vers le lit.

Bishop fit de même et regagna à pas de loup sa couche sur le sol.

47

Le jardinier mexicain plutôt enveloppé, mû par la conviction que la bordure d'azalées roses de l'entrée manquait de couleurs, avait brouetté un surcroît de fleurs rouges pour les planter à chaque coin et à chaque extrémité des rangées.

Vêtu d'une combinaison kaki et protégé des ardeurs du soleil par un vieux chapeau de toile, il était agenouillé dans la terre et travaillait dur, déplantant et plantant, coupant et taillant. Bientôt sa belle moustache à la Zapata dégouttait de sueur. Il fut alors rappelé à l'ordre par un besoin naturel. Il empocha ses cisailles, déposa avec soin son déplantoir dans la brouette et gravit timidement le perron de la Playtronics.

Il traversa le hall d'entrée où se voyaient de grandes illustrations de jouets aux couleurs primaires et s'approcha du gardien, en hésitant. Ce dernier leva les yeux de son numéro du *Star*.

– *Muy caliente*, dit le jardinier. *Hay bano en este piso? Es urgente.*

Le gardien, bajoues et cou de taureau, le regarda, yeux mi-clos.

– Toilettes? tenta le jardinier, en anglais cette fois.

Le vigile lui montra du doigt une porte non loin de là. Le jardinier s'y dirigea vite fait, avec un sourire de gratitude.

Une fois dans les toilettes, le jardinier se débarrassa du chapeau et de sa moustache, qui le gênaient, et les fourra dans sa poche. C'était Maman. Il alla directement dans le dernier box et, grimpé sur la cuvette, retira quatre carreaux au coin du plafond.

Il se hissa par l'ouverture, tour de force vu son tour de taille. Les pompes payaient finalement. Après moult ahanements, il disparut.

Le gardien, au poste de surveillance, releva le nez de son *Star* et jeta un œil en direction des toilettes. Ça faisait déjà un moment que ce jardinier aurait dû en sortir. Il se leva et se dirigea sans se presser vers la porte, vérifiant qu'il avait bien son arme. Il passa la tête à l'intérieur et ne vit personne. Il s'accroupit et regarda si des pieds dépassaient au bas de la porte des boxes. Rien ni personne. Il revint vers son comptoir, perplexe. Y avait-il là de quoi s'en faire ? Devait-il appeler son supérieur hiérarchique ?

C'est alors qu'il remarqua le jardinier, de retour à l'extérieur, plantant ses azalées. Le gardien le regarda avec des yeux ronds, et en se creusant la cervelle. Puis il haussa les épaules, secoua la tête, se réinstalla sur son tabouret et reprit sa lecture du *Star*.

Dehors, Carl, vêtu exactement comme Maman, moustache comprise, continua de jardiner.

Maman était accroupi dans le renfoncement vertical qui courait de bas en haut de la cage d'ascenseur, où la cabine descendait bruyamment. Elle passa devant lui et s'arrêta au rez-de-chaussée. Maman savait qu'il devait sauter. Mais il était tellement terrifié qu'il était au bord des larmes. Il n'était pas vraiment taillé pour ce genre de sport. Il se signa. Puis sauta. Il s'accrocha aux gros câbles qui soutenaient l'ascenseur. L'une de ses mains glissa et lâcha le

câble, mais il s'arrangea pour s'y cramponner de l'autre. Il s'agrippa aux câbles de toute sa corpulence tandis que la cabine l'entraînait au sous-sol.

Whistler, dans la fourgonnette, achevait de retoucher la microcassette. Il arrêta la bande sur sa table de montage et effectua une coupe en biais. Puis il raccorda avec un autre bout. Ecoutant de toutes ses oreilles, il fit défiler la bande dans un lecteur pour contrôler le résultat.

– Bonjour... Mon nom... Est... Werner Brandes... Ma... Voix... Est mon... Passeport... Vérifiez... Moi.

Whistler opina du bonnet, avec satisfaction.

Maman se laissa glisser le long de la cabine de l'ascenseur, gagna le renfoncement sur la pointe des pieds et s'y aplatit autant que faire se pouvait pour un individu aux formes rebondies comme les siennes. L'ascenseur redémarra vers le haut. Une fois la voie libre, Maman sortit avec précaution de la cage d'ascenseur. Il traversa rapidement le sous-sol et ouvrit la porte qui menait à la chaufferie, faiblement éclairée.

Il alla directement à un placard métallique accroché au mur qui faisait face à la porte. Il l'ouvrit et balaya du pinceau lumineux de sa mini torche les rangées de thermostats électromécaniques. Au bas de la seconde, il tomba sur un où était marqué 315-ORDINATEURS. Il y connecta un boîtier de contrôle de température digital, bidouillé pour survolter le thermostat automatisé de la Playtronics. Au dos de ce survolteur, on pouvait lire sur l'afficheur numérique du haut : TEMPÉRATURE VISÉE : 36°3, et sur celui du bas : TEMPÉRATURE AMBIANTE : 21°

Maman activa le survolteur. Non loin de là, la chaudière rugit sous la poussée de flamme. L'afficheur TEMPÉRATURE AMBIANTE commença à clignoter : 21°1... 21°2... 21°3.

On descendait en courant d'un pas lourd l'escalier. Maman referma à la volée le placard mural et rampa derrière la chaudière. Un vigile se précipita dans la pièce en jurant.

– Tu m'prends pour qui ? Un putain de concierge ? ronchonnait le gardien.

Il fouilla dans un recoin de rangement en vociférant son monologue.

– J'ai suivi un super entraînement paramilitaire ! J'suis pas un larbin ! J'ai été formé au maniement des armes automatiques, des explosifs à grande puissance et au fin du fin des mesures antiterroristes !

Il tapa du pied en s'éloignant, les bras chargés de rouleaux de papier hygiénique. Il ouvrit violemment la porte de la chaufferie, traversa le sous-sol et se réengouffra dans l'escalier.

Maman sortit de derrière la chaudière, dégoulinant de sueur.

48

– Il commence à faire chaud ici, dit Liz à son compagnon d'un soir, le fringant Werner. Ce soir-là, Werner portait sa tenue domestique : un T-shirt trop grand avec GENTIL UTILISATEUR sur le devant et MAD (MALE, ACCÈS DIRECT) dans le dos, qu'il avait fourré dans un short tyrolien qui bâillait, retenu par des bretelles. Accoutrement que Liz évitait de regarder, avant de le fixer de nouveau, avec inquiétude. Werner préparait à « Doris, son repas spécial « microbiotique », dans son appartement près du campus de Stanford.

– Vous n'y voyez pas d'inconvénient ? fit Liz, traversant la cuisine pour aller ouvrir la fenêtre. Elle s'appuya au rebord, jouant les séductrices. Ce soir-là, Liz portait un pantalon noir moulant, des chaussures à talons, et un sweater en cachemire à manches longues, dont le col cheminée lui remontait presque au menton.

– Non non aucun, fit Werner, hachant carottes, fenouil, navet et poisson-chat cru en minuscules cubes. Faites comme chez vous.

Il l'examina un instant avec fierté, en admiration devant elle, ne croyant pas à sa bonne fortune. Liz était ravissante, toute en onctuosité collet-monté.

– Vous faites souvent la cuisine ? lui demanda Liz, d'un ton intéressé.

– De temps en temps, dit Werner. J'aime à toucher les

ingrédients, la nourriture crue, à nu en quelque sorte, expliqua-t-il. C'est, comment dire, d'une telle sensualité... vous savez.

Il portait de gros gants de caoutchouc jaunes. Comme il se baissait pour attraper dans un placard un couvercle de casserole, Liz plongea prestement la main dans la poche intérieure de sa veste, qu'il avait posée sur le dossier d'une chaise près d'elle.

– Je sais que c'est drôle à dire, fit-il, mais à mon avis la nourriture est une expérience qui réclame du cœur à l'estomac. Ah ah, elle n'est pas très bonne, j'en conviens.

– Ah ah, mais si mais si, elle est excellente ! affirma Liz souriante.

Werner se détourna pour surveiller la cuisson de ses légumes à la vapeur. Liz continua de lui parler tout en faisant passer son portefeuille, qu'elle dissimulait derrière son dos, par la fenêtre.

– Pourquoi vous appelez ça de la nourriture microbiotique ? lui demanda-t-elle, agitant le portefeuille frénétiquement.

Une main s'éleva des arbustes et s'empara du portefeuille. C'était Carl. Il s'accroupit dans la poussière et fouilla son butin.

– Vous allez voir, dit Werner. Elle ne contient que des micro-calories, graisse animale zéro, cholestérol zéro, et des fibres végétales. Le tout poché dans du mousseux. Sans adjonction du tueur secret.

– C'est-à-dire ? demanda Liz.

– Le sel, dit Werner. Vous allez trouver ça super, je vous avertis. C'est l'un des trois trucs que je réussis vraiment bien. Pour celui-là, tout est dans la présentation. Ma griffe, quoi. Vous verrez. Vous voulez un autre verre pendant que je pile ces blancs de volaille ?

– Non, ça va bien, dit Liz, regardant Werner étalant les blancs et commençant à les piler avec un maillet denté.

– Piler la viande revient à la pré-digérer, dit Werner.

C'est beaucoup mieux que l'attendrir. Je n'utilise aussi que du poulet fermier. Bien qu'en fait il n'existe aucun critère gouvernemental quant au sens de cette appellation. Genre, j'veux dire, est-ce une grosse ferme ? Qu'est-ce qu'on y cultive ? Donc on ne sait vraiment jamais.

– Vous faites très attention à ce que vous mangez, hein ? dit Liz.

Dehors, Carl passait en revue le contenu du portefeuille.

– C'est drôle que vous me disiez ça, fit Werner. J'ai cherché quelle était l'alimentation idéale. Et vous savez ce que c'est ? Promettez-moi de ne pas rire.

– C'est quoi ? dit Liz, les yeux brillants de curiosité.

– La litière de la cage d'un singe. Là, je savais que ça vous ferait rire, fit-il, tandis que Liz s'efforçait de lui cacher son écœurement.

– Qu'est-ce que c'est que cette histoire ? dit-elle.

– C'est la vérité, reprit-il. Céréales, fruits, graines. Basses calories, riche en fibres. Les singes pourraient nous en apprendre.

– Fascinant, dit Liz, jouant les pensives.

Dans les buissons, Carl trouva ce qu'il cherchait – la carte d'accès électronique de la Playtronics. Il se releva et poussa un cri d'oiseau si mal imité que n'importe qui l'entendant aurait compris qu'il s'agissait d'un signal.

– Vous ne le croiriez pas, dit Werner, mais grâce à ce régime de singe sans graisse, j'ai perdu quinze kilos. Je remplissais ce truc sans problème, ajouta-t-il, en lui montrant comme il nageait dans son short tyrolien.

– Non. Quinze kilos ? fit Liz, qui recula à nouveau vers la fenêtre.

– Oui, dit Werner. Vous voyez un sac de sucre de cinq kilos ? Eh bien, imaginez...

– Oh mon Dieu, c'est quand même pas un cafard ? dit Liz, doigt tendu.

Soucieux, Werner se mit à inspecter les alentours du garde-manger, que Liz lui avait désignés.

Cette dernière tendait déjà sa main derrière son dos par la fenêtre, quand Werner se redressa brusquement, haussant les épaules.

– *Nada*, dit-il.

– Vous avez dû lui faire peur, dit-elle. Merci d'avoir pris cette peine. J'aime les hommes propres.

Werner sourit de contentement et retourna à son pilonnage.

– De toute manière, continua-t-il, j'ai découvert que le poulet est l'aliment clé de la cuisine mondiale. C'est quasiment la nourriture universelle.

Il retourna les blancs et les pila encore un peu.

– C'est une recette française. J'appelle ça *Poulet au Bleu* parce que je le poche cru dans le mousseux. Le seul inconvénient, et ça arrive tout le temps...

– Je crois qu'on a frappé, dit Liz, regardant vers le vestibule.

Werner ôta ses gants de caoutchouc et alla jusqu'à la porte d'entrée. Liz tendit la main rapidement derrière elle et Carl y fourra le portefeuille. Elle le ramena à l'intérieur et le reglissa dans la poche de la veste de Werner, juste avant qu'il ne se retourne vers elle.

– Y a personne, fit-il, renfilant ses gants. Pas un chat à part nous.

Carl traversa d'un sprint la pelouse de l'immeuble, franchit d'un saut une petite haie et courut jusqu'à sa voiture.

– Une petite faim ? dit Werner aimablement.

– Oui, pas vous ? dit Liz, poussant un soupir de soulagement.

49

La carte d'accès électronique de Werner passa sous le détecteur laser.

Au Q.G. De la sécurité de la Playtronics, derrière les ascenseurs du premier étage, le tintement alerte de la sonnerie fit se retourner les deux gardiens. Ils scrutèrent une rangée d'écrans de télévision en circuit fermé. Un ordinateur tapa automatiquement sur papier serpente : 23/06/92 – 19 :28 – Werner Brandes – Entrée Principale.

A l'entrée, Bishop, serviette à la main, lunettes sur le nez et badge d'identification de Playtronics portant sa photo, fut admis automatiquement dans les lieux et passa devant le vigile qui, plongé dans *Soldier of Fortune*, leva à peine les yeux.

Bishop, s'efforçant de ne pas trahir sa nervosité, laissa de côté les ascenseurs et continua dans le couloir jusqu'à la cage d'escalier. Il grimpa vivement les marches jusqu'au palier du premier étage où deux caméras de surveillance étaient fixées au mur côte à côte, l'une axée vers le haut et l'autre vers le bas.

Passant en dessous, en évitant de se trouver dans le champ, Bishop tira un petit émetteur de sa serviette et, d'un seul coup d'un seul, agrafa ses deux branchements à un câble, puis le poussa derrière l'une des deux caméras. Il continua à monter l'escalier.

La fourgonnette des Experts était garée à un bloc et

demi de là, dans la rue bordée d'arbres, avec une vue imprenable sur la Playtronics.

A l'intérieur, Crease et Whistler, coiffés de casques audio, attendaient, assis devant la régie vidéo. Tout à coup, les huit moniteurs s'allumèrent, donnant à Crease « le point de vue d'un vigile » sur l'intérieur de la Playtronics.

Les trois premiers moniteurs montraient l'entrée principale, le Piégeur du troisième étage et une aire de service à l'arrière du bâtiment. Les cinq autres montraient à tour de rôle une série de couloirs, d'escaliers et de portes dans tout le bâtiment, l'image changeant toutes les vingt secondes.

– Tu montes tout droit vers le Piégeur, dit Crease dans son casque audio.

Sur l'un des moniteurs, il voyait Bishop montant l'escalier qui arrivait au troisième étage. Quand ce dernier tourna le coin, il disparut de l'écran de ce moniteur pour réapparaître sur un autre qui couvrait le couloir du troisième étage.

Bishop, relié à la fourgonnette par un minuscule tuyau de plastique transparent, qui partait de ses lunettes pour rejoindre son oreille, fit halte devant le Piégeur. ZONE HAUTE-SECURITÉ : ACCÈS INTERDIT SANS AUTORISATION, pouvait-on lire. Bishop lutta contre son désir de jeter un coup d'œil derrière lui dans le couloir et pénétra d'un pas assuré dans la cabine métallique. Il sortit la carte d'accès de Werner pour la seconde fois et l'introduisit dans la fente prévue à cet effet. La porte coulissante se referma dans son dos.

Bishop tira une mini radiocassette de la poche de sa veste sport et, la tenant à trente centimètres du micro du Piégeur, le mit en route :

– Bonjour. Mon nom est Werner Brandes. Ma voix est mon passeport. Vérifiez-moi.

Bishop, anxieux, attendit que la voix soit analysée. Silence.

Dans la fourgonnette, Crease et Whistler suaient à grosses gouttes.

Quelqu'un sortit d'un bureau au bout du couloir et se dirigea vers le Piégeur. Bishop n'osa pas se retourner. A ce moment précis, l'écran du Piégeur s'alluma et il put lire : MERCI, WERNER. La porte menant à la zone de haute-sécurité s'ouvrit en glissant sans bruit. Bishop répondit, formant la phrase avec ses lèvres sans émettre de son, « Merci à Toi ».

Dans la fourgonnette, Crease vit Bishop sortir du Piégeur.

– Oui ! souffla-t-il.

Bishop pressa le pas pour être sûr d'avoir tourné l'angle quand l'employé qui le suivait sortirait du Piégeur. Il remarqua que les gaies couleurs de la Playtronics avaient disparu et cédé la place à un gris mat sur les murs. Il marchait maintenant sur de la moquette industrielle. Chaque porte, métallique, était hermétiquement fermée et chacune était flanquée d'une fente pour carte électronique. Les fenêtres étaient lourdement grillagées. Aucun tableau sur les murs. Des fils gainés reliaient le plafond à chaque chambranle.

Bishop prit un autre couloir et s'approcha de la Salle d'Ordinateurs, où il avait été détenu et où Cosmo avait déliré sur les occasions et les maux du Monde de l'Après-Communisme. Comme il passait près de la porte, sur laquelle on lisait ENTRÉE INTERDITE, un détecteur de mouvement incroyablement sensible déclencha une voix synthétique : VOUS ÊTES PRIÉ DE RECULER. VOUS VENEZ D'ACTIVER MON SIGNAL DE CONTRÔLE DE PROXIMITÉ. INTRODUISEZ VOTRE CARTE D'ACCÈS ET ATTENDEZ MON AUTORISATION. Bishop crut avoir une attaque quand la voix s'éleva.

On n'en menait pas plus large dans la fourgonnette.

– Excuse-moi, dit Crease dans le casque. C'est un nouveau truc de sécurité qui ne figure pas sur les plans que j'ai. J'espère seulement qu'il n'y en aura pas d'autres du même genre.

Bishop tâcha d'apaiser les battements de son cœur, alors

qu'il s'avançait vers le bureau de Werner, juste à côté, et introduisait sa carte d'accès. Il y eut un déclic et la porte s'ouvrit.

Au poste de garde du premier étage, l'imprimante de l'ordinateur cracha du papier serpente : 23/06/92 – 19 :35 – Werner Brandes – Entrée Pce 317.

Bishop entra en refermant la porte derrière lui, s'assura qu'elle était bien fermée et poussa un ouf de soulagement.

– Jusque-là, c'est tout bon, chuchota-t-il dans le micro fixé dans sa manche.

– Maintenant, ça se corse.

50

Momentanément à l'abri, Bishop se dirigea vers le bureau de Werner et ouvrit sa serviette, d'où il retira quelques outils. Il ôta sa veste, puis le reste de ses vêtements. Il portait en dessous une combinaison isothermique en néoprène noir.

– L'Etrange Créature du Lac Noir, fit Whistler dans la fourgonnette, comme s'il pouvait suivre chaque mouvement de Bishop.

– Je suis déjà en train de bouillir là-dedans, grommela Bishop à voix basse. La prochaine fois, je reste dans la fourgonnette et Whistler s'y colle.

– Prêt à aller sur le terrain, m'sieur l'Entraîneur, fit Whistler.

Maman, en bas dans la chaufferie, suait abondamment. Il ne quittait pas des yeux l'afficheur au dos du thermostat : 29° et ce n'était pas fini. Il s'éventait avec un journal et se tenait aussi loin de la chaudière qu'il le pouvait. Il s'affala dans un coin comme un tas de chiffons, haletant comme un chien.

A présent, sur le sol du bureau de Werner, il y avait une pile de carreaux insonorisants et, juste en dessous d'un trou dans le plafond, une chaise posée sur une table. Les pieds gainés de néoprène de Bishop disparaissaient, en direction de la Salle d'Ordinateurs voisine.

Bishop crapahuta le long du faux plafond, au dessus du

troisième étage, jusqu'à rejoindre l'angle de la Salle d'Ordinateurs. Il resta là, à l'écoute, s'assurant doublement que leurs renseignements étaient exacts – la pièce, bourrée d'appareils, était vide.

– Je vais desceller, chuchota-t-il dans son micro.

– Rien de changé, vu d'ici, lui dit Crease à l'oreille. Tu peux y aller franco.

Bishop retira prudemment un carreau insonorisant au coin du plafond et risqua un œil. Tout était calme. Il en retira trois de plus, passa la tête par le trou et scruta la salle.

Dans son périmètre vitré, le Cray, l'ordinateur géant vert et or, était relié à la boîte noire par un cordon ombilical argenté. Elle était posée sur un bureau sans autre protection que la porte verrouillée donnant sur le couloir et le capteur ultrasonique à l'œil vert.

Bishop tendit le cou, fouillant la pièce du regard. Il n'apercevait nulle part le « tueur » à l'œil vert. Il dut se pencher davantage.

– Je ne vois pas le cyclope à l'œil vert, dit-il.

Les occupants de la fourgonnette échangèrent des regards perplexes.

– Whistler, t'es absolument sûr d'avoir bien entendu ?

La voix de Bishop leur parvenait dans leurs casques audio.

– Je ne vois clignoter aucun Œil de Lynx TDS-1000... Aaagghh !

– Tu l'as trouvé, dit Whistler. Probable que tu l'avais pile sous ton nez.

– Ahhh... wouah, quelle connerie, souffla Bishop, se rehissant dans son trou à l'extrême ralenti. Il est juste en dessous de moi sur la gauche. Je suis derrière lui, maintenant.

A gauche, au-dessous de lui, le capteur hypersensible clignait de son œil d'émeraude, vigilant et silencieux.

Bishop descendit la fermeture Eclair de sa combinaison de quelques centimètres et en extirpa un détecteur d'ultra-

sons. Il ressemblait à une télécommande munie d'un mamelon de verre au bout. Bishop le descendit très lentement à travers l'ouverture. Aucun son. Il l'abaissa encore plus dans la pièce, en l'éloignant de l'angle. Il se mit à tictaquer.

– Il y a un espace d'un mètre environ dans le coin, qui est hors de portée du capteur, murmura Bishop dans le micro.

– Bien, attends, lui dit Crease à l'oreille. Où en est-on, Maman ?

Suant et soufflant, assommé par la chaleur, Maman hissa sa grande carcasse et tituba jusqu'au thermostat. Il vérifia l'afficheur digital.

– Eh ben, on a ici un petit 36°3, qui se maintient. Et une bonbonne chauffée à blanc. Je peux sortir de là-dedans, s'il vous plaît ?

– Pas question, mec, lui dit Crease à l'oreille. Tout le monde reste en position. Vas-y, Bish'.

Maman regagna son coin mollement, en se débarrassant de sa chemise. Après l'avoir proprement essorée, il s'en couvrit la tête et se rassit.

Bishop commença à se laisser descendre dans la « zone libre », dans l'angle mort de la Salle d'Ordinateurs; il allait se livrer au dangereux ballet qu'il avait répété.

51

Dans l'appart' de Werner, il faisait à nouveau très « chaud ». Liz, alarmée, voyait Werner la serrer de plus en plus près sur le canapé.

– C'était délicieux, vraiment délicieux, disait Liz.

Devant elle, sur la table basse, il y avait leurs assiettes, trois bouteilles de vin et plusieurs verres à moitié pleins. Les deux assiettes de Werner étaient vides. L'une de celles de Liz contenait un demi-*poulet au bleu* surnageant dans une sauce au beurre fondu, qui avait pris la consistance du goudron. Sur l'autre, étaient disposés divers cubes de légumes en cercles concentriques, agrémenté chacun d'un petit oignon perle ou d'une pomme vapeur pour simuler des électrons gravitant autour du noyau d'un atome. Liz avait grignoté du bout des dents un tout petit angle de légumes, ce qui laissait quasiment intacte la présentation culinaire.

– Je n'ai simplement pas osé y toucher, vous comprenez, dit-elle. C'est tellement superbe.

– Les carottes sont trop cuites, dit Werner.

– Ah non, je les aime bien spongieuses comme ça, fit Liz, en en piquant quelques-unes au bout de sa fourchette au troisième rang.

Werner, faisant mine de bâiller, en profita pour glisser subrepticement son bras derrière elle. Liz sentit son poil se hérisser et décida aussitôt qu'il était temps de se montrer éblouie par le choix raffiné des vins.

– Quel était ce vin fabuleux qui accompagnait le poulet ? dit-elle. Je n'ai jamais rien goûté de pareil.

Le visage de Werner s'illumina.

– Oh, un excellent vin d'Alsace, dit-il avec le petit gloussement du connaisseur. Un Lacrimae Sanctae Odiliae. Pas si facile que ça d'en dénicher à Silicon Valley.

– Je n'aurais jamais cru que vous étiez un si fin connaisseur en vins, fit-elle d'un ton admiratif.

– Il m'arrive de renifler les bouchons, dit-il avec modestie, faisant tourner son bordeaux rouge dans son verre. Ce Petrus, par exemple, est plus adapté à ce type de nouvelle cuisine qu'à la cuisine classique, bourgeoise, voyez-vous. Quant à la grande cuisine, si vous désirez servir un bordeaux, je vous conseillerai un Cheval Blanc.

– Où avez-vous appris tout ça ? dit-elle, émerveillée.

– En fait, ma famille avait une assez bonne cave, dit-il. Mais mon père a tout bu.

Il eut un rire amer.

– C'est vrai ?

– Bah, c'est de l'histoire ancienne, dit Werner. C'était un imbécile.

Il saisit un autre verre.

– J'aime particulièrement ce Grand Echezeaux et son goût de fût de chêne, pas vous ? Parfait pour un bourgogne.

– Euh, voyons, fit Liz, levant son verre et sirotant le bourgogne. Hum, je vois ce que vous voulez dire.

Elle eut un hochement de tête montrant qu'elle appréciait. Elle se creusait les méninges pour trouver une nouvelle manœuvre de diversion, alors que Werner insinuait à nouveau son bras autour de ses épaules.

– Qu'est-ce que c'est que ça ? fit-elle.

Coup de bol. Elle avait découvert un nouveau truc fascinant sur la table basse – un épagneul-jouet.

– Ne me dites pas que vous aimez aussi les chiens ?

Elle se pencha en avant et caressa la peluche.

– Regardez, dit Werner effleurant négligemment l'échine de Liz. Fais le mort !

Le petit chien bascula sur le côté.

Liz pensait que ça au moins c'était ingénieux. Mais il devenait malheureusement clair que ses manifestations d'enthousiasme n'éveillaient plus chez Werner qu'une idée fixe, et une seule.

– Hum, super, dit-elle platement en tentant de le repousser.

– C'est moi qui ai conçu la puce de reconnaissance de la voix, dit Werner lui massant le cou.

– Il fallait le faire, dit Liz, très mal à l'aise.

Oh mon Dieu, songea-t-elle, qu'est-ce que je vais bien pouvoir inventer maintenant ?

– Regardez, répéta Werner. Fais ta petite affaire !

Le chien leva la patte. Liz fut choquée, mais ça lui donna une inspiration.

– Comme c'est mignon, fit-elle. Où est la salle de bains ?

Werner la lui montra du doigt.

– Tout droit, dit-il.

Et comme Liz s'esquivait de la pièce, le petit chien mécanique obéit : il marcha tout droit au pas de l'oie sur la table, buta tête la première dans le sac/Filofax de Liz et l'envoya valser à terre, où son contenu s'éparpilla.

– Oh, vilain cabot, regarde ce que tu as fait au sac de Liz, dit Werner.

Il ramassa le portefeuille de Liz et allait le remettre dans le sac, quand son regard tomba par hasard sur son permis de conduire. Il changea de tête, puis s'empourpra. Elle ne s'appelait pas Doris.

Quand Liz sortit de la salle de bains, son sac/Filofax était posé sur la table comme si l'on n'y avait pas touché. Le chien-chien avait un air innocent. Et Werner était tranquillement installé sur le canapé.

Liz alla s'asseoir en face de lui, ayant peaufiné un nouveau sujet défensif.

– J'ai remarqué que tous vos livres, vos trente-trois

tours et vos CD sont classés par ordre alphabétique. Moi aussi, j'ai toujours rangé mes affaires par catégorie. Vous croyez que les cerveaux des hommes et des femmes sont intrinsèquement différents ?

– Que diriez-vous d'un petit tour en voiture... Doris ? la coupa Werner.

52

Bishop avait laissé la « zone libre » loin derrière – à un mètre cinquante à peu près. Il progressait peu à peu dans la salle surchauffée, encerclé par la menace des ultrasons et des rayons infrarouges. La boîte noire était encore à plus de sept mètres devant lui, vrai supplice de Tantale. A cette allure, ça lui prendrait la moitié de la nuit. Il essaya de se concentrer sur le coulé de ses mouvements, mais ses pensées revenaient à Liz, entre les griffes de ce techno-étudiant attardé. Il s'arrêta net, imaginant les éventualités. Continue à avancer, se dit-il. Liz est formidable, elle peut faire face à n'importe quoi.

Werner et Liz roulaient en silence aux franges de la Silicon Valley. Ils roulaient depuis quelques minutes quand Liz prit conscience avec un certain soulagement que Werner semblait à court de rodomontades. Elle remarqua son visage fermé, et soudain son silence si peu « wernérien » la rendit nerveuse.

– Super soirée, dit-elle. On rentre ? Je dois me lever tôt demain. Vous aussi, je parie.

– On y est presque, dit Werner.

– Presque où ? demanda Liz.

Il ne répondit pas et continua de conduire dans un silence glacial. Liz s'efforça de conserver son air je-peux-

faire-face-à-n'importe quelle situation, mais elle avait beau faire, elle ne voyait pas ce que ce nouveau développement pouvait augurer de bon. Les choses suivaient un cours prévisible. Si ce type avait en tête une partie de jambes en l'air, elle se sentait capable de faire front. Elle espérait que ce n'était que ça, mais ça n'en prenait pas le chemin.

Werner négocia un virage et remonta une rue bordée d'arbres, avant de s'engager dans une allée. Un bâtiment industriel tout en longueur surgit devant eux. Les phares illuminèrent le panneau de la raison sociale planté au milieu de rangées d'azalées roses et rouges : PLAYTRONICS – LOGICIELS ÉDUCATIFS ET JEUX VIDÉO.

– Qu'... qu'est-ce que c'est ? dit Liz, faisant de son mieux pour annihiler ce qui lui nouait l'estomac.

– C'est ici que je travaille... *Elizabeth*, dit Werner.

– Oh mon Dieu, fit Liz avec un petit rire nerveux, plus personne ne m'appelle comme ça.

Elle caressa l'épaule de Werner de façon badine.

– Comment avez-vous découvert mon autre prénom ? Comédien, va.

– Faites-moi un petit plaisir, vous voulez bien, dit Werner.

– D'accord, dit Liz, accentuant son consentement de la tête.

– J'ai vraiment envie de voir votre passeport, dit Werner.

Liz se sentit mal pour de bon. Elle était terrorisée. Elle le regarda, effarée, comme s'il s'exprimait en sanscrit, et demeura coite.

53

Bishop se baladait toujours au ralenti, avec grâce, dans ce Sahara spatial qui le séparait de la boîte. Il était approximativement à mi-chemin, les bras étendus pour conserver l'équilibre, en nage.

Il prit conscience d'un faible zonzon. Un moustique atterrit sur sa main. Il décida de l'ignorer.

– Le moustique, dit l'attentif Whistler à son oreille. Ne le laisse pas t'embêter.

Bishop leva les yeux au ciel. Merci. Facile à dire. Il continua d'avancer. Le moustique vrombit de nouveau et vint se poser sur son front. Bishop essaya de ne pas y prêter attention, mais finie la concentration. Il tenta de déloger l'insecte en remuant vigoureusement les sourcils. En fin de compte le moustique se lassa et s'envola.

Mais pour mieux atterrir sur le nez de Bishop. Il lui parut avoir des ailes d'une envergure d'un mètre cinquante et une trompe de vingt centimètres. Il le piqua.

– Je l'entends, Bish', dit Whistler. Laisse-le boire un coup et il se tirera.

Bishop fronçait et défronçait son nez comme un malade. Du coup, l'insecte se délocalisa sur sa lèvre supérieure. Au diable Whistler et ses conseils de planqué, songea Bishop. A la guerre, comme à la guerre. Il recourba la langue et avala le moustique. Dans son regard le dégoût le disputait à une folie triomphante.

Carl, assis au volant de la fourgonnette, chantait en même temps que Tom Waits dans le casque de son walkman.

Il regarda négligemment par la portière et aperçut quelque chose qui le fit sursauter. Il s'empara de ses jumelles et fit le point sur la plaque d'immatriculation de la voiture de sport grise qui venait d'entrer dans le parking de la Playtronics. IQ-180. Il se retourna et fit glisser le panneau qui séparait la cabine de l'espace-travail de la fourgonnette.

– Crease ! s'écria-t-il. Werner !

Crease lui arracha les jumelles et les braqua sur le parking. Werner ouvrait la portière de sa voiture et en descendait. Il fit le tour et tira Liz à l'extérieur par le bras. Il la poussa vers le bâtiment.

– Martin ! On a des ennuis ! dit Crease dans son casque audio.

Dans la Salle d'Ordinateurs, Bishop était à deux pas du succès. Sa main prête à se saisir de la boîte de Janek se mit à trembler, quand il entendit Crease lui annoncer l'arrivée de Werner et de Liz. Il s'empara de la boîte et s'employa – ô combien lentement – à dévisser le cordon ombilical qui la reliait au Cray.

– S'il y a bien une chose que je ne peux pas faire, c'est activer, dit-il en serrant les dents. Arrêtez-les avant qu'ils atteignent le hall !

Werner poussait rudement Liz à travers les portes vitrées de l'entrée. Elle résistait, tâchant désespérément de trouver un moyen de se tirer de ce mauvais pas.

– Werner, vous me faites mal ! dit-elle.

La prenant par le coude, il l'entraîna vers le poste de garde.

Elle s'arrêta, leva la main et grimaça un sourire d'excuse.

– C'est une blague, un petit jeu qui m'amuse, dit-elle. Pas de quoi monter sur vos grands chevaux. Vous vous trompez lourdement en le prenant tellement à cœur. Allons, voyons, rentrons.

– Lourdement trompé, c'est déjà fait, dit-il.

Il l'agrippa par le bras et l'amena jusqu'au poste de garde.

– Je suis le Dr Brandes, dit-il au vigile. Je travaille au troisième et je crois que ce faux jeton là est mêlé à une tentative de cambriolage de mon bureau.

– J'peux voir votre carte d'entrée ? dit le vigile, abandonnant sa feuille de chou, et leur jetant un regard circonspect.

Werner sortit son portefeuille et s'apprêtait à sortir sa carte du volet transparent où il la conservait. Pas de carte. Il passa rapidement en revue ses autres cartes. Elle n'y était plus.

– Vous m'avez pris ma carte ! apostropha-t-il Liz, en grinçant des dents.

Il se précipita sur elle.

– Où est ma carte ? Comment vous avez eu mon portefeuille ?

Le vigile sauta par-dessus le comptoir et empoigna Werner, lui faisant lâcher Liz. Il repoussa Werner et dégaina son revolver. Le tenant pointé en l'air, il repassa prudemment derrière le comptoir.

– Vous bougez pas de là tous les deux ! aboya-t-il, décrochant son téléphone. Puis, d'un ton empreint de gravité, il fit :

– Monsieur, on a comme un problème.

Bishop tenait délicatement la boîte noire de feu Gunther Janek dans ses bras. Il progressait vers la « zone de sécurité », à l'angle de la Salle d'Ordinateurs, ruisselant de sueur. Il ne lui restait plus que trois mètres à parcourir. Ses

muscles le faisaient atrocement souffrir, et à cette épuisante « marche sur la lune » s'ajoutait la tension de savoir Liz en danger.

Dans le hall, Liz et Werner échangeaient des regards furibonds, surveillés par le vigile. Liz n'en démordait pas.

– Quel entêté vous faites, Werner, disait-elle. Vous avez un job délicat et vous devez faire attention, je comprends. Mais je suis vraiment déçue que vous sembliez décidé à foutre en l'air notre amitié qui commence.

– Vous êtes une vraie Jézabel, *Doris*, dit Werner. Je ne vous adresse pas la parole.

Des renforts arrivèrent. Wallace et Gordon portaient leur habituel costume gris d'homme d'affaires.

Werner, soucieux et embarrassé, s'avança vers eux.

– Je regrette infiniment de vous déranger, messieurs, fit-il, mais je crains que quelqu'un ne cherche à s'introduire dans mon bureau.

Les deux hommes regardèrent Liz, qui n'était pas disposée à céder un pouce de terrain. Elle leva les yeux au ciel comme si Werner avait une case en moins.

– Tout ça est absurde, fit-elle. Je n'ai vraiment aucune envie de m'introduire dans son bureau. J'ai joué à un petit jeu idiot qui a fait long feu. Si Werner me connaissait mieux, il ne ferait pas tout ce raffût.

Elle adressa un sourire tristounet à Gordon et Wallace.

– Je vous en prie, on se souhaite bonne nuit, et j'expliquerai tout à Werner dans la voiture.

Wallace observa Liz, cherchant à lire ses pensées.

– Allons jeter un œil sur son bureau, dit un homme, entrant à grands pas dans le hall.

Liz se retourna et reconnut Cosmo, d'après la description que lui en avait faite Bishop.

– Je suis un petit peu surpris, Werner, dit Cosmo. C'est comme ça qu'on se laisse mener par le petit bout de la queue, hum ?

– Eh bien, peut-être que ce n'est rien, monsieur, dit Werner riant jaune. Je ne veux simplement pas courir de risque.

– Il vaudrait mieux pour vous que ce ne soit rien, dit Cosmo.

Wallace saisit Liz par le bras, lui fit franchir d'une poussée le poste de garde et l'entraîna dans le couloir.

Au troisième étage, Bishop se laissa tomber dans le bureau de Werner par le trou dans le plafond. Ses outils et ses vêtements jonchaient la pièce.

Cosmo et le reste de la compagnie montèrent jusqu'au troisième étage en ascenseur. Ils furent rejoints par trois vigiles qui avaient grimpé quatre à quatre les escaliers, venant d'autres parties du bâtiment.

Dans le bureau de Werner, Bishop roula en boule outils et vêtements et les jeta dans le trou du plafond.

Gordon mit une minute pour désactiver le Piégeur, et la cohorte enfila le couloir, se dirigeant vers le bureau de Werner.

Bishop se hissa à nouveau dans sa cache et, à quatre pattes, travailla à remettre en place les carreaux d'insonorisation.

La porte s'ouvrit à toute volée et les vigiles pénétrèrent dans la pièce, arme au poing... à l'instant même où le dernier carreau s'ajustait au plafond.

Les hommes de Cosmo et Liz, claquant légèrement des dents, regardaient autour d'eux, dans l'expectative. Ils fixaient un bureau vide : plus de vêtements ni d'outils jetés sur le sol, plus de chaise posée sur le bureau, plus de carreaux d'insonorisation retirés du plafond. Les vigiles traversèrent la pièce, allant vérifier derrière le bureau, les fenêtres, les bouches d'aération. Rien ne semblait avoir été touché. Liz souffla en silence.

Cosmo jeta un regard interrogateur à Werner.

– Eh bien ?

Werner s'avança jusqu'à son bureau et l'examina, avec irritation. Il contrôla les tiroirs fermés. Il regarda alentour, les murs, le plafond.

Juste au-dessus des carreaux insonorisants, Bishop se tenait en équilibre précaire sur l'étroite poutre de la passerelle, les bras chargés de ses vêtements, ses outils, sa serviette et de la boîte de Janek. La sueur, qui dégoulinait de sa tête et de son visage, était absorbée en grande partie par le baluchon de ses vêtements. Mais cependant, l'un de ses filets coulait le long de la manche de sa combinaison isothermique et goutte à goutte de son coude. A son insu, une flaque se formait sur le carreau et commençait à l'infiltrer.

Cosmo sortit du bureau, suivi d'un Werner penaud et d'une Liz secrètement aux anges. Les vigiles jetèrent un dernier coup d'œil à la ronde – l'un d'eux fit même le tour du bureau – avant de s'assurer en partant que la porte était bien fermée derrière eux.

Eussent-ils levé une dernière fois les yeux, qu'ils auraient aperçu une tache sombre s'agrandissant lentement sur l'un des carreaux du plafond. Une goutte de sueur vint éclabousser la surface du bureau.

– Vous fréquentez quelqu'un de bien méfiant, Miss... ? fit Cosmo, comme ils reparcouraient le couloir du troisième étage.

– Barker, dit Liz crânement. Elizabeth Barker.

– Je regrette que nous ayons dû vous ennuyer, dit Cosmo.

Ce nom éveillait un lointain écho en lui.

– Pas tant que moi... Werner ! fit Liz, se retournant vers le créateur de puces, furieux et mortifié. Il faudra que vous appreniez à faire confiance aux autres.

Bishop, qui perçut de façon étouffée cet échange, avant qu'ils ne tournent à l'angle du couloir, murmura dans son micro :

– Ils la laissent partir.

– Les dieux sont avec nous, lui dit Crease dans l'écouteur. Est-ce que bébé est toujours à l'abri ?

– On ne peut mieux, dit Bishop qui, déplaçant son poids avec prudence, s'apprêtait à redescendre dans le bureau de Werner.

– Fais-moi savoir quand ils auront quitté le bâtiment, chuchota-t-il à Crease.

En entrant dans le hall, Wallace s'écarta de quelques pas, toisant Liz.

– Je suis désolé, fit-il en ne s'adressant à personne en particulier. Mais y a un truc qui pue dans cette histoire.

Cosmo et Liz le dévisagèrent.

– Vous devriez vérifier que ce type n'a pas la rage, dit Liz, qui avait repris du poil de la bête.

– La rage n'atteint pas les créatures à sang froid, dit Cosmo, pince-sans-rire.

Wallace, piqué au vif, tourna les talons et repartit vers le couloir, suivi de Gordon.

Cosmo sourit à Liz, comme pour s'excuser une dernière fois. Celle-ci, tête droite, se dirigea vers l'entrée. Elle jeta un regard à Werner.

– C'est la dernière fois que je drague par ordinateur interposé ! lança-t-elle.

Cosmo qui s'éloignait s'arrêta net en entendant ça. Il observa Liz. Puis il cria :

– Attendez !

Il claqua des doigts fortement.

– Garde ! hurla-t-il.

Le vigile barra la route à Liz. Wallace et Gordon revinrent à toutes jambes vers l'entrée. Tous les yeux étaient tournés vers Cosmo.

Cosmo fixa Liz, puis Werner.

– Un ordinateur a mis ces deux-là ensemble ? fit-il. Je n'y crois pas.

Liz comprit qu'elle en avait trop dit, qu'elle venait de se couler et les Experts avec. Merde, se dit-elle à elle-même.

– Martin, dit Cosmo à Liz.

Et le nom de Liz lui revint soudain, pour l'avoir vu figurer sur l'une de ses fiches sur Bishop.

– Vous et Marty!

Pas la peine de lui faire un dessin. Il traversa le hall en courant vers les escaliers.

Gordon et Wallace le suivirent. Deux des vigiles s'emparèrent de Liz et l'entraînèrent dans la même direction. Seul Werner resta là, bouche bée.

54

Cosmo ouvrit à la volée la porte de la Salle d'Ordinateurs, déclenchant une alarme qui se mit à beugler. Mais il fut arrêté par une vague de chaleur qui l'étourdit.

– Pourquoi il fait si chaud ici ? dit-il, déjà certain que quelque chose ne tournait pas rond.

Il courut jusqu'au Cray. La boîte de Janek avait disparu.

– MEERDE ! fit-il, dents serrées, agrippant le rebord de la table pour garder son calme.

– Nom de Dieu de bordel de merde !

Il se retourna et attrapa violemment Liz.

– Il va me payer ça et vous aussi ! grogna-t-il. Facilitez-vous les choses en me disant où il est.

– Je ne sais pas de quoi vous...

Cosmo l'envoya valser presque de l'autre côté de la pièce. Il appuya sur un interphone et hurla :

– Bishop – un grand type à cheveux blonds – est dans le bâtiment, il a ma marchandise. Utilisez vos putains d'armes, faut l'avoir. Celui qui fait ça, il aura un paquet de fric. Et que quelqu'un aille voir ce qui se passe dans cette chaufferie de merde !

Dans la fourgonnette, les Experts entendirent les cris déchirants des sirènes et virent des projecteurs illuminer soudain le bâtiment de l'extérieur. Quelques secondes plus

tard, plusieurs breaks, remplis de vigiles, vinrent cerner la Playtronics.

Sur les écrans de sa régie vidéo, Crease aperçut des vigiles armés de fusils à pompe gravir en courant les escaliers, à l'intérieur du bâtiment, envahir les couloirs, entrer et sortir de diverses pièces.

– Martin, ça grouille de vigiles comme les puces sur un chien, fit-il d'une voix rauque. Il y en a six dans le hall d'entrée, quatre dans le couloir sud, au deuxième. Cinq dans l'escalier nord...

– Des vigiles dans la chaufferie ! glapit Carl, montrant du doigt un moniteur.

– Nom de Dieu ! dit Crease. Fais gaffe, Maman, les ennuis déboulent !

Au sous-sol, Maman, tapi derrière des palettes de manutention, vit un vigile, revolver au poing, entrer en trombe et se frayer un passage dans sa direction à travers un labyrinthe de tuyaux de chauffage. Maman était paralysé par la peur.

– Je peux me débrouiller tout seul, dit-il sans convaincre personne. Mais – putain – qu'est-ce – que – je – vais – faire ? fit-il d'une voix étranglée dans le casque audio.

Carl, consultant frénétiquement les plans du sous-sol, posa en tremblant un doigt sur une zone hachurée.

– Les conduits de chaleur ! souffla-t-il à Crease. Au-dessus de la chaudière.

– Ça va aller, dit Crease à Maman, d'un ton égal. Il te suffit de trouver les conduits de chaleur au-dessus de la chaudière.

Il vérifia sur le plan.

– Ils t'amèneront jusqu'à la cage de l'ascenseur.

Maman avança à quatre pattes vers les conduits de chaleur. Le vigile n'était pas à trois mètres, empêtré dans le dédale de tuyaux. Maman ne pouvait pas se faufiler dans le conduit de chaleur galvanisé en espérant ne pas être entendu.

Le vigile posa son pied prudemment contre une pile de palettes de bois et, donnant une poussée, les renversa, prêt à tirer sur ce qui pourrait se dissimuler derrière. Maman se servit de ce vacarme comme couverture et hissa sa corpulente silhouette dans l'un des conduits brûlants avec une agilité étonnante.

Il disparut juste au moment où le vigile passait outre, à croupetons, dégoulinant et terrorisé lui aussi.

Bishop était couché dans le noir, immobile, quelque part au-dessus du troisième étage.

– Dites donc les mecs, mon cul vaut peau de balle, chuchota-t-il. Ça me rappelle la crise de claustrophobie que j'ai faite quand j'étais gosse et que je m'étais perdu dans une grotte.

– C'est maintenant que tu nous le dis, dit Whistler dans la fourgonnette. Tu t'en es sorti comment ?

– Les pompiers sont arrivés, dit Bishop.

Crease, s'acharnant sur les plans du bâtiment, s'écria :

– J'ai trouvé ! Je l'avais sous le nez en plus! Martin, il y a une échelle d'incendie tout au bout du couloir nord, dit-il. Il te suffira d'enfoncer une ou deux cloisons pare-feu. Elles sont en carton. Dirige-toi vers le nord de trente mètres. Une fois que tu seras là, dis-le-moi.

Cosmo, penché sur une rangée de moniteurs dans la Salle d'Ordinateurs, voyait les mêmes images que Crease. Lui aussi examinait les plans du bâtiment, sauf que les siens étaient lumineux, affichés électroniquement. Il aboyait des ordres dans le micro de son interphone.

– Il doit être dans un des faux plafonds. Il faut y faire des percées. Expédiez-moi des hommes là-dedans. Et ne laissez aucune des sorties du rez-de-chaussée sans surveillance même un millième de seconde, dedans comme dehors.

Liz décida que la meilleure défense était de continuer à jouer l'offensée belliqueuse. Elle arpentait de long en large l'autre extrémité de la Salle des Ordinateurs, transformée en étuve. Elle lançait des regards furieux, surveillée par Gordon.

– Tout ça, c'est de la folie pure ! cria-t-elle à Cosmo. Qu'est-ce que vous cherchez ? Des petits lutins qui courent à l'intérieur des murs ?

Cosmo ramassa un pistolet et tira à travers la pièce. Un terminal d'ordinateur vola en éclats tout près de la tête de Liz, qui se tut et s'assit en se pelotonnant sur elle-même. Cette tactique se révélait peu fructueuse ; elle en chercha une qui lui permettrait de s'en sortir vivante.

A côté, dans le bureau de Werner, un vigile finit par remarquer la tache de sueur au plafond. Avec la crosse de son fusil à pompe, il le défonça et découvrit les vêtements de Bishop.

– Affirmatif pour le faux plafond, dit le vigile dans son talkie-walkie. Troisième étage, angle sud-ouest. Le mec a laissé des affaires là-haut. Je monte.

La boîte de Janek à la main, Bishop rampait aussi vite que possible parmi les fils électriques et les câbles. Il atteignit la cloison pare-feu que Crease lui avait décrite.

– J'aperçois les câbles du réseau de télévision intérieur, chuchota-t-il dans son micro. Je crois que je suis au-dessus du couloir.

– Bouge plus, ordonna Crease.

Il surveillait Wallace, flanqué de trois vigiles pointant leurs fusils à pompe, qui avançaient dans le couloir, ouvrant tous les bureaux où ils jetaient un œil en passant. Les trois vigiles, marchant en tête, disparaissaient au coin, quand la scène sur l'écran du moniteur montra un autre couloir.

– Merde. Tiens bon, dit Crease.

Bishop, accroupi, retenant son souffle, tendit l'oreille

pour comprendre ce qui se passait dans le couloir en dessous de lui.

Wallace s'attardait, regardant autour de lui, aux aguets.

Crease – le moniteur lui montrait l'entrée à présent – couvrit son micro de sa main.

– Merde! fit-il Je n'aurai pas d'image de ce couloir avant une minute et demie.

– Tu peux le laisser là aussi longtemps? demanda Whistler.

– J'aimerais mieux pas, dit Crease, qui démasquant son micro s'adressa à Bishop.

– J'ai perdu l'image, mais je pense que la voie est libre maintenant.

Bishop tourna la tête brusquement, pensant avoir entendu des pas au-dessous de lui. Son écouteur glissa de son oreille au moment où Crease parlait. Bishop eut beau tenter de l'étouffer avec sa main, le filet de voix résonna clairement dans le silence.

Wallace perçut quelque chose. Il fit volte-face, regarda le plafond et comprit que son gibier était juste au-dessus de sa tête. Il leva son fusil à pompe et le déchargea dans le plafond.

L'impact arracha les carreaux à cinq mètres environ de Bishop.

Wallace réarma et tira de nouveau, un mètre plus près. Puis une fois encore, toujours plus près. Bishop se plaqua contre la paroi-coupe feu, toute retraite coupée. Wallace réarma, tira, réarma, tira – méthodiquement, en remontant le couloir. La gaine volait en éclats, dont certains atteignaient Bishop, tandis que d'autres pleuvaient autour de Wallace. Encore deux coups, et ce serait au tour de Bishop de retomber en morceaux dans le couloir, se répandant le long du mur.

– Stop! Cessez de tirer! ordonna la voix de Cosmo dans le haut-parleur.

Poudré de plâtre, dont il avait le goût dans la bouche,

grisé par l'odeur de cordite laissée par les projectiles, Wallace ne pouvait plus s'arrêter. Il réarma encore une fois et provoqua une nouvelle explosion dans le plafond.

– Wallace, gaffe! hurla Cosmo. Si jamais tu bousilles cette boîte, t'es mort!

Wallace regarda autour de lui, ne comprenant pas comment Cosmo pouvait savoir ce qu'il était en train de faire.

Bishop était aplati contre la paroi coupe-feu, la dernière salve avait troué le plafond à ras de ses pieds.

– Marty? résonna la voix omnisciente de Cosmo dans le haut-parleur. Je sais que tu es dans le bâtiment et que tu m'entends.

Dans la Salle d'Ordinateurs, Cosmo, pistolet dans une main, micro dans l'autre, regardait son rang de moniteurs tout en s'adressant à Bishop. Et sa voix, étrangement triste, retentissait à travers les labos, les bureaux et les couloirs vides du bâtiment, comme dans un confessionnal.

– Bon Dieu, t'aurais pas dû revenir, Marty, dit Cosmo. J'ai gagné, tu as perdu, et si notre amitié a signifié quelque chose pour toi, tu aurais dû t'en tenir là. Mais il fallait toujours que tu sois le premier, n'est-ce pas? Tu étais celui qui t'en tirais toujours, moi jamais. Tu étais celui qui sortais toujours avec les filles, moi jamais.

Cosmo tournait autour de Liz, assise impassible sur sa chaise.

– Du moins jusqu'à aujourd'hui, dit-il. Elle est ravissante, Marty.

Il se pencha soudain et enfonça méchamment le canon de son arme dans la poitrine de Liz. Elle poussa un cri perçant qui fut relayé par le micro.

Le visage de Bishop se crispa de colère et de crainte.

– Je tiens la fille, Marty, reprit la voix de Cosmo. Et, si tu ne me rends pas ma boîte, je la tuerai.

Silence. Cosmo avait les yeux fixés sur le moniteur. Il attendit.

– Et si tu as tendance à ne pas me prendre au sérieux,

je te rappellerai simplement la façon dont ton ami Greg a été prestement et impitoyablement expédié... pour la bonne et unique raison qu'il était ton ami, devrais-je ajouter.

Il se tut et attendit à nouveau, l'œil rivé sur les moniteurs. Rien.

Dans le passage de service, cloué à la cloison par les trous pratiqués par le fusil à pompe, Bishop était tout ouïe. Il devait bien y avoir une issue. Au-dessous de lui, il entendit Wallace recharger son arme.

– Marty, pour l'amour du ciel, rends-moi cette boîte!

La voix de Cosmo résonnait dans tous les couloirs, comme l'écho d'une divinité irritée.

– Je perds vite patience. Tu dois bien te douter que personne ne vous laisserait sortir vivants d'ici, elle et toi, si jamais tu essayais.

Dans la Salle d'Ordinateurs, Cosmo tira une chaise et s'assit juste en face de Liz.

– Je suis ta porte de sortie, continua-t-il. Et je suis la seule. Je t'en prie. Dans l'intérêt de Liz, rends-moi la boîte maintenant. Si je voulais te tuer, Marty, tu serais déjà mort. Je ne peux pas te tuer.

Bishop était épuisé, à court d'idées, et ses amis étaient trop loin pour se porter à sa rescousse.

– Tu dois me faire confiance, dit Cosmo de sa voix retentissante.

Bishop fourra la boîte dans sa combinaison. Il chuchota quelque chose dans son micro, puis il se coula vers la partie éventrée du plafond.

Wallace leva son fusil à pompe comme un carreau tombait. Bishop se laissa descendre dans le couloir. A ce moment-là, six vigiles se ruèrent vers eux des deux côtés, prêts à tirer.

Wallace regardait Bishop comme s'il désirait lui presser la tête comme un citron pour en exprimer la cervelle.

55

Wallace, de son fusil à pompe, poussa Bishop, qui portait la boîte de Janek, dans la Salle d'Ordinateurs. La température avait chuté à la moitié de la normale. Cosmo avait repris en main le bâtiment.

– Bonsoir, Marty.

Il ouvrit les mains d'un air lugubre.

– Pourquoi ? dit-il.

Bishop déposa la boîte sur la table entre lui et Cosmo, puis se tournant vers Liz, lui prit la main.

– Tu as en mis du temps, merde, pour venir me chercher, dit-elle, se serrant contre son bras.

– Laisse-la partir, dit Bishop à Cosmo.

Ce dernier saisit la boîte de Janek et se fendit d'un large sourire.

– Il y a deux sortes de rêveurs, Marty, dit-il. Il y a ceux qui comme moi rêvent de choses qui n'ont jamais existé et inventent les moyens de les obtenir – certains sont aimables, d'autres un peu moins peut-être. C'est le prix à payer pour la grandeur.

Il reposa la boîte magique sur la table près du Cray et ramassa son pistolet.

– Tu es un rêveur d'une autre sorte, Marty, dit-il. Comme la plupart de ces clowns à l'époque – tu as tout faux. Pas assez dur, pas assez ancré dans la réalité. Tu rêves à comment les choses devraient être et quand le monde te dit non

non pas touche, tu t'enfuis au Canada, la queue entre les jambes.

Cosmo s'approcha de Bishop et le regarda au fond des yeux.

– As-tu consacré ne serait-ce qu'un grain de ton énergie mentale à imaginer un moyen de me faire sortir de taule ? Je dis bien, un grain ? T'es-tu dit : « Hé, c'est pas juste ça. Je suis un mec intelligent, je vais au moins essayer de tirer cet enfoiré de ce mauvais pas » ? Bien sûr que non. Tu risquais de te faire taper sur les doigts ; alors tu as détalé comme un lapin et tu t'es caché dans ton trou. J'ai détesté être obligé de voir ça. J'ai essayé de me mentir, mais c'était rien d'autre que cette bonne vieille lâcheté de merde.

Bishop ne broncha pas sous cette attaque en règle, soucieux de ne pas provoquer une explosion psychotique.

Cosmo regardait fixement Bishop.

– Mais toi c'est toi après tout. Toi, ce n'est pas moi, fit-il. Et moi, je ne peux pas tuer mon ami.

Il déposa son arme sur son bureau.

Bishop respira plus librement.

Cosmo se tourna vers Wallace.

– Toi, tue mon ami, dit-il.

Et il se dirigea vers la porte, sans jeter un regard derrière lui.

– Cosmo, appela Bishop.

Liz regardait Cosmo avec terreur.

– Tu vois ce que je veux dire, Marty ? dit Cosmo, face à la porte. Tu as *rêvé* que j'allais vraiment te laisser sortir d'ici. C'est pathétique. Tu ne grandiras jamais.

Il se tourna à demi et s'adressa à Gordon :

– Refroidis-les !

Et il franchit la porte.

Pendant que Cosmo parlait, Bishop remarqua qu'un carreau du plafond, derrière Wallace et Gordon, se mettait à bouger.

La porte se ferma avec un déclic, et Wallace en ricanant braqua son fusil sur Bishop.

– T'as pas vraiment cru qu'on allait te laisser partir, hein ? dit-il. Je lui ai dit qu'il avait fait une erreur la première fois.

– T'as pas vraiment cru que j'allais vous laisser la boîte, hein ? rétorqua Bishop.

Cette réplique désarçonna ce lourdaud de Wallace.

– Quoi ? fit-il.

Le carreau insonorisant s'agitait au-dessus des deux tueurs.

– Maintenant, dit Bishop.

– T'as raison, putain. Maintenant, fit écho Wallace, pointant le canon vers la poitrine de Bishop.

– Maintenant, Maman ! lâcha Bishop dans son micro.

Maman, dans un énorme fracas de carreaux volant en éclats, passa à travers le plafond, hurlant de terreur, et atterrit sur Gordon.

Wallace pivota, le coup partit, manquant d'un cheveu Liz et Bishop.

Maman rouait de coups un Gordon sous le choc tandis que Bishop sautait sur Wallace, pour l'empêcher de tirer à nouveau. Il lui arracha son arme, qui glissa en cliquetant sur le dessus du bureau avant d'aller s'écraser au sol. Pendant que les deux hommes luttaient, Liz se précipita sur le fusil. Elle l'empoigna et tira dans le plafond.

– Le premier connard qui bouge, je le plombe ! hurla-t-elle, avant de réarmer d'une main experte.

Maman martela frénétiquement la tête de Gordon. Puis, son cœur cognant à grands coups, il se remit debout en flageolant, comme un lutteur de Sumo épuisé ; il abandonna Gordon, couché par terre, complètement dans les vapes.

Bishop se redressa, aidant un Wallace écarlate, essoufflé, à se tenir debout – avant de lui en coller une dans la tronche de toutes ses forces. Wallace alla valdinguer sur un bureau, puis s'effondra lourdement sur le sol. Il se releva à grand-peine et se jeta à nouveau sur Bishop. Ce dernier le frappa une dernière fois : Wallace tomba comme une masse.

– Bon sang, qu'est-ce que t'attendais ? beugla Bishop, à bout de souffle, à Maman, qui s'appuyait à la console, les jambes en coton. Il tremblait de tous ses membres.

– D'avoir du courage, dit Maman d'une voix entrecoupée.

Il était à deux doigts de restituer son dîner.

– Euh, on peut y aller maintenant ? fit Liz, tenant toujours le fusil à pompe. Ses mains à elle aussi étaient visiblement saisies de tremblote.

Bishop rafla la boîte de Janek et tous les trois partirent en courant.

56

Bishop et Liz tournèrent l'angle près du Piégeur et virent cinq vigiles se diriger vers eux du fond du couloir. Ils firent volte-face au moment où les vigiles braquèrent leurs Uzis et ouvrirent le feu. Le mur, contre lequel ils s'étaient tenus, vola en éclats dans un tourbillon de fumée. Les câbles électriques à l'intérieur du mur se fendirent dans une pluie d'étincelles.

Bishop, tandis qu'ils couraient en sens inverse, le long du couloir ouest, chuchota d'une voix rauque dans le micro :

– Crease, on se dirige vers l'échelle d'incendie nord. La voie est libre ?

Crease braqua ses jumelles sur le bâtiment illuminé par les projecteurs. Il aperçut quatre vigiles en train d'escalader l'échelle de secours nord.

– Négatif ! hurla-t-il. C'est barré de ce côté. Y a quatre gros bras qui grimpent par là !

– On est baisés, dit Bishop. Le pas lourd des vigiles en Uzis résonnait à l'angle du couloir. Ils étaient pris au piège.

Bishop lut sur le vide-ordures dans le dos de Liz : DÉCHETS CONFIDENTIELS.

– C'est pour nous, fit-il, saisissant Liz par le bras et la poussant vers la glissière, dont il souleva le couvercle. Mais Maman les précéda.

– Passe le premier, Maman, fit Liz. Toi au moins, tu es rembourré.

Il était déjà dans la glissière et avait disparu en un clin d'œil. Liz sauta à son tour. Bishop la suivit. Les vigiles, tournant l'angle, trouvèrent le couloir déserté.

Maman prit de la vitesse en culbutant le long de la glissière en aluminium et finit par atterrir dans quelque chose de mou – un monceau énorme de papier de rebut. Liz, arrivant là-dessus, tomba sur quelque chose de plus mou encore – Maman. Il la tira de côté juste au moment où Bishop déboulait lourdement, les manquant tous deux de justesse. Maman se redressa, avec une respiration sifflante, se tenant le bide, tâchant de reprendre son souffle.

Ils se trouvaient dans une sorte de cuvette métallique, fermée au sommet par un filet d'acier à mailles étroites. Un mécanisme de mise en route claqua et le monticule commença à bouger à reculons.

– Un tapis roulant, dit Bishop.

Ils se retournèrent pour voir vers où il les entraînait. A trois mètres devant eux, ils virent des mâchoires d'acier béantes munies de six paires de lames aiguisées comme des rasoirs qui tourbillonnaient.

– On est tombés dans une déchiqueteuse géante! s'exclama Maman. Bon Dieu! Tout juste comme celle qu'ils ont à la NSA, j'ai lu un truc là-dessus – c'est la plus grosse du monde, elle traite jusqu'à trente-cinq tonnes de papier par jour. C'est hallucinant.

– Est-ce que tu as lu aussi comment on s'en sort quand on tombe dedans? demanda Liz.

– Pas d'issue! dit Maman. C'est ça le hic de ces machines. C'est un système étanche que le poids du rebut active. Il faut bien savoir que tout ce qu'on engouffre dans la glissière, on ne le récupère qu'une fois déchiqueté.

– Super, fit Bishop, alors que tous les trois se mettaient à ramper pour échapper aux lames d'acier.

Ils agrippaient le bas de la glissière et venaient juste de se regrouper quand une sorte d'énorme pelle les repropulsa vers les lames.

– Crease! hurla Maman dans son micro. J'ai un truc sur les déchiqueteuses dans un de mes manuels techniques. Le vert, je crois bien.

Dans la fourgonnette, Crease se mit à compulser fébrilement les piles de manuels techniques.

– Euh, ou alors c'est l'orange, précisa Maman.

Les lames de la déchiqueteuse se faisaient de plus en plus menaçantes. Maman fouilla avec l'énergie du désespoir dans sa trousse à outils.

– Peut-être que si j'arrive à produire un courant induit, je provoquerai un court-circuit, dit-il.

Liz observa Maman trifouiller futilement dans sa trousse à outils, tandis que les lames tourbillonnantes réduisaient en charpie de grosses bouchées de papier à quelques mètres d'eux à peine.

– Oh, putain de merde! fit-elle, saisie d'une impatience mortelle.

Elle arracha la trousse des mains de Maman et la précipita entre les lames, où elle fut réduite en lanières tandis que les outils fusaient dans tous les sens comme des shrapnels. A l'instant précis où leurs pieds allaient être hachés menu, certains outils de poids se prirent dans l'engrenage et enrayèrent le mécanisme, bloquant les lames. La machine s'arrêta.

– Y a des moments où la basse technologie a du bon, commenta Liz.

Bishop et Maman, grandement soulagés, écartèrent les lames brisées et tous les trois escaladèrent la déchiqueteuse détraquée. De l'autre côté, ils découvrirent une montagne de confettis dans une autre cuvette hermétiquement fermée.

– Et comment on sort d'ici? demanda Bishop.

Comme en réponse à sa question le couvercle de la cuve s'ouvrit mécaniquement.

– Merci, dit Bishop.

Six gicleurs métalliques se mirent en batterie. Il y eut comme un sifflement.

– Oh non, fit Bishop.

– Aspersion d'acide! hurla Maman.

Ils escaladèrent tant bien que mal les parois du caisson, au moment où l'acide se mettait à gicler. Comme il poussait Liz vers le haut, de l'acide vint éclabousser la combinaison de Bishop, qui fondit aussitôt. Il continua de grimper. Ils atteignirent enfin le sommet de la cuve et, passant par-dessus le rebord, se laissèrent tomber sur le sol. Ils étaient tous entiers.

57

Ils débouchèrent au sous-sol, que Maman connaissait bien. Il les mena vers le fond où une rampe montait jusqu'à un quai de chargement clos, au niveau de la rue. Ils jetèrent un œil dans le parking par une ouverture. Un break avec des vigiles à son bord y évoluait. Les trois baissèrent la tête en même temps. Bishop examina les lieux. Dans leur dos, il y avait une suite de portes intérieures par lesquelles des vigiles pouvaient surgir à tout moment.

– Montons par ici, dit Bishop.

Montrant le chemin, il les fit s'engager dans un étroit escalier de service qui s'ouvrait sur un toit. Ils sortirent et s'accroupirent derrière le rebord du toit.

– Crease, dit Bishop dans son micro. On est sur le toit du quai de chargement, sur l'arrière du bâtiment. Il y a une échelle de secours à l'extrémité est. Tu peux venir nous y prendre ?

Dans la fourgonnette, Crease grimpa derrière le volant.

– Je vais m'en rapprocher au maximum, dit-il.

– Où es-tu ? demanda Bishop.

Au loin, il discerna un appel de phares.

– Splendide, fit Bishop. Viens nous chercher.

Au Q.G. de la sécurité, la colère de Cosmo prenait des accents bibliques. Il essayait d'englober du regard tous les écrans de contrôle à la fois, saisi de tics comme un homme frappé de folie.

– Cernez le parking! hurlait-il dans le haut-parleur. Doublez le voltage de la clôture. Personne ne doit sortir d'ici!

Crease, Carl assis à ses côtés, s'approcha avec la fourgonnette, scrutant le parking, à l'affût du meilleur moment pour s'engouffrer dans la Playtronics.

– On arrive, dit-il dans son micro.

Il retira son casque audio et s'apprêtait à franchir d'un coup d'accélérateur le portail d'entrée quand deux vigiles, surgis de nulle part, braquèrent leur fusils à pompe à travers les portières.

– Arrangez-vous pour me montrer vos mains et descendez de là, dit le vigile qui visait Crease.

Ce dernier échangea avec Carl un regard exaspéré. Carl obtempéra et descendit de la fourgonnette. Crease prit son temps, étudiant tous les angles de la situation.

– Toi aussi, Blanche-Neige, dit le vigile.

Crease blêmit sous l'insulte. Il fixa le type d'un regard meurtrier, l'espace d'une seconde, puis obéit mais en prenant son temps.

A l'arrière de la fourgonnette, Whistler se tenait, invisible, derrière la cloison de séparation. Il attendit que les vigiles aient entraîné Crease et Carl à quelques mètres avant de chuchoter dans son casque audio :

– Bish', ils ont chopé Crease et Carl.

Sur le toit, Bishop, Liz et Maman s'apprêtaient à descendre l'échelle de secours.

– Et merde, fit Bishop.

– Regarde! dit Maman, désignant le parking. Six camions, qui tiraient de grands conteneurs à roulettes, encerclaient le bâtiment, stoppant à égale distance les uns des autres. Des vigiles sautèrent à terre, ouvrirent les conteneurs et en sortirent des rouleaux de fil de fer barbelé de la hauteur d'un homme qu'ils entassèrent sur le revêtement.

– Coupant comme des lames de rasoir, dit Maman. On va se retrouver en cage.

Ils s'accroupirent à nouveau tous les trois à l'abri du rebord.

Les vigiles déployèrent les énormes « chevaux de frise » meurtriers dans les deux sens, leur but était d'encercler complètement le bâtiment.

– C'est maintenant ou jamais, Whistler, dit Bishop dans le micro. Va falloir que tu y arrives.

– Quoi ? s'exclama Maman.

– Que j'arrive à quoi ? murmura Whistler, lui aussi déconcerté.

– A conduire, dit Bishop. Je te guiderai tout le temps. Grouille.

Le visage de Whistler s'éclaira. Il gagna aussi furtivement que possible l'avant de la fourgonnette. il fit glisser silencieusement la cloison de séparation et tendit l'oreille. Les vigiles, qui tenaient en respect Crease et Carl, se trouvaient sur la gauche, à quelques mètres en arrière.

L'un des vigiles fouillait Carl tandis que l'autre gardait Crease en joue. Crease ouvrit de grands yeux en voyant Whistler s'installer sans bruit derrière le volant.

Dans la cabine, Whistler saisit le volant, tâtonna pour trouver le levier de la boîte automatique, posa le pied sur l'accélérateur de la fourgonnette, dont le moteur tournait au ralenti.

– Paré, et maintenant je fais quoi ? chuchota-t-il.

– Le portail est à peu près à trente mètres derrière toi. Mets-toi en marche arrière et pied au plancher.

– C'est comment la marche arrière ? dit Whistler.

Bishop, les yeux fixés sur la fourgonnette dans la perspective, crut qu'il allait avoir une attaque.

– Un cran vers le bas, dit-il.

Crease, qu'un vigile fouillait à son tour, surveillait Whistler du coin de l'œil. Il aperçut l'aveugle qui se penchait en avant. Est-ce qu'il cherchait le levier de vitesse ?

Crease se retourna vers Carl et, entre ses dents serrées, grommela :

– Je t'ai déjà raconté pourquoi j'ai dû quitter la CIA ?

– Euh non, fit Carl, regardant Crease comme s'il était devenu fou.

A cet instant-là, la fourgonnette passa brusquement en prise et fit un bond en arrière. Les deux vigiles de la Playtronics pivotèrent au bruit. Crease, poussant un grognement terrifiant de bête fauve, sauta sur l'un des types, lui arrachant le fusil à pompe dont il balança la crosse dans l'estomac du second, qui se plia en deux. Puis il assena sur la tête du premier un coup avec le canon, et l'étendit raide. Le second vigile fit mine de se relever. Crease poussa un nouvelle beuglante primitive et le cueillit sur la nuque. Le type s'écroula, définitivement calmé. Crease lui confisqua son 45 automatique. Sa colère était colossale. Carl ne l'avait jamais vu dans cet état.

– Wouah ! fit-il.

– Les putains d'enfoirés d'ta mère qui m'emmerdent, grommela Crease, moi, j'leur défonce la tête à ces bâtards !

– T'as raison ! fit Carl.

Il était aux anges d'avoir entendu finalement Crease parler comme à Harlem. Il lui tendit les deux mains pour qu'il lui en frappe cinq. Faux mouvement. Crease le foudroya du regard et, avec effort, retrouva son quant-à-soi.

Whistler, dans la fourgonnette, fonçait pleins gaz en marche arrière vers le portail. Il était terrifié.

– Bish', Bish' ? disait-il. Je vais à reculons.

– Tu t'en tires très très bien, dit Bishop, qui le surveillait du haut du toit. Freine. MAINTENANT !

Whistler écrasa le frein à plusieurs reprises, maintint le volant droit et fit une prière. La fourgonnette chassa follement, tressauta, oscilla et finit par s'arrêter sur un dérapage contrôlé, évitant miraculeusement de se renverser, à un mètre cinquante du portail.

– Maintenant, tourne le volant vers la droite, pousse le levier en avant et pied au plancher, aboya Bishop.

Whistler fit crier les vitesses, vira à droite toute et appuya sur l'accélérateur. La fourgonnette bondit en avant, franchit le portail et continua de tourner sur la droite.

– Redresse! Redresse! cria Bishop.

Whistler redressa le volant et accéléra, fonçant tout droit sur des voitures garées là.

– Wouah! A gauche, toute! dit Bishop.

Whistler balança le volant sur sa gauche, mettant le cap maintenant sur d'autres voitures garées dans ce coin.

– Nooon! Ma gauche, je voulais dire, précisa Bishop. A droite pour toi!

– Ben faudrait savoir, fit Whistler, qui s'y embrouillait un peu – ce qui lui arrivait fort rarement dans l'existence.

– A droite, à droite! lui dit Bishop.

Whistler fit virer violemment à droite la fourgonnette, s'arrangeant pour n'érafler que trois quatre véhicules au passage. Il fonça à toute allure dans un espace où l'on n'avait pas encore déployé la barrière de fil de fer barbelé.

– Magnifique! fit Bishop. Continue. Plus que cinq secondes, et tu stoppes.

Sur le toit du quai de déchargement, Bishop fit signe à Liz et Maman de dégringoler l'échelle jusqu'au sol.

– O.K., maintenant! hurla Bishop dans le micro.

Whistler, qui se dirigeait vers le quai de déchargement, ne réagit pas tout à fait à temps. Il freina des deux pieds, dérapa direct dans les butoirs du quai de déchargement et rebondit aussi sec en arrière.

– Je crois que je vais m'arrêter là, dit-il.

Maman et Liz se précipitèrent vers la fourgonnette, où ils s'entassèrent.

– Belle leçon de conduite, Whistler, dit Maman.

Whistler ne faisait pas mine de vouloir lâcher le volant.

– On va où? dit-il.

– Donne-moi ça!!! s'écria Maman, lui prenant le volant des mains et le poussant de côté.

Sur le toit, Bishop, le pied sur le premier barreau de l'échelle, s'apprêtait à descendre.

– Tu vas me donner la boîte immédiatement, dit Cosmo sortant de l'ombre, sinon je te tue avant que tu aies pu faire ouf.

Bishop se redressa. Cosmo traversa le toit, se dirigeant vers lui, pistolet pointé, avec le visage fermé d'un paranoïaque.

Bishop regarda son ancien ami et joua son va-tout.

– Non, fit-il, posant son pied sur l'échelle.

D'un seul mouvement, Cosmo leva son arme et tira. La balle passa à quelques centimètres de la tête de Bishop. Ce dernier s'immobilisa, en équilibre précaire sur le dernier barreau de l'échelle. Il regarda Cosmo, qui avançait toujours, son flingue braqué sur lui, et qui arborait maintenant un sourire sadique. Sourire qui donna froid dans le dos à Bishop. Il remonta sur le toit. Lentement, il sortit la boîte de Janek de son paquetage et la tendit à Cosmo.

Menaçant Bishop de son arme, Cosmo allongea la main vers la boîte, s'en saisit. Mais Bishop ne lâcha pas prise.

– Tu aurais pu la partager avec moi, dit Cosmo, son flingue toujours pointé.

– Je sais, dit Bishop, sans lâcher la boîte.

– Tu aurais pu avoir le pouvoir, dit Cosmo.

– Je crois bien que je n'en veux pas, répliqua Bishop.

– Je ne te crois pas, fit son ancien compagnon d'armes.

En guise de réponse, Bishop lâcha la boîte.

– Ça fait vingt ans que je vis dans l'ombre, Cosmo, dit-il. J'en ai marre. Les boîtes qui contiennent d'autres boîtes, les portes qui n'ouvrent que sur d'autres portes, c'est trop compliqué. Je ne veux plus rien de tout ça.

Il se tourna vers le bord du toit.

– Marty, je t'écoute parler et c'est tellement triste, reprit Cosmo. Pour les subtilités morales, c'est foutu. L'idéologie sympa, la meilleure des deux, a gagné, l'empire du mal est dans les poubelles de l'histoire, et pourtant rien n'a changé. Est-ce que tu n'en tires aucun enseignement ? Est-que ça ne te donne pas une petite idée de l'intérêt merdique que le monde accorde à nos petites crises morales ? Dire qu'on appelait ça des *valeurs* !

Cosmo se rapprocha, sa voix se fit pressante.

– Ce ne sont plus les armes qui mènent le monde, Marty, dit-il ni le pétrole, pas même l'argent. Il est à la merci de petits uns et de zéros, de petits bouts de données, rien que des électrons.

– Tu as toujours été meilleur en physique que moi, Cosmo, dit Bishop, les deux pieds sur l'échelle.

Cosmo, plus que jamais décidé à faire valoir son point de vue, agrippa Bishop par le bras.

– Tu crois qu'on en est encore au Free Speech Movement, à Berkeley, Marty. Mais c'est la guerre, une guerre mondiale. Rien à voir avec la question des Sudètes, les Balkans, le Koweït ou la bombe. C'est à qui contrôlera l'information ! Ce que tu vois et entends, donc ce que tu penses, et ce que penseront tes gosses que ça te plaise ou non. On est déjà tellement avancé sur cette voie que c'en est comique. Il n'est question que de l'information. De contrôler ou d'être contrôlé. Il n'y a pas de Canada qui tienne dans cette guerre-là, Marty. Tu m'entends ?

– Si tu es futé, tu détruiras cette chose, dit Bishop, fixant Cosmo droit dans les yeux.

Puis il commença à descendre l'échelle.

– Ne t'en va pas, dit Cosmo.

Bishop leva le yeux et aperçut une tristesse indicible sur le visage de Cosmo.

– Bonne chance, Cosmo, dit Bishop.

Il toucha l'asphalte du parking.

Cosmo resta sans bouger, complètement seul. Il baissa les yeux sur la boîte. Il en fit sauter brusquement le coffrage pour en revérifier l'intérieur. Il regarda – et ça lui prit une seconde pour enregistrer. Ce qu'il avait sous les yeux, c'était les entrailles d'un répondeur des plus ordinaires, rien à voir avec le décodeur de Janek.

La lumière blanche d'un projecteur panoramique l'éblouit, puis l'emprisonna dans son rayon. Une bouffée de mortification et de colère le balaya.

– Arrêtez-les! Ils sont dans le parking! cria-t-il à pleins poumons.

Il longea à toute allure le rebord du toit, déchargeant son automatique sur la fourgonnette des Experts au moment où Bishop grimpait tant bien que mal à bord. La fourgonnette s'éloigna du quai de déchargement en marche arrière et traversa le parking dans un crissement de pneus.

Maman, au volant, dirigea la fourgonnette vers l'espace encore ouvert dans la barrière de barbelés, qui se refermait de plus en plus vite. Un projecteur prit la fourgonnette dans son faisceau. Des breaks pleins de vigiles convergeaient vers elle, venant de tous les coins du périmètre. Des vigiles à pied se hâtaient pour achever de clore la barrière de barbelés.

Maman prit conscience que la fourgonnette arriverait trop tard. Il changea légèrement d'objectif, mettant le cap directement sur l'un des vigiles tractant le barbelé. Le type se retourna d'un bond, vit les phares qui venaient sur lui et plongea de côté pour sauver sa peau. La fourgonnette enfonça l'extrémité de la barrière et continua à fond la caisse vers le portail d'entrée du parking, qui n'était plus qu'à cinquante mètres.

Au-delà du portail, à une dizaine de mètres environ, dissimulés dans l'ombre, Crease et Carl les encourageaient de la voix.

Mais il y avait un hic. Un morceau de fil de fer barbelé s'était coincé dans le pare-chocs arrière et, au fur et à mesure qu'il se déroulait, il ralentissait la fourgonnette. Liz vit par la lunette arrière les breaks qui gagnaient du terrain.

– Appuie sur le champignon! cria-t-elle vers l'avant.

– J'ai une meilleure idée, dit Bishop.

Il ouvrit le battant arrière et se penchant, accroché à la poignée, donna des coups de pied au barbelé enroulé autour du pare-chocs. Une balle siffla. Bishop rentra tête et épaules dans la fourgonnette.

– Merde! fit-il.

Une autre salve, en provenance d'un break qui se rap-

prochait dangereusement, vint frapper la porte de la fourgonnette. Wallace, penché par la vitre, côté passager, la couchait en joue avec son Luger. Bishop se pencha de nouveau et redonna un coup de pied, puis encore un autre, au rouleau de fil de fer barbelé. Mais le fil restait noué serré autour du pare-chocs, se tendant de plus en plus. Bishop donna un dernier coup de pied et, cette fois, le pare-chocs tout entier s'arracha de la vieille fourgonnette.

Comme une fronde géante et mortelle, le barbelé vint frapper en retour le break de Wallace. Le pare-chocs libéré se colla avec fracas sur une aile de la voiture, prenant tout l'avant dans les rets du barbelé qui réduisit les pneus en lambeaux. Le véhicule fit un tête-à-queue, heurta de plein fouet un large terre-plein de béton, se retourna et prit feu.

Bishop claqua la porte arrière, alors que Maman fonçait comme un kamikaze sur le portail fermé. Les trois vigiles qui le gardaient s'égaillèrent. La fourgonnette défonça le haut et solide portail de fer, et poursuivit sa route miraculeusement. A quarante mètres de là, dans l'allée d'accès, Carl surgit d'un bond de derrière un eucalyptus, en faisant de grands gestes. Maman ralentit suffisamment pour lui permettre ainsi qu'à Crease de s'empiler à l'intérieur. Puis ils foncèrent dans la nuit.

Bishop, jetant un œil par la lunette arrière, parvint à discerner la silhouette de Cosmo se détachant sur fond de projecteurs sur le toit de la Playtronics. Juste avant que la fourgonnette ne tourne et qu'il perde de vue son ex-compagnon d'armes, Bishop aperçut plusieurs autres silhouettes qui le rejoignaient sur le toit.

Cosmo, entouré de sa garde prétorienne inutile, regarda du haut du toit s'éloigner la boîte de Janek. Puis il se détourna et se dirigea à grands pas vers l'escalier.

Dans la Salle d'Ordinateurs, il rassembla quelques articles sur son bureau et en remplit sa serviette. Il traversa

la salle et ouvrit la porte pour sortir. Il se trouva face à trois gardes du corps balèzes qui l'attendaient à l'extérieur en compagnie d'un homme à visage grisâtre. Il portait un veston croisé à fines rayures bleues du bon faiseur, contrairement à ce qui attifait ses séides.

– Le Conseil d'Administration préférerait que vous restiez ici quelque temps, dit-il, le visage impassible.

Il avait les bras raides le long du corps et son regard était aussi dénué de vie que celui d'un requin.

Cosmo observa l'homme d'un œil glacial, puis fit la seule chose sensée à faire. Il recula dans la salle et lui claqua la porte au nez. Il jeta un regard autour de lui, mais il n'y avait manifestement aucune issue. Ses yeux tombèrent sur la rangée de moniteurs vidéo. Sur l'un des écrans, il se vit lui-même, debout près de la porte, sa serviette à la main. Il était sous surveillance, même dans son propre bureau. Il fit volte-face, cherchant à repérer la caméra. Il ne put la trouver. Maintenant il apparaissait sur un deuxième écran, puis sur un troisième. Il tourna la tête en tous sens, pris au piège. Il fut sur un quatrième écran. On le filmait sous tous les angles.

Vaincu, il s'assit sur sa chaise et poussa un soupir.

– Les années quatre-vingt-dix, ça craint, fit-il.

58

Dans l'avant-aube, Maman toujours au volant, la fourgonnette quitta la Silicon Valley par le nord, sur les chapeaux de roue. Bishop et Crease guettaient d'éventuels poursuivants par la lunette arrière. Mais dès qu'ils prirent la ligne droite après les marais salants, ils surent qu'ils n'étaient pas suivis. Ils filèrent jusqu'au Dumbarton Bridge et au-delà vers Oakland. Les membres de l'équipe somnolaient à l'arrière, complètement épuisés par leur épopée.

– On rentre à la maison, les gars, dit Maman d'un ton victorieux. On rentre au Repaire. Il me semble qu'on l'a quitté depuis une éternité.

– On va enfin pouvoir ouvrir les fenêtres et mettre de la musique, dit Carl.

– Plus besoin de te cacher dans l'ombre, Bish', dit Whistler. J'sais pas comment t'as fait pour tenir toutes ces années, mais c'est fini, mec!

Bishop attrapa un second répondeur dans son sac à dos et souleva le coffrage. Celui-ci était le bon, muni à l'intérieur de l'étrange boîte nervurée qui contenait toute l'électronique de Janek, y compris la grosse puce d'un noir brillant, si convoitée.

– Il y a un truc que je trouve incroyable, vous savez quoi ? dit-il. On vient de réussir l'« expertise » du siècle et on ne peut en toucher mot à quiconque.

– Et le truc que, moi, je trouve incroyable, vous savez

ce que c'est ? fit Liz. On a fait la Troisième Guerre mondiale pour cette boîte qui n'a pas de prix et maintenant qu'on l'a, elle n'a aucune valeur pour nous à moins qu'on ne la rende. Malgré tout son pouvoir, tout ce qu'on pourrait faire avec serait soit illégal soit malhonnête.

Les Experts échangèrent un regard.

– Eh, fit Maman, qu'est-ce que le gouvernement pourrait faire avec de légal et d'honnête ?

– Maman, c'est dur de le reconnaître, mais tu pourrais bien avoir raison pour une fois, dit d'une voix lasse Crease, couché quelque part par terre.

Maman ne put cacher ni sa surprise ni son plaisir.

Les autres Experts ruminaient le fait que leur glorieuse expédition les laissait à peu de chose près au même point qu'au départ.

– Et moi, ce que je trouve incroyable, c'est que vous me laissiez pas vous reconduire tous à la maison, dit Whistler, assis devant, tourné vers le pare-brise comme un gamin de neuf ans, ne tenant plus en place.

L'éclat de rire fut général et tout le monde se mit à vanter en braillant l'extraordinaire « conduite » de Whistler.

– Ah, les mecs, z 'avez vu comment on leur a botté le cul là-bas ! exulta Maman, comme ils franchissaient le milieu du Dumbarton Bridge et pénétraient sur leur territoire.

Même Bishop respira mieux, se laissant aller enfin.

– Wouah ! fit Maman freinant à bloc.

La fourgonnette stoppa en faisant une embardée. Une voiture avait pilé juste devant.

– Avance, connard ! fit Maman, klaxonnant sauvagement.

Une deuxième voiture, une berline dernier modèle, surgit de nulle part et vint s'arrêter, dans un crissement de pneus déchirant, à gauche de la fourgonnette. Une autre berline dernier modèle, bleue celle-là, fit halte derrière, fermant la souricière.

En descendirent prestement six agents fédéraux – dont une femme – qui cernèrent la fourgonnette. Ils étaient hérissés d'armes à feu – pistolets automatiques et fusils à pompe. Les deux agents les plus proches de Maman lui montrèrent leur insigne.

– National Security Agency, dit l'un des deux.

L'agent du sexe faible, une blonde aux cheveux courts très boulot-boulot, ouvrit la porte arrière et braqua sur eux un fusil à pompe, lui aussi très boulot-boulot.

– Sortez du véhicule les mains sur la tête, tous tant que vous êtes! fit-elle.

Liz et les Experts, crevés jusqu'à la moelle, dégringolèrent de la fourgonnette dans la fraîcheur de l'aube. Bishop, avant de les rejoindre, fourra très vite la boîte de Janek sous sa combinaison isothermique. Puis sortit rapidement dans la flaque de lumière. Les agents les firent s'aligner, les poussant rudement contre la fourgonnette.

– Monsieur Bishop, fit un homme noir à voix de basse, qui descendait de la berline bleue et s'avança. Je me présente : Bernard Abbott, Agent Spécial en Fonction. Nous avons eu une petite conversation téléphonique.

– Abbott, fit Bishop, regardant cette armoire à glace en coquet pardessus bleu marine. Depuis quand vous...?

– Peu après votre coup de téléphone. Nous avons gardé l'œil sur vous, dit Abbott. Nous n'avons jamais eu autant de mal à localiser un appel. Et on n'y serait pas arrivés, sans une nouvelle technique de liaison informatique qu'on testait. On l'a empruntée au programme de radioastronomie NASA-JPL. On peut faire un tri dans tout le fouillis et retrouver des échos de signaux téléphoniques jusqu'à quinze secondes après qu'on a raccroché. Ça aide.

Il eut un petit rire, marchant de long en large devant les Experts.

– Maintenant vous allez m'aider, fit-il. Je crois que vous avez quelque chose qui m'appartient.

Bishop délibéra un instant, puis tenta sa chance. Il

avança rapidement, bousculant au passage l'agent le plus proche, qu'il prit par surprise. Il gagna le trottoir, puis de là le parapet du pont, avant que quiconque ait eu le temps de l'arrêter. Dans le même temps, il retira la boîte de Janek de sa combinaison et la posa sur la rambarde – à quelques centimètres de l'oubli aquatique éternel. Il leva la main en signe d'avertissement, voyant déjà les agents se précipiter en avant.

– Restez où vous êtes, leur intima Bishop.

Ils obtempérèrent.

Bishop regarda Crease et les autres Experts.

– C'est intéressant de voir la NSA par ici, vous trouvez pas ? fit-il. La NSA n'a pas d'équipes de terrain. Vous êtes supposés rester collés à l'écoute du monde entier, les mecs, le dos courbé sur vos ordinateurs, pas à vous trouver ici avec des flingues. C'est pas le FBI qui est censé faire ce boulot à votre place ?

– Parfaitement exact, dit Abbott. Cela échappe à la compétence habituelle de la NSA. Mais en cas d'extrême urgence, il nous est loisible d'employer tous les moyens raisonnables qui s'imposent si nécessité s'en fait sentir.

– Parlons-en de la nécessité, dit Bishop. Par exemple, celle de s'assurer que personne d'autre ne connaisse l'existence de la petite boîte de Janek ?

– Je me demande bien pourquoi personne ne devrait être au courant ? fit Crease, fixant Abbott d'un air menaçant. Pouvez-vous répondre à ça ?

– Cette boîte appartient à la NSA. On a payé Janek assez cher pour ça, dit Abbott avec un calme qui trahissait un malaise grandissant. Finissons ce petit jeu. Reculez loin de cette boîte.

– Je n'arrête pas de penser à un truc que Greg m'a dit, fit Bishop sans s'éloigner de la boîte d'un pas. Il m'a raconté que nos codes sont basés sur un système entièrement différent de celui des Russes. Donc que cette boîte serait sans effet sur leurs codes. La seule chose à quoi elle est bonne, c'est à décrypter les codes américains... à espionner les Américains.

L'expression d'Abbott se durcit à vue d'œil.

– Donc, tu veux dire qu'avec une boîte comme ça, fit Maman avec un air innocent, ils pourraient lire le courrier du FBI ?

Tout en lançant sa phrase, il rejoignit Bishop d'un pas nonchalant.

– Ou celui de la CIA, de la Maison Blanche ou du Congrès ? fit Whistler, suivant le même chemin.

– T'imagines le ramdam quand ils vont apprendre ça au Congrès ? poursuivit Maman.

– D'autre part, ajouta Crease, si les autres zozos mettaient la main sur ce jouet, ils pourraient leur renvoyer la politesse et lire le courrier de la NSA.

Crease prit Carl et Liz chacun par le bras et les fit traverser pour rejoindre Bishop.

– Les surveillants seraient sous surveillance, dit Bishop. Plus de secrets.

Liz et les Experts, appuyés au parapet, faisaient face aux agents de la NSA, de plus en plus nerveux, le doigt sur la détente. Ils n'attendaient qu'un signe d'Abbott pour passer à l'attaque.

– Que voulez-vous, monsieur Bishop ? demanda Abbott, d'un ton ferme.

Bishop répondit sans la moindre hésitation.

– Un casier judiciaire vierge et une paix royale ! dit-il.

– Je n'ai pas vraiment le choix, non ? dit Abbott avec une amabilité forcée.

Il fit signe à ses agents de baisser leurs armes.

– Non, si vous n'avez pas envie de lire tout ça dans *Newsweek*, dit Bishop.

Abbott, yeux mi-clos, fixa Bishop un instant, puis acquiesça de la tête.

– Marché conclu, fit-il, tendant la main vers la boîte.

Maman s'interposa.

– Pas si vite, les interrompit-il. Moi je veux un camping-car, un Winnebago.

– Quoi ? dit Abbott.

– Totalement équipé, avec toit ouvrant et pneus extralarges, précisa Maman.

– Je suis pas concessionnaire de bagnoles, mon pote, dit Abbott, le poil hérissé.

– Il veut un Winnebago, dit Bishop, hochant la tête, l'air compréhensif. Totalement équipé. Le plus grand modèle.

Et il fit passer la boîte de Janek de l'autre côté, hors de portée des agents, gardant une main posée dessus.

Abbott surveillait les mouvements de Bishop avec une crainte qui n'était pas jouée. Il céda en soupirant.

– Très bien, dit-il. Un Winnebago.

Il tendit à nouveau la main.

Ce fut au tour de Crease de prendre la parole.

– Je n'ai jamais emmené ma femme en Europe, dit-il.

– Désolé de l'apprendre, fit Abbott, perdant patience. Maintenant – donnez-moi – cette boîte !

– Vous allez m'offrir deux billets aller-retour en première classe pour Lisbonne, dit Crease, Madrid, Athènes et l'Ecosse.

– Sans oublier Tahiti, dit Bishop.

– Tahiti n'est pas en Europe ! objecta Abbott.

– Eh vous ! Quand vous aurez la boîte, vous pourrez nous donner des leçons de géographie. Pour le moment, lui il va à Tahiti.

Liz et les Experts regardèrent Carl avec un respect tout nouveau. Abbott était à la torture, ça se lisait sur son visage.

– Bon, fit-il.

– Carl ? demanda Bishop, obligeamment.

Carl se pencha vers Abbott et parla en baissant la voix.

– Cette fille avec le fusil à pompe ? dit-il, fixant la blonde de la NSA. Elle est célibataire ?

Tout le monde le regarda, horrifié : les Experts, Abbott, les agents.

– Trouve une meilleure idée, Carl, moins sordide, fit Bishop.

– Je veux seulement son numéro de téléphone. S'il vous plaît, dit-il.

– Carl, reprit Bishop. On tient ce zozo comme jamais plus ça nous arrivera. C'est une occasion unique. Tu peux avoir tout ce que tu veux.

– Je veux un rendez-vous avec la blonde, s'obstina Carl. S'il vous plaît!

Bishop comprit qu'il était sérieux. Il hocha la tête et se retourna vers Abbott.

– Un déjeuner peut-être, lui dit-il. Vous pourriez jouer les chaperons.

– Non, dit Abbott. Ça, pas question.

Ce grand gaillard n'aurait pas pu avoir l'air plus mal à l'aise.

– Abbie, Abbie, le FBI lui fourguerait des jumelles! dit Bishop, qui commençait à s'amuser.

Liz dut dissimuler un sourire derrière sa main.

– Non! s'écria Abbott, se renfrognant au dernier degré.

– Minute! dit la blonde.

Ils se tournèrent tous vers elle. Elle s'avança légèrement et regarda Carl. Puis elle parla en choisissant ses mots.

– Tu pourrais avoir n'importe quoi et pourtant... c'est moi que tu veux? lui demanda-t-elle.

Carl fit oui de la tête. Leurs yeux se rencontrèrent. Ce fut ce qu'on appelle un coup de foudre.

– 273-9164, dit-elle, sans le quitter des yeux.

Carl fit signe qu'il avait enregistré.

Abbott leva les yeux au ciel. Les Experts buvaient du petit lait. Même les autres agents de la NSA se fendirent d'un sourire, hochant la tête, stupéfaits.

– Moi, c'est Carl, dit-il.

– Moi, c'est Mary, dit-elle.

– Je vais finir par dégueuler, dit Abbott. Bon, c'est fini? On peut repasser aux choses sérieuses?

Il fourra ses mains dans les poches de son pardessus, laissant échapper un grognement de mauvaise humeur.

– Pas encore, dit Bishop. Et toi, Whistler ? Tu aimerais quoi ?

– La paix sur terre aux hommes de bonne volonté, dit Whistler, braquant par en dessous un regard privé de clarté sur Abbott.

Ce dernier fut vraiment pris de court.

– Nous représentons le gouvernement des Etats-Unis! dit-il avec colère. On ne donne pas là-dedans!

– Je veux la paix sur terre aux hommes de bonne volonté, répéta Whistler avec insistance.

– On ne vous demande que d'essayer, dit Bishop à Abbott.

Des deux côtés de la barrière, on dissimula un petit sourire. Mais Abbott, lui, n'y songeait pas.

– D'accord! dit Abbott, les dents serrées. Je verrai ce que je peux faire.

– Je ne demande rien d'autre, dit Whistler avec sérénité.

Abbott, au bout du rouleau, leva les mains.

– Et maintenant, je peux avoir la boîte ? dit-il.

Bishop prit la si précieuse boîte de Janek et la tendit à Abbott.

– Au fait, elle ne marche pas. Elle n'a jamais marché, ajouta-t-il.

– Ce n'est pas vraiment votre affaire, non ? fit Abbott. Elle est en bonnes mains maintenant. L'important pour vous, c'est que tout ça n'est jamais arrivé. Et que cette boîte... n'a jamais existé.

– Jamais vue de ma vie, dit Bishop.

– Jamais vue de ma vie, fit Whistler en écho.

Ce qui fit pouffer Maman.

– Rappelez-vous bien ça, vous tous, leur recommanda Abbott de son timbre profond.

– Ne nous donnez pas l'occasion de l'oublier, dit Bishop, se carrant face à Abbott, les yeux plantés dans les siens.

Abbott acquiesça d'un signe. Puis il se détourna et rejoignit à grands pas sa voiture. Les autres agents firent de même. Mary, excepté.

Carl et elle, fascinés, ne se quittaient pas des yeux. L'un de ses collègues finit par l'agripper par le bras et l'entraîner vers la voiture de tête.

Le contingent de la NSA s'éloigna.

Liz et les Experts suivirent les voitures du regard. Carl ne fit qu'un bond dans la fourgonnette, exhiba son petit carnet noir et y griffonna le précieux numéro de téléphone.

L'équipe, encore sous le choc, échangea des regards de stupéfaction.

Whistler alla s'accouder au parapet et son regard absent se perdit vers la Baie. Maman leva bras et mains au ciel, trottinant comme Rocky sur le ring, après sa victoire.

Crease sourit, puis éclata de rire franchement, serrant Liz contre lui.

La brise légère, qui soufflait sur l'eau, balayait la tension frénétique des derniers jours. Les lumières lointaines de San Francisco commençaient à devenir visibles à travers les traînées du brouillard, toujours présent.

– Marty, je ne voudrais pas te paraître naïve, etc., dit Liz, mais... il leur suffit pas de la brancher pour faire des trucs affreux avec ?

– Non, dit Bishop, sortant de sa poche une grosse puce d'un noir brillant, la puce maîtresse de la boîte de Janek. Il se tourna et l'expédia par-dessus le parapet. Ils la regardèrent tous tomber, toucher l'eau et couler hors de vue, ne laissant derrière elle, momentanément, qu'une traînée de bulles. Une mouette voleta jusque-là, espérant becqueter un morceau de choix – trop tard.

Ils se congratulèrent en s'en frappant cinq, mais s'emmêlèrent bras et jambes plus que nécessaire, riant comme des gamins de dix ans.

Ils se penchèrent de nouveau sur la rambarde et regardèrent flotter la mouette à l'endroit où la puce de Janek

avait disparu. Elle s'envola, s'éloignant rapidement à tire d'aile de cette partie polluée de la Baie, en direction de ses territoires de pêche préférés, autour du Golden Gate. Les Experts savouraient cet instant de paix, si rare.

Bishop et Liz flânaient le long du parapet.

– Sais-tu bien comme j'apprécie qu'un homme sauve le monde ? dit Liz.

Bishop passa un bras autour de ses épaules.

– Pourquoi crois-tu que j'ai fait tout ça ? dit-il.

– On ne va pas se remettre ensemble, tu sais, dit-elle, l'air sérieux.

Bishop l'observa un instant, puis choisit d'éclater de rire.

– Ouais, d'accord, dit-il.

Liz sourit, passant son bras autour de lui.

Et ils continuèrent leur promenade.

Cet ouvrage a été réalisé par la
SOCIÉTÉ NOUVELLE FIRMIN-DIDOT
Mesnil-sur-l'Estrée
pour le compte des Éditions Lattès
en décembre 1992

Imprimé en France
Dépôt légal : décembre 1992
N° d'édition : 93017 – N° d'impression : 22619